江汉大学中国语言文学重点学科资助项目
湖北省人文社会科学重点研究基地
江汉大学武汉语言文化研究中心资助项目

江汉大学中国语言文学学术文库（第一辑）

主编 彭松乔 吴艳

文学批评的三维透视

吴艳 著

中国社会科学出版社

图书在版编目(CIP)数据

文学批评的三维透视/吴艳著.—北京:中国社会科学出版社,2016.10
ISBN 978-7-5161-8905-4

Ⅰ.①文… Ⅱ.①吴… Ⅲ.①文学批评—研究 Ⅳ.①I06

中国版本图书馆CIP数据核字(2016)第217278号

出 版 人 赵剑英
责任编辑 张 湉
责任校对 王 斐
责任印制 李寡寡

出 版 中国社会科学出版社
社 址 北京鼓楼西大街甲158号
邮 编 100720
网 址 http://www.csspw.cn
发 行 部 010-84083685
门 市 部 010-84029450
经 销 新华书店及其他书店

印 刷 北京明恒达印务有限公司
装 订 廊坊市广阳区广增装订厂
版 次 2016年10月第1版
印 次 2016年10月第1次印刷

开 本 710×1000 1/16
印 张 17.25
插 页 2
字 数 274千字
定 价 65.00元

总　序

“苟日新，日日新，又日新。”在今天这个“比历史上任何时期都更接近中华民族伟大复兴”梦想的时代，先进文化的积极引领，对于丰富人民精神世界，增强民族精神力量显得尤为重要！适逢这样文化昌明的盛世，作为有担当的高校学术研究者，我们理应以优秀文化的赓续者为己任，守正创新，不断推动学术研究走向深入。正是在这一文化筑梦的历史际遇时期，历经多年学术积累和孵化，《江汉大学中国语言文学学术文库》终于破壳而出。

“求木之长者，必固其根本；欲流之远者，必浚其泉源。”作为历史并不太长的地方性高校一级学科，江汉大学中国语言文学学科经过几代学人的不懈建设，在学术上取得了长足进步，但我们深知坚守学术命脉的重要性，因此，不为时世左右，注重学术积淀，扶持优秀人才，积极探索创新，始终是我们立足学科建设的初心和动力。正是由于坚守学术命脉，近年来本学科先后出版“文艺生态探索丛书”、“领域语言研究丛书”和“武汉作家论丛”，在学术界产生了较好的影响。

当然，这并不是说，我们的学科建设就止步于此！我们深知，在这个“大众创业，万众创新”的时代，传统如“中国语言文学”学科也必须在“创新”的熔炉中浴火重生！这不仅意味着学术研究需要新的视野、新的思路、新的方法、新的材料和新的发现，而且亟需我们在中西兼容、古今汇通、语言与文学并包的多元立体的格局中寻找新的学术生长点。在练好专业内功的同时，积极介入当下思想文化建设与社会改革潮流，发挥大学人文学科应有的“思想库”和“文化智囊”的作用；在条件趋于成熟的前提下，加大横向文化整合力度，创建跨学科、跨语际、跨文化的学科群；在尊重学术个体独立性、创造性和学术多样化的基础上，探寻融个人与团体于一炉新型学术运行机制，整体推出对社会产生重大影响的标志性成果……

正是秉持这样的学术理念，江汉大学中国语言文学学科（武汉市重点建设学科）和江汉大学武汉语言文化研究中心（湖北省人文社会科学重点研究基地）联手推出《江汉大学中国语言文学学术文库》丛书。丛书第一辑共十本，其内容相当广泛，涉及中国语言文学学科的多个二级学科。十本专著的共同特点是材料较为扎实、具有一定的跨学科与开放性，所阐释的观点或尖锐、或公允，或有待商榷，但都力避平庸，力求有所发现，有所创新。至于其学术价值，则仁者见仁智者见智，无须我们赘言。为了保证丛书选编的公正、公平和公开，我们专门成立了学术委员会对丛书进行了遴选，大家坚守学术命脉的初心，提出了很多建设性的修改意见，这是值得特别提及的。

丛书的出版得到江汉大学校领导的支持与指导，得到人文学院领导班子的呵护与扶持，也得到了中国社会科学出版社的支持和帮助，借此机会我们表示由衷的感谢！与此同时，我们也希望，这套丛书出版后能得到方家的指导、同仁的关注和读者的喜爱，并希望有更多更新的成果延续出版，以推出丛书的第二辑乃至更多辑。所谓薪火相传，生生不息是也。

“春阴垂野草青青，时有幽花一树明。晚泊孤舟古祠下，满川风雨看潮生。”在信息化和全球化的时代浪潮下，漫步于在诗和远方的中国语言文学学科正面临着前所未有的挑战，也赶上了千载难逢的机遇。愿我们不辜负伟大时代的召唤，乘着学术创新的东风，把江汉大学中国语言文学学科引向更加美好的未来。

彭松乔　吴艳

2016 年 8 月 21 日

序

王先霈

吴艳教授从她2008年以来发表的论文中选择了三十篇，集为一书，以《文学批评的三维透视》为题出版。这部书的主题很集中、很明晰，那就是专注在文学批评。学界运用“文学批评”一语，有广狭二义之别，广义的文学批评包括文学理论和文学史，本书则取狭义，即专指对于以当前文学为重心的具体文学现象的判断、评骘和剖析，其中既有文学批评理论，又有文学批评实践。吴艳作为文艺学专业的教师和研究者，以文学批评为其长期主攻方向，应是在近三十年来学术潮流背景下做出的理性决定，虽然遇到过业务范围内外的诸多困难，她一直执着地沿着此方向踏实前行，这部书是她学术研究轨迹和成果的重要体现，是她学术人生的可贵收获。

从20世纪50年代算起的一个长时间里，我们的高等学校文艺学教学，注重理论知识的传授，而较少致力于引导、培育、训练学生对于具体文本的感悟能力和分析具体文学现象的操作能力，较少致力于培育学生观察并参与当前文学批评的习惯和兴趣，在教学和研究中，文学批评论这一领域显得冷落、单调和薄弱。到了70年代末80年代初，许许多多新鲜的文学现象扑面而来，弄文学的人没有谁能够漠视；对于层层叠叠涌现的新的文学现象，文学界内外反应不一，每每发生激烈论争，这在客观上推动了文学批评在文学理论教学和研究中登上它本来应有的位置。同时，西方文论的引进，其中大量的和突出的正是文学批评理论和各种应用案例；对中国古代文论资源的整理、阐述，在广度和深度上进入新的境界，也给文学批评论的发展、创新提供了良好的土壤和机遇，作为学者的吴艳是在这样的大环境下一步一步成长起来的。三十余年来，潮涨潮落，有些煊赫一时的新论消减了光环，有些大胆的构想得到完善和深化，学术的进步是在众多耕耘者的合力中实现的，吴艳和众多同行一样，以平实、坚韧的努力，参与到文学批评理论的建设中。

本书的三个部分，分别讨论文学批评本体研究、作家研究和文学文本研究，这也是文学批评的主要组成部分，虽然其中第一项是关键、核心、灵魂，我仍然要先说阅读后两部分文章的感触。吴艳在书中说到，从事于文学批评研究的学者，“要求长时间（如十年、八年）地对被选文本进行全面而彻底的文本细读”。我很赞成和欣赏她的这一个说法，更加赞赏和佩服她和她的同事们对这个说法的实践。把某一个特定范围的对象，做长时间细密的追踪、观察、研究，就是建立理论思维的一个稳固的支点，利于养成朴实学风，避免徒托空言的泛泛之论。近三十年来，包括吴艳在内的江汉大学中文系的老师们，几乎是有闻必录地搜集当代武汉作家群的相关资料，精心整理，编印成册，有计划地编撰武汉当代活跃作家的年谱，在此基础上，他们不仅撰写了许多提出自己独到见解的评论文章，更由此加以生发、升华，提炼出具有更高概括力的文学观念。比如，吴艳在探讨陈应松成功之道时指出，“‘公安派’、楚风色彩、自然主义、魔幻现实主义还有他自己的文学经验‘互为主观’、‘互为语境’、‘互为参照’，在开/合互动的‘组织’里‘相互照亮’着并闪耀着生命的灵光”，并进一步推导为具有普泛意义的创作规律，“作家所面对是过去、现在和将来；本国、外国还有个我的文学经验。三维时间与三维空间的关系是复杂的、相对的，从过程上看，要将开放的外国文学经验闭合在本土和个我的文学经验之中互动，才能生成具有自组织特性的艺术世界。”既避免亦步亦趋模仿外国的“主义”而丧失自己艺术个性的弊端，也避免只合不开而产生的僵化与缺乏生机。这些分析和论断，切合于评论对象的实际，对其他作家和读者也有启发。

本书第一篇《“开放”中的悖论》，标题涉及两个深具思辨意味的概念。人们通常说到“开放”，多是指在与外界隔绝多年之后，以客观的、科学的态度面对域外文学理论，在 80 年代“开放”曾单一地指向西方，而吴艳那篇文章讨论的则是全方位的开放，对西方文论也对古代文论，对同于己、近于己的流派也对异于己的流派，都持开放态度，对作家也对读者持开放态度，总之，“开放是复杂的，存在不同类型和不同层次”，她要讲的是治学基本态度的开放性。从治学基本态度的意义上讨论开放，反对的是思维的直线性、片面性，反对偏于一端，反对黑格尔所说的“不经过深沉的劳作，立刻就想直接走去欣赏理念的美妙”①。吴艳的这种主张，我是完全赞成的，她所论的是更深刻层次的开放。开放既不是简单照搬，也不是简单拒斥。文学这样丰富复杂的对象，不是仅靠一家一派的观念和方法所能穷尽的，永远葆有开放的心态，是保持研究活力的关键。

至于“悖论”，文章讲的是“开放”中的悖论，没有展开“悖论”概念本身，但全书不少地方或隐或显地接触到悖论问题。我以为，文学理论批评充满了悖论，甚至可以说，文学理论批评就是在悖论的山峦河流中曲折行进。首先，文学理论批评作为现代学科之一，被要求具有科学性，被要求从具体现象中概括出一般规律，而它的研究对象是以感性和独创为生命，排斥各种重复、雷同的文学，这就是一个大悖论。又如本书另一篇文章讨论的生态主义，讨论到人类中心和整体生态主义，这里也存在不可解的悖论——是人类在谈论生态，没有任何其他生物可以平等地与人类讨论生态；最极端的生态主义者，也避免不了为维持自己的生命而侵犯某些生物的生命。其他如女性主义文论，同样存在难解甚至无解悖论。至于文学的形式与内容，它的政治鼓动作用、道德教诲作用和娱乐作用，文学四要素——文本、作者、读者、世界——的关系，继承借鉴与创新的关系，深究起来，无不存在悖论。热心探讨真理和科学的合理性问题的美国科学哲学家普特南，在《与人的参与相关的实在论》一书开头引用尼采《悲剧的诞生》里的话：“当科学之环变得更大时，它会碰到更多的悖论。”接着说，“确实如此！量子力学正是这种情形的一个漂亮的例证，它的理解力增加后，同时将世界置于一个更充满悖论的境地。”② 我们应该说，文艺学里更加充满了悖论。悖论藏身之处，往往是智慧的渊薮，敢于和敏于直面悖论，可能接触研究对象深层的奥秘，推动学科的创新。

---

① ［德］黑格尔：《小逻辑》，贺麟译，商务印书馆 1981 年版，第 3 页。

② ［美］普特南：《与人的参与相关的实在论》，《哲学译丛》1994 年第 4 期。

吴艳正当盛年，我期望，我相信，她会继续作出优良的学术成果，为文艺学学科作出自己的一份奉献。

2016年3月10日
于桂子山北区寓所

目　录

上编　反思文学批评

中编　综论当代作家

下编　细读文学文本

上　编

反思文学批评

反思文学批评（之一）

——“开放”中的悖论

对新时期三十年来文艺批评理论的回顾与反思，离不了“开放”这个重要的关键词。不言而喻，近三十年文学批评理论的开放特性与新时期改革开放大格局分不开，同样也经历了从呼吁开放到实现开放再到反思开放的动态过程。以1987年、1988年两年为例，武汉地区就有三篇论文标题中带有开放这个关键词，如陈美兰、邹德清的《试论批评思维的“一体”重塑——兼谈社会历史批评方法的开放问题》①；王先霈的《评家的困惑和批评的出路——倡导开放性的社会历史批评方法》②；於可训的《社会学批评在新时期的更新和开放》③ 这当然只是一个缩影。如果说80年代文学理论批评界还在呼吁对外开放；到了90年代，对外开放已是不争的事实。值得注意的是在90年代，钱中文提出“中国古代文论的现代转型”问题，从一个侧面提醒我们，文学批评理论在开放维度上的不足：除了开放国外主要是西方文学批评理论以外，还要将眼光聚焦在自己本土文学批评理论遗产上，完成对中国古代文论现代转型的使命。到了2008年，谭好哲写作《论新时期文艺理论的开放性特征》④ 时，他才可以说：

---

① 陈美兰、邹德清：《试论批评思维的“一体”重塑——兼谈社会历史批评方法的开放问题》，《湖北社会科学》1988年第12期。

② 王先霈：《评家的困惑和批评的出路——倡导开放性的社会历史批评方法》，《湖北社会科学》1988年第7期。

③ 於可训：《社会学批评在新时期的更新和开放》，《文艺争鸣》1987年第1期。

④ 谭好哲：《论新时期文艺理论的开放性特征》，《理论学刊》2008年第8期。

> 正是新时期的历史本身自然而然地以其时代性的烙印模塑了新时期文艺理论研究的开放性。这种开放性主要体现在四个方面：一是在中外文艺理论关系上，向国外文艺理论开放；二是在马克思主义与非马克思主义文艺理论关系上，向非马克思主义文艺理论开放；三是在当代文论建设与古代文论关系上，向古代文论的优秀传统开放；四是在理论研究与文艺实践的关系上，向蓬勃发展着的鲜活文艺实践开放。开放为新时期文艺理论研究带来了新的生机和活力，使之具有了包容、综合、阔大的学术气象和时代风貌。

文学批评理论的开放性固然得益于"时代性的烙印模塑"，同时也与"文学批评理论"的寄生性相关联。"严格说来，文学理论自身并无理论，它只是对形形色色理论的运用，是这些理论的影子。"余虹的说法有一些道理。余虹以为造成这种寄生性的原因是文学的"存在状态"上的"既综合又可分化的特点"，正是这个特点，使文学"成为哲学、神学、社会科学和人文科学诸学科的研究对象，而非文学理论的专门对象"。是"多学科与多主义的寄生性使文学理论具有了开放性与多元性的品格"，"文学理论的寄生性不仅是一种古老的现象也是一种现代现象"。"就在弗莱那本被称为划时代的文学科学巨著《批评的解剖》中，我们仍能看到文学理论的寄生性。"① 余虹的这些看法是从本体上阐释开放与文学批评理论的内在联系，言之凿凿，也能够自圆其说。

不管是从时代要求还是从文学批评理论本体角度分析，开放都是必需的。新时期文学批评理论三十年的成果与开放密切相关，正是因为有了开放，我们的文学批评理论才可能拓展研究视野、增添研究视角与方法，并更新文学观念和批评观念，这些也是有目共睹的实绩。笔者欲加说明的是，开放所获得的成就不能遮蔽其自身存在的悖论，因为开放是复杂的，存在不同类型和不同层次，不是所有的开放都具备生命品质。开放必须与封闭结合，必须具备主动性、生存性和本体性，只有这样，文学批评的开放才具有生命力与创新能力。

---

① 余虹：《文学理论的寄生性与学理性》，《文学评论》2007 年第 4 期。

一

检点三十年来我们文学理论批评开放中的得失，最易使人警觉的是开放者心态的不从容。记得在一次会议上饶芃子说过：我们现在是将西方百年的文学理论批评成果同时拿来，形象地说，是人家的祖孙三代用了海陆空三种交通方式同时到达我们的机场、码头和车站，让我们应接不暇。因此，忙乱中的出错、开放中的广度遮蔽其深度就显而易见，笔者不在此赘言。笔者从生物对环境的开放中获得启迪，认识到开放的实质，开放的不同类型和层次，进而明确我们的文学批评理论与实践在开放的过程中存在的悖论，如何解决这些悖论。

开放是生命的一个向度，无论是物种、个体还是人类社会，没有开放的过程就没有接踵而来的组织循环和再生产。然而开放又不是一个孤立的事件和一个简单的过程：任何物体的开放不仅关系到事物所处的环境，同时还与事物的观察者相关联。与环境的联系可以避免传统物理学在实验室造成的分离活动，它往往掩盖了事物的真实性；建立观察者与事物的联系则可以涌现许多不同的观察结果：这些多元结果比较接近事物本身的复杂性质和事物的本来面貌，减少分离活动，自始至终将事物与它的环境联系起来，观察者就可以发现一事物之中的多种因素之间形成的对立、互补或相似的复杂关系；同时还可以发现这个事物与外部环境组成的各种复杂联系。

站在生命视角以复杂眼光理解开放的含义，开放应该：

> 是对随机的、胎盘的、养育的、敌意的、凶险的环境的又进又出的双重开放，是与环境经常性的多样交换，是与这一交换相联系的生成现象的内、外部组织活动，是生态依赖，是个体存在的自主性，是生命。①

---

① ［法］埃德加·莫兰：《方法：天然之天性》，吴泓缈、冯学俊译，北京大学出版社2002年版，第212页。

埃德加这段话具有三层意义：开放是主体与环境对象经常性的交换活动；开放包括对内和对外的双重性质；纯粹的“又进又出”，也就是我们通常理解的输出/输入，显然是不够的，只有将输入的因素与原来封闭的整体或者部分组织起来，暂时形成封闭的状态，或者是在开放的同时又是封闭的状态——形成一个回环的运动……即组成了开放的生命存在的自主性，才可能实现生命意义上开放的目的。

因此，即便是简单的事物，一旦形成上述开放的生命状态，其性质就变得复杂。可以举例说明：先看旋涡。

当河水奔腾，在一个不动的固体例如一个桥墩周围形成惯性时，它便获得了旋涡的某种寿命和某种状态。流动的河水已经与桥墩（可以看作是环境）组成了开放/封闭的系统。桥墩在物质上是封闭的，它不主动，但它为河水提供信息；它不实践，但为河水的实践提供条件；它不生产，旋涡在它的周围进行自生产；它不对自己进行重组和转换，却帮助河水进行重组和转换形成旋涡。对它周围河水的骚动来说，桥墩是密封的，但它是中流砥柱，旋涡的生成回环在它的周围旋转①。河水则组织了桥墩的作用而形成了旋涡——一个相对封闭的回环运动，自此旋涡生成回环并在桥墩的周围旋转，获得了旋涡的生命和它独特的生命形态。

再看电脑这个人造机器。从输出/输入的角度分析，电脑是开放的。你给它一个指令，它就会输出相应的结果。可是当电脑关闭时，它不仅失去开放的秉性，而且失去了机器的性能，变成一件死物。电脑对我们而言或者是一个半封闭（在其结构上）半开放（在其功能上）的系统；或者是一个具有潜在开放之可能的封闭存在（休息中的机器）；或者是一个具有潜在封闭之可能的开放存在（运转中的机器）。

和电脑不同，细菌不出成品，也不接受执行的程序，就这点上看它相当不“开放”，但细菌为了避免解体需要进食。电脑无须吃饭，它靠部件的耐磨力和固定组合的牢固性消磨时光。因此，我们可以说，电脑的开放是被动的、功能性的；细菌的开放却是主动的——细菌（生物）

---

① ［法］埃德加·莫兰：《方法：天然之天性》，吴泓缈、冯学俊译，北京大学出版社2002年版，第227页。

摄取能量和物质不仅是为了工作，更是为了生存。为了生存而工作，也就是为生成它的分子、细胞以及它不断衰退的存在和组织而工作。

考察旋涡、细菌、电脑这些看似简单事物的开放过程可以得出以下结论，即使是简单事物也会因为开放而变得复杂，这种复杂性表现在开放目的和开放类型这两个方面。有一种开放例如电脑，它是被动的，需要外力（人的操作）的控制才能完成。它不属于生命意义上的开放；另一种开放是主动的，带有它生存的和本体的性质。如果我们视思想及其理论也具有生命性质，那么，它的开放应该具有主动性、生存性和本体性。

具有生命力的事物是能够利用外界物质形成自己的身体和繁殖后代，按照遗传的特点生长、发育、运动。生物对环境的开放，与环境所进行的物质交换是主动的组织：一方面是相对封闭的回环运动，另一方面又总是保持对环境的开放状态。所谓开放的本体性，是指开放的与生俱来、与生命共存，表现了开放的自为性。本体是指本源和本性（天性）。生物本性在进化过程中形成而由遗传固定下来，是对个体和种族生存具有重要意义的行为。同种生物的本性在表现上基本相同。从这个意义上我们可以说生物不可能不开放，它不可能摆脱与环境的交换，否则它将自行毁灭。生物的开放本能——与生俱来，不学就会，既不需要外力的控制，也不是时有时无的行为。它是“自在”的行为并与生命同在。

任何事物的开放——不仅包括生物，也包括人类社会以及我们的文学理论批评，其开放如果不具备主动性、生存性和本体性，就不能获得生命的特质。如果开放只具有功能的作用并且要借助外力的控制才能完成，例如电脑，这样的开放就不具备生命的品质。

一方面开放不是生命的充分条件，功能性的开放就是非生命的；另一方面从事物的整体和背景考虑，开放/封闭在其中是一个既开放又不开放的现实所呈现出来的不同面孔与不同阶段。如果将开放/封闭置入它们所处的环境，我们可以看到开放依靠封闭，开放衔接封闭的复杂现象。当我们从生命的向度定义开放的时候，就不能仅从输入/输出的方面理解开放，而要注意区别开放的不同类型。

使开放具有本体性和生存性的必要条件就是：与“环境的又进又

出的双重开放”“与环境经常性的多样交换”，形成开放的“生态依赖”，形成“个体存在的自主性”和生命性。其中“环境的”“又进又出的”“双重开放”的最为重要。

以我们对三十年文学批评的理论分析，所谓环境不仅是指我们的文学批评理论所处的环境，还应该包括国外理论的生成环境。反思三十年来文艺批评理论开放的历史，我们的不足是在开放的同时，让国外理论与其生成环境分离，也与我们的文学现实分离；我们在开放时只进不出，只对国外理论开放，没有向我们的文论传统开放；后来我们弥补了对传统文论的疏忽，但在“又进又出的”“双重开放”的方面还没能做到对等的、经常性的交换。从开放的生命性要求上，我们可以理解，为什么我们对西方开放了那么多批评理论，却常常流于“你方唱罢我登场”的局面，常常是同一个层面的拿来、运用，缺少更加深入的批评研究成果。生吞活剥的、“硬扣”的开放总量遮蔽了开放生命力创造力的缺失。这并不是一个新问题，但从生物开放本质上，笔者以为其症结在于没有或者是缺少开放的本体性和生存性，我们的开放没有形成与“环境的又进又出的双重开放”，没有形成“与环境经常性的多样交换”。

二

文学批评理论开放中的悖论是潜在的，容易一味开放进口，而没有出口；或者进口远大于出口；或者在具有双重性开放方面，只完成了单项开放。这当然不仅是三十年文学批评理论开放性过程中的问题，同时也反映了我们在思想结构上的简单化倾向。从思想结构上分析，开放不仅是一种现象，具有经验论的意义，它同时也应该是一个具有范式意义的概念。

> 它把统治西方物理学和形而上学的孤立切分范式向前推进了一步……从此，所有对依赖生态的开放生物（这其中不仅包括生物，也包括人类社会以及我们的思想）的存在、组织、行为、演变的解释和澄清都不能靠对某一方的孤立和排斥，无论是对内部系统逻

辑还是对外部情景逻辑（外部环境条件）都不得如此；我们需要一种复式逻辑和辩证解释，以竞争的和对立互补的方式把内、外过程联系起来。①

从生物学角度考察开放的本义，不仅使我们明确悖论之所在以及解决的办法，还要形成这样一种范式，让思想或者理论的开放真正具有生命特性，这就不能孤立我们的思想，排斥思想与环境的联系，无论是对内部系统逻辑还是对外部情景逻辑（外部环境条件）都不得如此。

回到我们对三十年来文学批评理论开放性特征的反思上来。应该说，开放中的悖论已经获得部分解决，比如自觉或者不自觉地规避了过度开放（只进不出）和单向开放（只对国外文学理论批评不对中国传统文论）的弊端。从“古代文论的现代转换”，到具体倡导“圆形批评”“文学伦理学批评”和“汉语批评”②，最近两年，还出现了对全球化语境下文学批评所面对的挑战和应对问题的探讨。所有这些似乎证明开放伊始的悖论已经解决，其实不然。

文学批评理论开放性的复杂过程中，其悖论不仅存在显见的只对国外开放而忽略对中国传统文论单向性方面，还存在于对文学文本的开放，对评家艺术感悟的开放等诸多方面。不管开放的维度如何，只要是开放，就要求对开放对象进行组织，这个组织暂时形成开放与封闭的状态。具体说来包括建立文学文本与其产生环境的联系；建立文学文本与评家的联系。文学文本、环境、评家三者之间形成一个回环运动的、既开放又封闭的系统。

人们通常以为“封闭”与开放水火不相容。但不管从事实还是从理论上，封闭与开放的关系远非如此。先看事实。前面我们曾经以旋涡为例，说明开放与封闭的关系，开放与封闭既存在矛盾关系又存在互补

① ［法］埃德加·莫兰：《方法：天然之天性》，吴泓缈、冯学俊译，北京大学出版社2002年版，第216页。

② 参见王先霈《圆形批评论》，华中师范大学出版社1994年版。聂珍钊：《英国文学的伦理学批评》，华中师范大学出版社2007年版。曹顺庆等：《汉语批评：从失语到重建（笔谈）》，《求索》2001年第4期。张荣翼：《图像化背景与意义的重建——当下文学批评所面对的挑战和应对》，《学习与探索》2009年第4期。

和互为因果的关系。应该强调的是，我们必须矫正孤立看待开放/封闭的思想，形成复杂的开放/封闭观念。

开放文学文本，选择合适的文学文本，将它与环境结合，与评价艺术感悟结合。组织封闭其中发现的问题，研究并阐释这些问题。其中，对象的选择可以是具备“显学”地位的文学文本；也可以是研究最薄弱的文学文本。前者如巴赫金选择的陀思妥耶夫斯基小说研究，后者如巴赫金选择的对拉伯雷作品研究。相对而言，对文学文本的研究比对文学文本的选择更重要。所谓组织封闭研究指的是建立文学文本与环境的联系，与评家的联系。要求长时间（如十年、八年）地对被选文本进行全面而彻底的文本细读！明确该文本与它所产生环境的关系。是该文本对评家艺术感悟力，对评家发现问题、研究问题、阐释问题实力的开放与测定！

长时间细读固有文学文本，发现问题并去阐释它们，用已有的文学批评理论；如果已有的批评理论不足以说明问题，则需要评家自创理论，自圆其说。这里同样涉及两个方面的问题：一是长时间细读固有文本，这是必需的，也是组织封闭在时间（长）和空间（不随意更换）上的要求；二是从发现问题到创造性地阐释解决问题，也是需要在时间（长）和空间（不随意更换）上的持之以恒。

对文学文本、对评家自己的开放，其中的悖论同样也是显现的。既然对文学文本开放，就可以不断拓展文学文本的疆域，从古到今，从国内到国外。但是，当我们发现问题、研究问题、试图解决问题时，则必须选择固有的文学文本，长久而彻底地细读或者说是精读。开放性泛读与细读固有文本，两者应该并行不悖，但很多时候我们开放过度而封闭不足。

对评家自己开放，是对评家艺术感悟和文学批评理论能力的开放，这也是基础，是必需的。其潜在的悖论是：艺术感悟容易流于印象；对文学理论批评开放容易陷于喜新厌旧的泥淖，频繁更换理论则将冲淡对同一问题的深入思考。这就是对文学文本、对评家艺术感悟和文学批评理论能力的开放中存在的悖论。如何解决这组悖论？应该说凡是批评理论上具有生命力或者说具有创新能力的都是成功的例证。我仍然以巴赫金为例。

巴赫金对拉伯雷的研究与他对陀思妥耶夫斯基的研究在选择对象大不相同。陀思妥耶夫斯基研究不管是在俄国还是苏联都可以算是“显学”，对拉伯雷的研究在俄国文学理论批评界却是非常薄弱，包括在巴赫金时代也是如此。但不管选择的文本对象地位如何，巴赫金都长时间细读所选择的文学文本与该研究相关的所有材料，这样才有了后续的发现问题和创造性地解决问题。

巴赫金在十二三岁（1908 年）就开始读陀思妥耶夫斯基的作品，1929 年才发表《陀思妥耶夫斯基论》（1963 年再版时改为《陀思妥耶夫斯基诗学诸问题》）时间之长显而易见。与巴赫金同时代或者他之前的学者已经注意到陀氏小说的价值，他们中有的认为陀思妥耶夫斯基的小说是将宗教伦理观加以独白化的；有说是神秘剧的。有人看到陀氏小说有“多个思想”，“材料驳杂”；其主人公是“思想的人”；有人称赞陀氏善于看到并表现“他人的心灵”；有的研究者甚至看到“复调问题”，可惜是把它等同于莎士比亚和巴尔扎克似的复调；有人注意到陀氏小说中的“不同声音”，却只是将它们视为形式基础和风格基础。一句话，这些批评家“是想把一种新的艺术形式归结到熟知的艺术宗旨上去。”① 唯独巴赫金，他不让这些著述和旧有理论限制自己的感悟，他用新的名词去命名他的感悟，去阐释他的感悟。比如，复调小说、多声部、对话、狂欢理论、未完成性等。

巴赫金因对陀思妥耶夫斯基和拉伯雷小说的研究成果的创新性，使他在全球造成了三次巴赫金浪潮。而其理论的创新当然与他对文学文本的开放性、与自己艺术感悟的开放性密不可分，也就是说，巴赫金不仅很好地解决了开放文学文本中开放与封闭的矛盾，在同一个文学文本上开放它所在的环境，在时间上长久地细读、不随意更换文学文本；从发现问题到创造性地阐释解决问题，也是长时间地不随意更换。长时间、不更换这就是对文学文本开放、对评家自己开放中封闭的要求。也可以说是开放的一个必需过程，是开放的另一面。因此，他对文学文本的开放才具有本体性和生命力。

---

① ［俄］巴赫金：《巴赫金全集》第五卷，白春仁、顾亚玲译，河北教育出版社 1998 年版。

“开放”在新时期三十年来文艺批评理论里不仅是一个重要的关键词，同时也为新时期文学批评理论与实践带来新生。开放是关键词，是史实；开放也是一切具有生命力事物的最本质特征。在文学批评理论与实践的开放过程中，存在显现或隐藏多重悖论。显在的悖论是开放维度不对等，应该双重开放的变成单向开放，造成只进不出或者进口远大于出口的局面；潜在的深层次悖论是思维方式的简单化，其中最突出的是对开放与封闭关系的简单化认识。它表现在开放维度的不足，更表现在对文学文本、对评家自己的开放过程里。开放维度的不对等与我们开放伊始缺少强烈的文学批评理论的自信联系在一起，现在，这个自信因为国力增强而有所提高；开放悖论中凸显的思想方式的简单化，则是更加严重的问题，也不可能在短时间内得到彻底解决，正因为如此，我们才需要从本体上，从生物的开放性上认识主动的、本体的、生存的开放特质。从仿生角度增添我们文学批评理论与实践的视角与彻底性，使我们的文学批评理论与实践真正具有生命力与创新能力。

反思文学批评(之二)

——面对“有意味的形式”

一个从事文学批评的人，如何言说文学文本“有意味的形式”[①]？如何在“不断地指出艺术品中那些组合在一起的产生有意味形式的部分和整体”[②] 特征时，提升文学批评的实践活动，使批评以“建立文学理论为目的”[③]？这恐怕不只是关系到文学批评实践，更关系到理论创新的有无，关系到能否建构合理的文学理论思维模式，具有文学批评实践和文学批评理论创新的双重价值。

一

“有意味的形式”是贝尔对“一切视觉艺术的共同性质”的归纳，贝尔说：“在各个不同的作品中，线条、色彩以某种特殊方式组成某种形式或形式间的关系，激起我们的审美感情。这种线、色的关系和组合，这些审美地感人的形式，我称之为有意味的形式。”[④]

在这里，形式由艺术品的色彩和线条等要素组成，不同于一般现实形式的地方在于它有一种简化性，能够“把互不相干的细节转化成有意味的形式”，审美情感是由对艺术的纯粹形式关系的凝神观照所引起，而不是由艺术品的种种表现、再现和思想内容所唤起。所灌注的审

---

① [英] 克来夫·贝尔：《艺术》，中国文联出版公司 1984 年版。

② 同上。

③ [美] 雷内·韦勒克：《批评的概念》，中国美术学院出版社 1999 年版，第 4 页。

④ [英] 克来夫·贝尔：《艺术》，中国文联出版公司 1984 年版。

美情感的形式以其抽象性和非再现性区别于日常生活中的一般形式。所谓“意味”则指的是消除了任何利害关系、不同于一般日常情感的审美情感。

“艺术是有意味的形式”被看作是解释现代艺术最令人满意的理论之一，因为它脱离了“内容和形式”的机械模式，使形式获得了自律和自由。正是在这一点上，我们的文学研究包括文学批评也时常使用这种表达。文学是语言艺术，文学组成要素虽然与视觉艺术不同，但也存在自己的纯粹形式元素，同样需要灌注作家的审美情感。从这个角度用“有意味的形式”指称文学的共同性质已成为许多人的共识。

“有意味的形式”不仅矫正了“内容和形式”的机械模式，还蕴含对艺术品这个有机生命体整体性的认知。“意味”与“形式”，你中有我、我中有你，“意味”是艺术家的审美情感，经由一种凝神观照，然后“把互不相干的细节转化成有意味的形式”。作为艺术品的文学文本也是一个有机整体，伟大作品几乎都具备“全美”特性，为了叙述的方便，我们才将文学文本的构成要素划分为几大类，通常是两类：内容和形式。将作品划分为内容和形式两大类，自然带来孰重孰轻、两者关系如何的问题。

我国古代文论传统是以孔子的“兴观群怨”说重内容、重文学教化为主导，到了近代梁启超的小说界革命、王国维的《红楼梦评论》也都主要是重内容的，带有强烈的启蒙意识形态话语色彩。新中国成立的前三十年，更是以重内容为主导，有时甚至走向极端的内容至上、意识形态至上的绝对境地。改革开放以后，文学形式要素才得到充分重视，尽管在同一时间段，西方的形式主义批评已经“过时”。

新时期对形式的重视不仅表现在对西方形式主义文论的热衷引进，同时还表现在运用形式主义文论开展文学研究和文学批评。比如赵宪章提出“通过形式阐发意义”的“文学形式研究的基本原则”，他强调，这个基本原则区别于“传统的主题学和思想史方法，又区别于20世纪西方形式理论的基本原则”①。赵宪章的“文学形式研究”涵盖文学载

① 赵宪章：《形式美学与文学形式研究》，《中南大学学报》2005年第4期，第164、162页。

体（媒介）研究、文学文本研究、文学类型研究和风格形态研究等领域。我赞同这种主张，以为它同样适合文学批评实践。“通过形式阐发意义”，其长处为实在和实际，是“面向文学文本和建基在文本细读基础上的文本调查”和文本解读。赵宪章自己就做过这样的工作，曾经“通过形式阐发意义”方法解读高行健的诺贝尔文学奖作品《灵山》。

最近我也用这种方法展开对武汉作家马竹中篇小说《父亲不哭》的形式批评。在《一个精神上打不垮的汉子——论马竹小说〈父亲不哭〉中的父亲形象》[①] 一文里，通过对小说“哭”的描写和小说叙事视角的分析，重新建构“父亲”的坚强形象，阐释这个形象的多重意味。

完成这篇论文却留下一个问题，由“父亲”病后的坚强联想起海明威的《老人与海》。既然都是“精神上打不垮的汉子”，为什么“父亲”的“硬汉”形象不及桑提亚哥的鲜明？我可以从形式因素分析，比如马竹选择的是“人物视点的叙事”，海明威是比较客观的展示。这样的解释好像还不能彻底解决我的疑惑。换一句话说，是什么因素分散了我们阅读《父亲不哭》时对“死亡”本身的关注？

马竹小说以“缺钱治病”的难题考量父亲的兄弟姐妹及其妻子儿女，把悲剧引向医疗改革，引向对人伦孝悌的质疑。除了这个层面的悲剧是否还存在另外的悲剧？或者更加深层的悲剧？一个强者罹患骨癌，被判最多只能活半年时间，这个强者当如何面对死亡？假如这才是最大的问题，那么作者为什么要回避这个问题和这个层面的悲剧？是有意为之还是无意识的？是文本的处理问题还是内容本身的问题？

曹文轩以为“中国文学少有纯粹性”[②]。他所说的纯粹性不是“鼓吹文学家放弃社会责任的意思，只是说中国的文学家应当有一些关于艺术的较为纯粹一些的考虑。”那么，什么又是“较为纯粹一些的考虑”？什么是文学的纯粹性呢？曹文轩的解释“是从前有、现在有、将来也会永远有”的才是纯粹性问题。如果是这样的话，文学的纯粹性就是

① 吕幼安、吴艳主编：《武汉作家论丛第二辑》，武汉出版社2010年版。

② 曹文轩：《文学是人生最高尚的嗜好》，《北京日报》2003年1月9日。

关涉内容的元素，但也有人说，“纯粹性就是形式的完善”①。文学的纯粹性是内容问题还是形式问题呢？事实上在很多时候，“某一个层面上的形式可能转换另一个层面上的内容。即‘内容’、‘材料’与‘形式’、‘组织’在某种条件下可能完全颠倒过来。”② 文学的纯粹性是否既涉及文学文本的内容又指涉文学文本的形式？进一步追问到底什么是形式？评家该如何言说“有意味的形式”？

通过对这些问题的梳理，我以为现代的形式观里存在一个问题，用二元对立方法处理内容与形式这组概念，即使是西方的形式主义学派，也仍然延续了二分对立的逻辑，只不过是将“形式”置于“内容”之上罢了。从理论上分析这是一分为二思维模式带来的不足：见异忘同和志在两边。见异忘同是只见内容与形式的对立而不见内容与形式的同一，志在两边是执于两极或者两端，要么只强调内容，要么只强调形式。二元对立思维模式里只看到斗争或者在“二”中打一拉一、厚彼薄此现象，存在已久。其原因一方面是思维模式简单化造成的，另一方面也因为“极左”思潮下的现实生活使然。多少年来，“斗争”这个政治学社会学术语被用来替代本该是哲学术语“对立”或“相反”这类概念，“斗争”就无限扩大和绝对化了，反映在对文学形式和内容上，认为两者势不两立或者厚彼薄此就成为自然结果。应该说，改革开放30年来已经矫正了“极左”思潮下的现实生活，包括我们的文艺批评生活，内容与形式的势不两立或者一味厚彼薄此的认知得到一定程度的清算，对贝尔“艺术是有意味的形式”的关注与认同就是有力证明。但是，对“一分为二”思维模式的根源，对这种简单化思维以及由此带来的危害，我们还远没有完成必要的清除和反思。在追求“文学批评理论化”的当下，为建构新的文学批评理论是应该摒弃“二元对立”的简单化思维方式。这是文学批评理论化的必经过程，圆满完成这个过程才能获得文学批评理论创新成果。当然我并不是说所有文学批评都应该追求理论创新这个目标，那些“在日报上对文艺小说家做出专题评

① 周宪：《视觉文化：从传统到现代》，《文学评论》2003 年第 6 期。

② 南帆：《历史与语言：文学形式的四个层面》，《文艺争鸣》2007 年第 11 期。

论并对文艺和音乐演出进行评价”①；那些“传递美感，保持和强化美感，增加接受者审美快感的强调和深度”② 的批评都不可或缺，但如果文学批评以理论创新为愿景而不清算二元对立的思维模式，理论创新就可能成为一句空话。

二

将内容和形式纳入二元对立范畴的文学批评，不仅存在操作层面的弊端，而且存在文学理论批评思维模式的问题，后者危害更大。仍然回到“有意味的形式”这个命题上来。西方从古希腊开始的有关“形式”传统已经汇集成了一个复杂的认知系统。仅在古希腊罗马时代就产生了形式概念的四种含义：以毕达哥拉斯学派为代表的“数理形式”；柏拉图作为精神范型的先验“理式”（form）；亚里士多德的与“质料”相对应的“形式”；罗马时代出现的与内容相对而言的“形式”。“从某种意义上说，20 世纪以来的各种形式概念及其理论学说，无非是这四种‘本义’的繁衍或变种。”③

对内容和形式这样一个复杂的系统，我们一方面需要吸收西方传统理论精华，另一方面还要借助我国古代文论的辩证思想以完善我们的理论思维。

在我们古代文论知识谱系里，内容和形式，大致相当于“文”与“质”这两个概念，中国古文论里对文与质的认识总体上存在两种倾向：一种是重视一方而轻视另一方，比如重质轻文或者反过来重文轻质；另一种则强调两者的对立统一。后者如“言之无文，行而不远”④“质胜文则野，文胜质则史，文质彬彬，然后君子。”⑤ 是说唯有内在之质与外在之文相互适应，质胜而文茂，才是“君子”应具的风度，也才是好的文章应具有的品质。《国语·晋语五》云：“身为情，成于中。

① ［美］雷内·韦勒克：《批评的概念》，中国美术学院出版社 1999 年版，第 4 页。
② 王先霈：《圆形批评论》，华中师范大学出版社 1994 年版，第 31 页。
③ 赵宪章：《形式美学与文学形式研究》，《中南大学学报》2005 年第 4 期，第 164 页。
④ 《左传·襄公二十五年》。
⑤ 《论语·雍也》。

言，身之文也。言文而发之，合而后行，离则有衅。”这也是讲文质结合的问题。我国古代文论最早出现的关于文质问题的专论，是“建安七子”的阮瑀和应玚，他俩各写一篇《文质论》，观点却相反，阮瑀崇质抑文，应玚则对文的作用有更多的强调。在文与质的关系上，刘勰持“结合论”的态度，重视文学的感染力和一些形式因素。

不管是中国古代还是西方古代，有关形式研究的理论成果都是我们应该珍惜的理论资源，是我们今天思考形式问题的逻辑起点，其中蕴含的理论思维模式也是我们今天应该细致甄别并合理扬弃的。如何突破文学理论批评的二元对立模式？我以为涉及两个方面：一是由思维的简单化到复杂化；二是树立辩证统一的思维模式。以对刘勰“风骨”论的解读为例，通过对“风骨”的文本解读，阐释这个问题。

“风骨”是《文心雕龙》里最有争议的概念之一。有学者统计，关于“风骨”的解释有 64 家之多。① 我们至少可以从三个层面解读风骨②：首先是“风”“骨”各自的含义；其次是两者之间关系的说明；最后阐述“风骨”作为整体概念的确切内涵。

在《风骨》篇里，“风”指内在的“情”和使情外化的手段。情为里为实，是作品的意蕴。在刘勰看来，文章有没有情，关涉到风，即文章要感动人。像“宋初讹而新”，只讲究华靡旖丽的文辞，是不能感动人的，也是缺乏风的表现；但情感必须借助恰当的手段来表达，没有恰当的表现方法，就不能忠实地表达情感，就不可能形成“风”。“骨”也分表里两个层面。表层指文辞，要追求简要端直，挺脱刚劲；里层又关系到作者的情志。“若瘠义肥辞，繁杂失统，则无骨之征也。”情志萎靡的人，写不出挺脱刚劲的文辞；仅靠堆砌刚健的文字也不能形成“骨”的风格。形式中的文辞关涉到作者的情志和思维水平，因而“骨”又超越文辞的范围。文章是一个有机整体，要能立起来，如同骨骼对血肉的支撑；又要能感染读者，一如人的气脉流畅，通体释放着勃勃生机。因而，作为一个单独的概念，无论是“风”还是“骨”，各自都具备表里两个层面，都既是形式的，也是内容的。

---

① 陈耀南：《文心风骨群说辨疑》，《文心雕龙综论》，（台北）学生书局 1988 年版。

② 吴艳：《解读刘勰的“风骨”论》，《华中师范大学学报》（综合专辑）2001 年。

风、骨合成一个概念，我的理解是取“风”中情、“骨”中辞的意思，强调“风”以情动人，即是“感情的力”；强调“骨”要“表现出力量的笔致”（罗宗强）。“风骨”作为一个词，其意不是“风”与“骨”意项的简单合一，而是对作品风貌所作的一种理论概括，情辞融和以致“捶字坚而艰移，结响凝而不滞，此风骨之力也”。“情与气谐，辞共体并。”“使文明以健，则风清骨峻，篇体光华。”这才达到“风骨”境界。

《风骨》讲究阴阳虚实辩证统一的思维特点，给予我们许多启迪。她告诉我们：当相关的两个对象互为表里时，相对而言，其一为实，其二为虚。就某一对象言，其本身又可以分为阴阳或虚实两个方面，是它们的对立统一体。以宇宙为例，天阳地阴；拿地面来说，山为阳，水为阴；就人体而言，其背为阳，其腹为阴。“风”“骨”也是如此，两者之间的关系一虚一实，又各自含有虚实两面。我们不仅要注意它们之间互为表里的一面，还要关心各自隐含的多层复杂关系。

换一种言说方式，文学批评面对“有意味的形式”，是否也应该作这样的解读：意味与形式互为表里，各自也具有表里虚实两个方面。“意味”是消除了任何利害关系的审美情感，它需要借助形式表现出来，意味被蕴含在形式元素里。当然这只是将“有意味的形式”与“风骨”对照性解读，分说“风”“骨”，是确实具备阴阳虚实、辩证统一的思维特点，“有意味的形式”的核心是强调艺术的整体性和形式的重要性。这么说来，将艺术这个有机整体一分为二真就一无是处了？事情并不是这么简单。

应该承认，“一分为二有个好处，就是使得你对一个笼统的、囫囵的、混沌的那个‘一’做些非常明晰的划分。”但“在一与二的关系中，一是体，二是用；一是本质，二是现象；一不得不表现为二，同一必然呈现为对立。”① 也就是说内容、形式的“二”与艺术品这个“一”之间的关系。内容也罢形式也罢都只是“艺术品”的“现象”，都只是为说明“用”的两个概念而已，艺术品才是本体才是其自身的本质。另外，内容与形式，两者又相反、“相因”，彼此都是对方得以

① 庞朴：《一分为二说》，http：//www. studa. net/zhongguo/。

存在的根据或原因。比如大小相反。“而所以有大，正由於有小；所以有小，正因为有大。大小以其相反，成其相因；唯其相因，所以相反。此之谓‘交’。交者彼此交合，无可分离，虽二若一，因二为一，合二而一。”①

从认识方式看，我们“不能只见其一，不知其二”；但更“不能只知其二、不知其三”。这个三就是“和”，和二为一，是使对立的双方组合成第三个东西，由对立变成了同一，由二变成了一。用我们生活中的“和面”为例。“拿一点面粉、一点水放在缸里，面粉是干的，水是湿的，一个固体，一个液体，但是你把它们混合起来，最后形成的东西，它既不是水，也不是粉，同时既有水，又有粉”②。

文学文本的内容和形式，或者用“有意味的形式”来表达，不管怎么称谓，对于文学批评者，重要的是看到内容和形式、意味和形式都是你中有我、我中有你。文学文本首先是一个有机整体，是一。为了批评的方便，可以将这个有机整体一分为二，即内容与形式。通过明晰的划分，可以分别从内容或者形式上阐释对象的特点并解释其意义，只是我们应该注意：分论内容与形式是艺术整体解读的一个层面，但这个层面不能取代另一个层面，也是更深层面的解读，即需要进一步阐释内容与形式的相互关系：相互依存，相互转化，并存在“直接的同一性”。

庞朴说：

> 我们的一些教科书中，多爱把同一性规定为两点，一是互相依存，一是互相转化。而在辩证法大师黑格尔和马克思那里，同一性则有三个内容。例如马克思在谈生产与消费的同一时，这样说：
>
> 1. 直接的同一性：生产是消费，消费是生产……
>
> 2. 每一方表现为对方的手段，以对方为媒介；这表现为它们的相互依存……
>
> 3. ……两者的每一方当自己实现时也就创造对方，把自己当做对方创造出来。(《导言》，《马克思恩格斯全集》第13卷，第

① 庞朴：《一分为二说》，http：//www. studa. net/zhongguo/。

② 同上。

743 页)

大师的说法和我们教科书的差别，在有无“直接的同一性”这一条。这是同一性理论中，最不易理解的一条，也是最重要的一条，必须站在更高的角度，具有一种“通识”，才能看到它的存在，才能把对立双方直接“通为一”；否则必斥为诡辩和儿戏，弃之唯恐不及。难怪庄子说：“唯达者知通为一”。淮南说：“众人皆知利利而病病也，唯圣人知病之为利、知利之为病也。”(《淮南子·人间训》) 孟子是一位达者，所以他敢于说：“教亦多术矣，予不屑教诲也者，是亦教诲之而已矣。”(《孟子·告子下》) 不教诲就是教诲，二者直接同一。①

用“直接的同一性”说明内容与形式的关系，一方面可以说内容就是形式，另一方面又合二为“三”，使对立变成了同一，即艺术品本身。如果说二分法“见异忘同（只见对立不见同一）志在两边（两极、两端），而三分法则兼及规定着两个相对者的那个绝对。”②

20 世纪 80 年代，曾经涌现出学习西方现代派和学习南美洲“魔幻现实主义”的浪潮，我们中国的“先锋小说”也应运而生。不用标点符号的意识流、小说的开头用加西亚·马尔克斯《百年孤独》句式，还有与魔毯飞天相关的情节……但先锋小说最终只是形似而非神似。后来相关小说家也转变了创作策略。对这个浪潮现象我们可以从不同视角进行分析，但有一点不可忽视，它暴露了我们在学习技巧中存在的认知偏差：将形式技巧孤立化，没有注意技巧与作品内容整体以及作家本人的复杂关系。我们知道，所谓技巧，是与作家的认知方式和认知水平紧密联系的。以加西亚·马尔克斯《百年孤独》为例，其技巧是形式，情节是内容。加西亚·马尔克斯认知方式和认知水平才是那个三，这个三通过作品本体而显现。没有如他一样的认知方式，没有达到他那样的认知水平，学习句式、情节或者其他内容、形式因素，最好的结果只是模仿而不可能是创造！

① 庞朴：《从一分为三谈中国人的智慧》，《解放日报》2005 年 5 月 22 日。

② 庞朴：《一分为二说》，http：//www.studa.net/zhongguo/。

应该说，一分为二是我们本土的古老术语，其中的同一性，是说对立双方互相依存互相转化；所谓的斗争性，是说对立双方互相对立互相排斥。一分为二的提法“十分简洁明白，但却失之粗疏平滑。它不甚注意，两个互相排斥着的对立面之间的同一和斗争，并不简单到只是一个暂时一个永久、一个有待一个无待、一个相对一个绝对的程度，而是处于互为前提互为结果、彼此相成彼此互寓的复杂关系之中。”①

“一分为三”同样也是我国古老先哲的智慧结晶。孔子的“中庸之道”，儒家说：“有两则有一，是太极也”（张载：《易说下》），两是阴阳，一是太极，阴阳之中或之上，有个太极在。道家说：“两者同出而异名。同谓之玄，玄之又玄，众妙之门。”（《老子》）对立的两同出于玄，玄是一，它在对立之前，也在对立之中。佛家说：“明与无明，凡夫见二。智者了达，其性无二。无二之性，即是实性。”（《坛经》）两是假名是世谛，一是实性是真谛。世谛之上，有真谛在。我们的文学批评理论传统如刘勰《文心雕龙》就有这些辩证思维特点，前面已经通过对《风骨》篇的解读阐释了这个特点。缘何一分为二与一分为三共存的中国传统变成只有一分为二，而且是简单思维的对立模式，这是我们要继续探究的问题。

三

贝尔“艺术是有意味的形式”理论本身可能还存在这样或者那样没有完全阐释清楚的问题，但是将艺术看成是“有意味的形式”，其中蕴含了对艺术形式和内容简单对立模式的矫正，包含了追求艺术整体性与纯粹性的诉求，所以才被公认是解释现代艺术最令人满意的理论之一。

自律的、自由的、复杂的形式理论在西方传统里并不是稀有成分，前面我们说过，仅在古希腊罗马时代就产生了四种形式概念：“数理形式”；先验“理式”（form）；与“质料”相对应的“形式”；与内容相对而言的“形式”。就是说从古希腊开始有关“形式”传统已经汇集成

① 庞朴：《从一分为三谈中国人的智慧》，《解放日报》2005年5月22日。

了一个复杂的认知系统。可惜，这个复杂“形式”传统和认知系统，在科学为上的时代驱使下，准确地说是在以经典物理学为代表的科学驱使下，这个复杂的认知系统被迫改变为简单化的思维模式。经典物理学科学思维的运思特点，将思维对象进行分割和封闭，把它们压缩成一个简单成分，并排除一切非线性的因素；把存在的对象硬拽到已经为它准备的某个体系，不让它越过这个体系，从而将复杂对象压缩成一个简单成分，进而获得理想化、理性化和标准化的成果。“理想化”是认为观念能够反映现实，认为只有可理解的才是真实的；它试图把我们的研究对象纳入一个一致的、有序的体系，不允许他溢出体系，因为我们需要用理性解释整个世界的存在；“标准化”就是要求消灭一切怪异的、神秘的、无法简化的现象。

这种思维方法的基础是古典科学主要是经典物理学。从伽利略到牛顿，秩序的地位越来越高，为此我们建立起一条铁的法则，亿万颗星星都按照这个法则运行。世界是有秩序的，唯此，我们才能把握它；如果没有秩序，我们就分割它们，使它们变成有秩序的存在，这样我们才能真正地认识它们。牛顿物理学影响下的宇宙观、与之对应的认识事物方法的就是这样的，通过分割手段让我们的认识对象变成孤立的、静止的存在，最终让它们成为一种有序的存在。随着科学日新月异的发展，这个特点几乎霸占了人们思维的主导地位。西方如此，百余年来的中国也是如此。

自鸦片战争以来，中国的志士仁人就一直是向西方学习，由此也带来近代文化的转型，经由军事—经济—国家体制—文化内部的逻辑过程，有“中学为体，西学为用”“全盘西化”或“以中化西”的不同主张，形成近代这个“过渡时期”文化转型期复杂矛盾的局面。在这个复杂而矛盾的时代，不管你是否愿意，是否自觉，西方的科学与工业文明优势凸显出来，加上中华文明在这个转型期的式微，因国力不足被西方列强欺辱的历史，都使西方科学文化包括占据主导地位的理论思维方式也成为我们自己的理论思维方式，包括文学理论批评思维方式。对西方科学文化包括其占主导地位的理论思维方式提出质疑与反思，就显得极为不足。

科学“有方法对科学的对象进行科学处理和控制，但却没有一个科学方法把科学本身当作科学的对象来处理。”① “我们甚至可以说全部科学方法无一不是用来排除主体和自反作用的，于是它们保持着一种自我的遮蔽。拉伯雷说：‘缺了意识的科学只能是灵魂的废墟’。这里所缺的意识并不是道德意识，而是纯意识，即对自己进行反思的态度。”② 法国思想家埃德加·莫兰（1921—）对西方传统物理学带来思维简单化的批评，可以让许多人警醒。原来我们信以为真的科学也存在不足，从思维方式分析，所谓科学思维整体上它“排除主体”，排除“自反作用”，而所谓“自反”就是对自己进行反思。“排除主体”与艺术思维及其艺术创作格格不入，显而易见，无须赘言。排除“自反作用”即排除对自己的反思，是被长期遮蔽的问题。

对科学本身，对科学主导下理论思维方式的反思，在西方直到19世纪才开始。其直接导因是19世纪的现代物理学，比如物理学热力学第二定律引入“能量耗散”这个新概念，说明所有能量的转换，所有利用热能所做的功都必将引起能量的耗散。这种利用热能在转换和做功过程中所产生的不可逆的能量的省耗也就是“熵”。热力学第二定律涉及专门的知识领域，在此我们不可能进行深入阐释。热力学第二定律突破热力学第一定律中有序的限制；同时还引进了组织与组织解体的概念，说明构成一个系统秩序的是一个能够把各种异质成分组成一个整体的组织。科学上“有序与无序共生”的观点引进了逻辑的复杂性：必须在有序概念中看见无序；在无序概念中看见有序。甚至可以说极端的无序复合体包含着有序，极端的有序复合体包含着无序。这是热力学第二定律给予人们思维模式的革命性改变，使人们终于对简单化思维模式产生动摇，对“复杂思想”模式有所重视。“复杂思想”模式将无序纳入自己的视阈，认识到无序的普遍作用；认为只有将有序与无序结合起来，才可能接近事物存在的本真状况。“复杂思想”模式“它把统治西方物理学和形而上学的孤立切分范式向前推进了一步……从此，所有对依赖生态的开放生物（这其中不仅包括生物，也包括人类社会以及我

---

① ［法］埃德加·莫兰：《方法：天然之天性》，吴泓缈等译，北京大学出版社2002年版，第7页。

② 同上。

们的思想）的存在、组织、行为、演变的解释和澄清都不能靠对某一方的孤立和排斥，无论是对内部系统逻辑还是对外部情景逻辑（外部环境条件）都不得如此；我们需要一种复式逻辑和辩证的解释，以竞争的和对立互补的方式把内、外过程联系起来。"①

具有喜剧意味的是这个法国思想家埃德加·莫兰所提出的"复杂性思想"，其理论资源除了西方现代物理学理论，另一个思想源头是我们中国老子的智慧。埃德加·莫兰借由我们古代老子的智慧反思他们的理论思维模式，我们却还深陷于西方人正在爬出的简单化理论思维的泥潭，这是多么的可怕。

仅以文学批评实践而言，将内容和形式纳入二元对立的范畴，在开展文学批评的时候，容易从一个极端走向另一个极端，即一会儿偏重内容，一会儿偏重形式；也容易将西方文学批评理论的变向转换简单认定为重形式或者重内容、重内部研究或重外部研究等系列二元对立观念的转换。将内容和形式纳入二元对立范畴的文学批评，还容易让批评者随意拿来不同的理论，将复杂问题简单化，既免于"武器的批判"，也"遮蔽"当下问题的特殊性。免除对"武器的批判"，搁置对本土具体问题的追问，使不同问题总是陷入同一个解题层面。其结果是不能透彻研究文学批评中出现的本土问题；不能在某一个具体问题上停留太久；不能将问题提炼成文学理论的命题并继续深入研究，一句话，使文学批评难于获得理论创新成果。简单化理论思维模式是造成这些后果的重要原因。

长期以来，我们不仅对简单化思维弊端认识不足，对简单化思维定式的力量也缺乏足够清醒的认识。说文学批评界对简单化思维的弊端浑然不知，那未免太过武断，多数情况下，不是对简单化思维浑然不知，而是知道了却没有追究其后果，或者追寻结果以后又难得矫正已成为定式的思维形态。本来，思维定式是按照积累的思维活动经验教训和已有的思维规律，在反复使用中所形成的比较稳定的、定型化了的思维、路线、方式、程序、模式。其长处是在环境不变的条件下，能够使人应用

① ［法］埃德加·莫兰：《方法：天然之天性》，吴泓缈等译，北京大学出版社 2002 年版，第 58 页。

已掌握的方法迅速解决问题。其弊端是在情境发生变化时，妨碍人们采用新的方法，思维定式强大的惯性或顽固性，甚至可以深入到潜意识，成为不自觉的、类似于本能的反应。从这个角度，我们思维定式带来的弊端束缚了创造性思维。如果说传统物理学形成的简单化思维模式，是线性的、形式逻辑的，在科学领域，在条件不变的情况下，确实可以“迅速解决问题”，那么，物理学本身发展“情境”已发生巨大变化，对复杂问题的处理就不能用简单性思维方法解决。

思维的简单化可能具有多种表现，我们当特别警惕的是二元对立模式，它将所有的对象都一分为二，认为“二”者又只存在对立关系。这种二元对立思维模式遮蔽了多元共存及其各元素之间所存在的复杂关系，多元所组成的整体观念，以及整体大于部分之和的理念。从这个角度，我们看贝尔的“有意味的形式”理论，分析刘勰《风骨》篇，就不只是一般性的细读，而是以此说明文学批评当如何面对有意味的形式。从贝尔的“有意味的形式”观念中，我们注意到内容与形式，你中有我、我中有你，有意味的形式合成第三个东西即艺术品，她是一个有机生命体。从刘勰《风骨》篇里，我们理解这“风”“骨”的关系一虚一实，又各自含有虚实两面，由此带来对理论思维复杂性的认知，对埃德加·莫兰复杂性思想的认知，通过这一系列的检讨，旨在打破二元对立的思维定式，从思维简单化到复杂化，由二元对立到辩证统一。这样我们的文学批评实践才可能是丰富、鲜活和完善的；我们的文学批评理论化才可能实现。

贝尔的“有意味的形式”和刘勰的“风骨”理论，其共同点是对艺术的复杂性把握。在看似对立的艺术元素里，例如形式和内容，实际上这个对立元素是你中有我、我中有你。有意味的形式合成第三个东西即艺术品是一个有机的生命体。风、骨关系一虚一实，又各自含有虚实两面。由此检讨二元对立模式带来的危害并探究其根源，提倡由思维的简单化到复杂化，由二元对立到辩证统一，复杂性思维模式是文学批评理论创新的必要条件。

反思文学批评(之三)

——"生态整体主义"对文学批评的意义

八年前我写过一篇论文①，提出生态学是否颠覆文艺学的问题。所谓颠覆是指生态学对文艺学相关理念、原理、方法所具有的挑战性和革命性。比如，从观念或言说立场分析：生态学强调以自然界一分子的地位认识自然界相互联系和相互作用的整体性；承认自然价值，保护自然价值，抛弃以损害自然价值的方式实现文化价值，做到在自然价值基础上创造文化价值。如今，生态问题是全球面临的共同难题，生态学也已然成为当今的"显学"。可我仍然担忧：我们是否止于借用生态学术语谈论文艺学老问题；是否止于寻找中国古代"本土资源"而没有继续前行，尽管借用生态学术语和寻找中国古代"本土资源"都是必需的、合理的。这里所谓继续前行，是指进一步区分生态学与我国传统"自然观"的联系与不同；区分生态学中不同流派的观点对文艺学的不同影响。正是从这点出发，本文将阐释"生态整体主义"对文学批评标准和文学批评思维方式的意义。

一

早在2000年，我国生态学家余谋昌先生就指出：生态学不是一种科学，而是一种思想，一种方法，以为生态学的核心是价值观的转变，

---

① 吴艳：《"生态学"颠覆了文艺学?》，载于童庆炳主编《全球化语境与民族文化、文学》，中国社会科学出版社2002年版。

即承认生命和自然界的道德地位、道德待遇。承认不只是人有价值，生命和自然界也有价值，不只是劳动产品有价值，自然界的物质生产过程创造的产品也有经济价值。学术界也有人认为生态学在根本观念上具备颠覆性质，断言它将颠覆经典的哲学、文艺学、美学、经济学、法学等社会学科①。

2010 年，王诺在《生态视角的人文社科研究之关键问题》② 里就“生态批评”这个“跨学科研究的思想基础和逻辑起点”进行说明，他认为“生态批评”“最基本”的两个问题为：“生态的”还是“环境的”；生态整体的还是人类中心的。乐黛云先生对这篇论文曾给予高度评价，她说王诺“提出了‘生态整体主义’与‘环境主义’的区分，指出生态整体主义的核心是把生态系统的整体利益作为最高价值，而环境主义的基本精神只是以人类为中心保护环境。这无疑是生态文明研究的一个重大进展。”③ 这个重大进展的表现之一是充分认识生态整体主义在文学批评标准和文学批评思维模式的推进作用。“生态整体主义的基本前提就是非中心化（decentralization），它的核心特征是对整体及其整体内部联系的强调，绝不把整体内部的任何一个部分看作整体的中心。……有中心就一定有边缘，有非中心的部分，有周边环境。……如果不消解中心主义本身，如果依然延续中心主义的思路，我们仍然跳不出人类中心主义的框架，而是把原来的范围不断扩大——从‘动物中心主义’到‘生物中心主义’再到‘地球中心主义’或‘生态中心主义’”。

王诺得出结论：“生态整体主义是思维方式的一次革命，从中心论和二元论到整体论的革命，它强调整体但绝不预设中心。”我以为，王诺的这个结论是生态批评研究者对十年前余谋昌提出问题的一个回应！回到我的论题，“生态整体主义”对文学批评观的意义在哪里？我认为其一是文学批评标准的；其二是文学批评思维方式的。

用“生态整体主义”重新看待过往文学史，可能会带来文学史秩

① 余谋昌：《生态哲学》，陕西人民教育出版社 2000 年版。

② 王诺：《生态视角的人文社科研究之关键问题》，《跨文化对话》第 26 辑，生活·读书·新知三联书店 2010 年版，第 90—106 页。

③ 乐黛云：《跨文化对话·卷首语》第 26 辑，生活·读书·新知三联书店 2010 年版。

序的改变；用“生态整体主义”眼光评判具体文学文本和文学现象，也可能会带来与众不同的评价，就如同艾略特说的现代作品对传统文学史秩序带来的改变。艾略特说：“一件崭新的艺术品一旦问世以后，它就使我们改变了对过去的作品的看法，那也就是说：它所发生的作用同时影响了它以前的一切作品……在新的作品出现以前，现存的秩序是完整无缺的。一旦有新的因素投入其间，为了保持协调与和谐，‘整个’现存秩序必须改变。每件艺术品对于那些不朽的巨著所形成的‘整个’秩序，本来就是有某种关系、比例和价值存在，现在这些关系、比例和价值势必因而重新调整。这就是新旧之间的调和。”① 艾略特说的是现代对传统具有的调整作用，由于对新作品价值的认可，人们会改变对原来作品的看法，那些原有巨著组成的秩序因此发生变化。“生态整体主义”则是因为其思想本身带来文学批评标准的变化，文学批评标准改变了，文学史的秩序当然也随之改变，以对我国传统俗文学的评价为例。

郑振铎说：“‘俗文学’就是通俗的文学，也就是民间的文学，也就是大众的文学。换一句话说，所谓的俗文学就是不登大雅之堂，不为士大夫所重视，而流传于民间，成为大众所嗜好，所喜悦的东西。”②我国文人对俗文学如戏曲、民歌、小说的系统研究晚至元代，而且文人说到俗文学的时候总还是显得底气不足。元朝的钟嗣成曾以记载金元戏曲作家的传记和作品目录而成《录鬼簿》，这是现存中国戏曲史上第一部重要文献，还是一部比较系统的戏曲史和戏剧批评著作。但在《录鬼簿序》里作者仍然表现出因肯定戏曲价值而“得罪于圣门者”的矛盾心理，因为我国古代诗文才是正统，唯是独尊。这当然是封建等级观念作祟，唯我独尊地面向地球上的一切生命，这里面就存在着等级观念的影响。

对俗文学的态度与评价涉及正统/非正统，中心/非中心的二元思维模式以及由二元思维模式带来的文学批评标准的正统化。如果从文学这

① ［英］艾略特：《传统和个人的天赋》，载于陈映真主编《诺贝尔文学奖全集》第24卷，台北远景出版事业公司1983年版，第107页。

② 郑振铎：《中国俗文学史》，作家出版社1954年版。

个“物种”以及“生物圈”的宏观视角考察俗文学的价值，考察人就不再是“底气不足”，不再怀有“得罪于圣门者”的愧疚，而是理直气壮地说明俗文学对纯文学的具体作用；俗文学在整个文学史发展中不可或缺。进一步说，我们如果不拆除文学批评“对象”人为等级的樊篱，就不能平等地对待所批评的对象。这个“等级的樊篱”是既定的，存在于我们的潜意识之中。坚守思维方式的“非中心化(decentralization)”和“对整体及其整体内部联系的强调”，就显得非常艰难，而一旦坚守这样的思维方式，我们的评判就可能具备颠覆价值。这里，先举一个用生态整体主义思想对英国18世纪晚期奴隶贸易研究的例子。

英国18世纪晚期的奴隶贸易在英国的经济尤其是工业化的作用问题，欧洲中心主义者认为其作用是微乎其微的，甚至否定以奴隶制为基础的海外贸易是欧洲资本积累和工业化的因素。其理由是以奴隶制为基础的海外贸易只占欧洲国民生产总值的2%，在英国也只占国民收入的0.54%（1770年），海外奴隶贸易利润对英国资本形成的贡献最多不会超过12%。这就是说，从数量上看海外奴隶贸易对英国的“资本的原始积累”的作用是很小的。有位叫肯尼斯·波梅兰兹的学者从生态整体主义角度阐释分析这段历史，指出是“生态缓解”（ecological relief）而非原始积累使英国从海外奴隶贸易中获得了最大收益。英国从新大陆（美洲）获得大量“土地密集”（land intensive）的产品（如糖和棉花），从而缓解了英国自身的人口对土地的压力。海外奴隶贸易的“原始积累”对英国工业化资本在数量上贡献不大的事实，并不能否定它对英国工业化的关键作用。① 英国18世纪晚期奴隶贸易对其经济尤其是工业化的作用，欧洲中心主义者的断语是“微乎其微”甚至是“没有作用”，在生态整体主义者看来却具有“关键作用”！两个判断天壤之别，后者对前者的颠覆作用不言自明。

对俗文学的价值判断也是如此。从文学“物种”以及“生物圈”宏观视角考察，俗文学在文学的“生物圈”内是与纯文学一样、一同存在的不同“物种”，它与纯文学同时生长在文学这个“生物圈”内，

① 崔之元：《生态缓解，奴隶制与英国工业革命》，《读书》2001年第11期。

两者关系并存、互补，有时也会发生矛盾冲突。我们可以说，从文体角度分析，没有先秦诸侯国无名氏的民谣（风），就没有以后的“采风”机构和从事相关收集活动的人士；没有各诸侯国的“风”，《诗经》的存在只有雅、颂的《诗经》就会缺少最鲜活的民间生活的诗性表达。风是最早的俗文学之一，与雅颂并存、互补，是最早的诗体“圈”中的一个“种”类，不可或缺。

在整个文学史的发展中俗文学又具有“创作源”和催化剂的作用。这主要表现在后来的文人从广义的俗文学里汲取养分，回归诗歌言志缘情传统，变革原有纯文学体式的发展过程。以我国古代诗歌史里的《古诗十九首》为例。

对《古诗十九首》作者和时代存在多种推测，有人认为是枚乘、傅毅或曹植、王粲所作，但均无据可考。学界公认《古诗十九首》为东汉末年非一时一人的文人之作，既是文人之作，可能就与俗文学关系甚微，事实却恰恰相反。《古诗十九首》与俗文学存在密切联系！其最突出的表现是以赤裸裸的、没有丝毫约束与刻意遮掩的诗歌语言，抒写人生感慨，传达生命讯息，如“何不策高足，先据要路津”“无为守贫贱，坎坷长苦辛”“奄忽随物化，荣名以为宝”“盛衰各有时，立身苦不早”“荡子行不归，空床难独守”……这些没有刻意遮掩的直抒胸臆，一方面成为汉代文人的正襟危坐与魏晋文人放浪形骸的有效过渡；另一方面也传达出率真而大胆的反叛意味，是对儒家宗法制度的反动，是对温柔诗教的反动，也是魏晋时期人的觉醒与文的觉醒的先声。因此可以说，东汉末年的《古诗十九首》体式上由民歌乐府发展而来，同时也秉承了民歌自由真率之传统，为文人诗歌注入了新鲜活力！沿着这样的思路，我们可以李白、杜甫或者白居易个人诗歌创作为例，作俗文学与纯文学的关系研究，可以写出系列论文，那是一定的，此处不再赘言。本人以俗文学为例，旨在说明评价文学现象时，如果坚持“非中心化”（decentralization），坚持“对整体及其整体内部联系的强调”，其结果多半富有颠覆价值和创新意味。

二

生态整体主义是思维方式的一次革命，重点是要超越“中心论”和“二元论”，上面我说的是如果超越“中心论”，在文学批评理论研究中因为价值判断标准的变化可能会改变文学史的原有秩序。这里再说明如何超越“二元论”思维方式的问题，这似乎更加困难。王诺在《莫兰的发展批判与科技批判》① 里提到莫兰的“复杂思维范式”，认为莫兰的“复杂思维范式”的核心内容是对科技的批判。莫兰指出，“这个释疑的、致富的、征服性的和硕果累累的科学也愈益使我们面临严重的问题……这个解放人的科学同时也带来奴役人的可怕的可能性，这个生机勃勃的认识也产生着消灭人类的威胁。”莫兰对科学技术工作者缺乏社会责任、人类责任和生态责任提出了严厉的批评。“既缺少科学的责任性又缺少关于责任性的科学”，这是莫兰对当代科学技术现状的一个基本判断。莫兰分析了科学家缺乏责任感的根本原因：至今仍占主流地位的经典科学观念认为，科学从原则上将事实与价值分离，“也就是说从它的内部排除任何伦理学的管辖权；在消除科学认识的主体的基础上建立它的客观性的公设”②。科学把“为着认识而认识”当作自己的绝对律令，只要认识，不计后果。这一律令促使科学把任何戒律、禁忌和责任排除在科学之外，于是，“责任性因此是无意义的和非科学的。研究者从原则上和从职业上来说都是不需负责任的”③。莫兰认为，这种把科学与伦理责任分离的绝对律令，如果说在科学刚刚兴起的时代和受到宗教政治排挤和威胁的时代还有其正确性和时代意义的话，那么，“在科学处于统治地位和威胁着其他事物的存在的时代就不再是正确的了”④，“认为价值判断不适于科学研究活动的思想具有积极意义的

① 乐黛云主编：《跨文化对话》第 18 辑，江苏人民出版社 2006 年版。

② ［法］埃德加·莫兰：《复杂思想：自觉的科学》，陈一壮译，北京大学出版社 2001 年版，第 87 页。

③ 同上。

④ 同上书，第 95 页。

时代结束了”[①]。莫兰进一步指出，与社会责任感分离，必然导致科学不能认识自己，“不能科学地思考它本身，不能确定它在社会中的地位、作用，不能预见它在当代的发展会导致什么——毁灭、奴役还是解放”[②]，造成了可怕的生态危机和人类生存的危机还不自知，还不知道反省和自我批判。

其实，莫兰的“复杂思维范式”的思想基础有两个：一个是我们中国老子的智慧；一个是现代物理学理论具体来说是“热力学第二定律”。

传统物理学在思维方式上带有科学的简单化色彩，是对思维对象进行必要的分割和封闭，把它们压缩成一个简单成分，并排除一切非线性的因素，以获得理想的、理性的、标准化的成果。这里，所谓理想的是指认为观念能够反映现实，认为只有可理解的才是真实的；理性化的则试图把我们的研究对象纳入一个一致的、有序的体系，不允许它溢出体系，因为我们需要用理性解释整个世界的存在；标准化就是要求消灭一切怪异的、神秘的、无法简化的现象。从伽利略到牛顿，秩序的地位越来越高，为此我们建立起一条铁的法则，亿万颗星星都按照这个法则运行。

这种认识论上的坚强信念，直到19世纪才受到根本的动摇。到了19世纪，在物理学秩序的中心地带冒出了一小团的无序。开始它们被封闭在瓶中，仅仅得到一点气体，可后来它变成杂食动物，食欲大增，渐渐威胁到整个宇宙——那就是热力学第二定律。它引入了一个“能量耗散”这个新概念。即所有能量的转换，所有利用热能所做的功都必将引起能量的耗散。这种利用热能在转换和做功过程中所产生的不可逆的能量的省耗也就是“熵”。热力学第二定律是一个极其专门的知识领域，在此我们不可能进行深入的阐释。应该注意的是它的内涵包括了或者说是引入了有序和无序的概念，即突破了第一定律中有序的限制；同时它还引进了组织与组织解体的概念，因为构成一个系统秩序的是一个能够把各种异质成分组成一个整体的组织。

---

① ［法］埃德加·莫兰：《复杂思想：自觉的科学》，陈一壮译，北京大学出版社2001年版，第94页。

② 同上书，第104页。

古典科学 无序—互动（结合）—有序/组织		热力学第二定律 有序/组织—无序

如果我们将这两个矩形封闭的线条去掉，我们就可以得到这样一种图示了：

无序—互动—有序/组织—无序

因此，热力学第二定律为人们的认识带来了新的消息：

“——在时间长河中有着并将永远有衰退和耗散。

——任何有组织的事物，任何有组织的生物都不可能逃脱衰退、耗散、解体的命运。任何生命都不可能逃脱死亡。

——一切创造，一切发展，生生相息，甚至一切信息都必须付出熵的代价。

——一切生物，一切系统都不可能孤立地再生。”①

在理论思维方式上我们可以引申出这么一个观点：有序与无序的共生。它引进了逻辑的复杂性：必须在有序概念中看见无序；在无序概念中看见有序。甚至可以说极端的无序复合体包含着有序，极端的有序复合体包含着无序。有序与无序之间的关系，是同一的、互补的、竞争的和对抗的。

比较而言，古典科学的思维是线性的、孤立的、有序的；现代科学则将无序纳入了自己的视阈，并且认识到无序的普遍作用；只要将这两种认识结合起来，才可能接近事物存在的本真状况（至少从我们现有的认识水平上说）。那就是无序—互动—有序/组织—无序的回环不息的运动过程。②

我们中国老子的智慧是什么？从思维方式上说就是看到对立事物之间相互依存的复杂关系。如《老子》第二章③：“天下皆知美为美，斯

① ［法］埃德加·莫兰：《方法：天然之天性》吴泓缈、冯学俊译，北京大学出版社2002年版，第58页。

② 同上。

③ 陈鼓应：《老子注释及评介》，中华书局2009年版，第60页。

恶已；皆知善之为善，斯不善已。”（如果我们能辨别美的事物，那么丑的观念也就有了；都能判断出善的事物，那么关于不善的观念也就有了）“有无相生，难易相成，长短相形，高下相盈，音声相和，前后相随。”（有和无的事物相互生成，难和易的事情互相促进，长和短东西互为显示，高和下的位置互为呈现，音和声彼此相和，前和后的事物连接不断）“是以圣人处无为之事，行不言之教；万物作而不为始，生而不有，为而不恃，功成而弗居。夫唯弗居，是以不去。”（所以有道的人以无为的态度来处理世事，实行“不言”的教导；事物兴起而不加干涉；成就了事情而不据为己有；帮助事物成长而不显示自己的才能；功业成就而不自我夸耀。正因为他不自我夸耀，所以他的功绩不会泯没）

与老子思想不同，简单化思维最突出特点就是“二元论”或曰“二元对立论”。将复杂对象分为两部分，非此即彼。例如对文学形式和内容的二元划分。将内容和形式纳入二元对立的范畴，在开展文学批评的时候，容易从一个极端走向另一个极端，一会儿偏重内容；一会儿偏重形式；也容易将西方文学批评理论的变向转换简单认定为是重形式或者重内容、重内部研究和重外部研究等系列二元对立观念的转换。将内容和形式纳入二元对立范畴的文学批评，还容易让批评者随意拿来不同的理论，将复杂问题简单化，既免“武器的批判”，也“遮蔽”当下问题的特殊性，或者放下正在研究的问题，转而言说另一个所谓的具体问题或者新鲜问题。免除对“武器的批判”；搁置对本土具体问题的追问，使不同问题总是陷入同一个解题层面。没有深透研究文学批评中出现的本土具体问题；没有在某一个具体问题上停留太久的时间；没有将问题提炼成文学理论的命题并继续深入研究，这样的文学批评当然不可能获得理论创新的成果。

当然，“一分为二有个好处，就是使得你对一个笼统的、囫囵的、混沌的那个“一”做些非常明晰的划分。不能只见其一，不知其二”，问题在于“不能只知其二、不知其三”。这知其三就是“和”，是使对立的双方组合成第三个东西，由对立变成了同一，由二变成了一。如“和面”：“拿一点面粉、一点水放在缸里，面粉是干的，水是湿的，一个固体，一个液体，但是你把它们混合起来，最后形成的东西，它既不是水，也不是粉，同时既有水，又有粉。"① 这就是"和"的意思文学的内容和形式，对于文学批评者，重要的是看到内容和形式都是你中有我、我中有你。文学文本是那个"三"——内容和形式组合成的第三个东西，由对立变成了同一，由二变成了一，即艺术品本身。

由一到二，是将笼统、囫囵、混沌的那个"一"划分为"二"，它带来逻辑及其分析的明晰性，这是传统物理学带给我们思维方式的好处，但同时又带来思维的简单化；如果在简单的二分法中又只强调其中的一方占有中心位置，另一方就只能处在边缘，其作用也将是次要的，这就不仅是简单化，它可能将简单化带到看似复杂的思维过程，比如，从只重视内容到只重视形式，重视的对象虽然有了变化，其文学批评的结果也会随之发生变化，但从思维方式上看，只重视内容或者只重视形式两者是一样的，因而具有更大的迷惑性，由此我们可以说"去中心化"比改变"二元对立"的思维模式更加困难。由二再到三，是"对整体及其整体内部联系的强调"，是不同关系组成的"和"——这些不同关系包括整体与部分、部分与部分之间关系组成的"和"，这才是"生态整体主义"对我们的最大启迪。

"生态整体主义"对文学批评的意义表现在文学批评标准和文学批评理论思维方式这两个方面；是对这两个方面可能存在的"中心论"与"二元论"的超越！比较而言，超越"中心论"比超越"二元论"更加困难也更加重要！只有不预设中心，才能平等对待不同的文学批评对象；只有将线性的、孤立的、有序的思维拓展到整体论的、复杂性的思维，文学批评才可能具有创新意味。

---

① 庞朴：《从一分为三谈中国人的智慧》，《解放日报》2005年5月22日。

反思文学批评(之四)

——"学院派批评"的症结与自救

一

文学批评这个词尽管使用的时间比文学创作要晚得多，文学批评的实践却几乎是与文学创作如影相随。给文学批评下定义，可能有多种，一般都含有对具体文学现象、文学文本的分析、阐释和评价的意思。如《文心雕龙·论说》："评者，平理"，评价裁判；"论者，伦也"阐发道理。文学批评的英语单词是 literary criticism 或 criticism of literature 本身也有裁判、判断、辨别等含义。

以"批评家的活动区域"为界，法国文学批评家阿尔贝·蒂博代（A. Thibaudet）将文学批评分为三种①：第一种，由一般读者和报刊记者完成的"自发的批评"；第二种，是专家教授完成的"职业的批评"；第三种，是文学大家所表述的"大师的批评"。"自发的批评"和"大师的批评"各有利弊，暂且不论。蒂博代对大学教授"职业的批评"却颇多嘲讽之词，比如老生常谈、死守规则、思想懒惰、缺乏敏锐的艺术感觉、迟疑症、沉闷的学究气、没有洞察力等。但是蒂博代也承认，职业的批评家有良好的教养、深厚的历史感、知识体系化、视野开阔、持论平正通达等长处。如今仍然以文学批评家的活动区域即评家身份为界，文学批评的划分也还是可以分为三种，表述上略有不同，称

① ［法］阿尔贝·蒂博代（Albert Thibaudet）：《六说文学批评》，赵坚译，生活·读书·新知三联书店 2002 年版。

作媒体批评、作家批评和学院派批评。

三种批评的目标、功能各有所侧重，可以多元共存。媒体批评主体包括报纸杂志的记者、编辑和出版社同人，是针对大众，看重宣传和市场效应的及时批评；作家批评一般具备良好的艺术感悟，在传达美感、深化美感方面得天独厚；学院派批评有的重在传达美感、深化美感，有的则以文学批评理论化——通过文学批评而完成理论创新为宏旨。探讨文学批评的有效性，应该区别对待这三种批评，切不可以一个标准衡量不同类型的文学批评，比如媒体批评侧重于报道文学的相关新闻逸事、要照顾读者消闲需求，要追求宣传效果和市场效应。我们所提出的“批评的力量”也应该是体现在不同类型所涉及的不同方面的力量和不同层面的力量。就像日本有直木文学奖和芥川文学奖，一个专评大众的、以故事情节取胜的作品，一个专评纯文学的，以艺术探索见长的作品。“文学批评对几类不同作品，有不同的视角、不同的尺度，批评家发表的见解，在各自的范围里发生不可彼此取代的效果”①。不能混淆，也不可相互取代。在不同批评里，我所要重点检讨的是学院派批评的症结和自救之路。

蒂博代对理想的学院派批评家的描述是“进驻到文学的内部……从里面认识文学，就是要感受文学的潮流，分辨它们，追踪它们，对它们进行分类……”② 实际上，改革开放以来，学院派批评在“研究取向上”，显示“明智、清醒和辩证”的特点，因此有人预测“卓越的批评家，应当出现在学院，应当是以学术研究和思想探讨为专业的学者。”③这话当然不能反推，说“卓越的批评家”不应该出现在别的批评群体。学院派评家的共同优势显示在文学史眼光视野开阔、知识体系化可追求理论的彻底性和持论的平正通达。然而我们当下的批评还远没有达到这种理想境界，从某种意义上可以说与之相去甚远。

---

① 王先霈：《文学批评的有效性漫议》，《文艺报》2012 年 3 月 16 日。

② ［法］蒂博代（Albert Thibaudet）：《六说文学批评》，赵坚译，生活·读书·新知三联书店 2002 年版。

③ 肖鹰：《今天的批评界欲望太多“投票实名制”绝杀茅盾文学奖——肖鹰谈批评家群体和茅盾文学奖》，《辽宁日报》2011 年 4 月 18 日。

二

学院派批评的症候群表现在：缺少文本细读基础；缺乏批评标准的坚守；缺少持久的跟踪批评；缺乏问题意识和理论创新意识等。

20 世纪 80 年代初，刚复出的陈涌在与文艺理论工作者的一次谈话中，提出要做好文艺评论和研究工作，需要培养“三感”，即理论感、历史感和艺术感。就是说，要胜任文学批评工作，除了批评本身要求的个人品位，还需要历史尤其是文学史的通观眼力，需要文学理论的彻底性，是一种将特殊问题提升到一般范畴，寻求其普泛价值的能力。从事当下文学批评活动是比较困难的，说文学批评是评家的“灵魂在杰作之间的奇遇”（法国印象主义批评家法郎士的名言），就有冒险这个意思。

对新近的、同时代作家作品或者具体文学现象的分析、阐释和评价，难度极大，我们平时不太在意，这至少是认知方面的不足。中国古代评鉴作家有“不录存者”的惯例，把同时代作家作品评鉴“留待后叙”，可以避免作为参与性的在场者，因“只缘身在此山中”的缘故而缺乏客观理性和确定性的审视与判断。然而危险与机遇共存，对当下作家作品或者具体文学现象作出审美的分析、阐释和评价，不仅有“次生文学”① 创作的艰辛与欣喜，更有理性判断、阐释后了然于心的自得与“重生”②。它的基础，是对被批评作品的细致品味后的欣然发现。缺少文本细读的批评，一方面是没有花时间去阅读，另一方面是评家本人缺乏良好的艺术感悟能力。作为普通读者的评家，阅读文学作品时自己都没有被感动，何以能够传达他的审美愉悦，深化他的感动呢？不花时间阅读就侃侃而谈，是违背文学批评常识的做法，这常识就像行人过马路要走斑马线通道或人行天桥一样。缺少文本细读的文学批评，许多时候是被动的，比如某某作家某某作品的研讨会，作品到评家手里的时

---

① ［比］乔治·布莱：《批评意识》，郭宏安译，广西师范大学出版社 2002 年版，第 279 页。

② 同上。

间太短，评家又是某作家的朋友，不能不到场，也不能不发言。人之常情可以理解，但怎么发言却是评家自己的事。不管怎样，你的发言要是批评，要是文学的批评才好。

缺乏批评标准，溢美之词过多，少有发现问题、说明不足的。表面看也是因为人之常情，实际上这常情有时也显露了评家历史和理论底气的不足。不管是现代文学或者当代文学时期，所有评家评骘切中肯綮的意见，都是与评家历史和理论底气相关，如鲁迅对“奴隶丛书”的推荐，胡风对“七月诗丛”“七月文丛”的评介，周作人对废名小说、俞平伯散文的评议，朱光潜对京派文学的批评，周扬对解放区文学的推崇，一语中的的背后，是艺术感、历史感和理论感的支撑。以新时期文学唐弢《林语堂论》为例①。在《林语堂论》里，唐弢首先赞赏林语堂所提倡的“本色美”，赞叹《剪拂集》等“本色的作品”，“不仅持论公正，而且行文流畅生动，亲切活泼，深得英国随笔式散文（Familiar Essay）娓娓而谈、挥洒自如的气韵，并有林语堂的个人性格特征”。那时，林语堂的《京华烟云》刚刚进入大陆，好评如潮，唐弢却逆流而上，提出尖锐批评。认为“小说几乎全部是《红楼梦》的模仿和套制。人物是不真实的，不是来自生活，而是林先生个人的概念的演绎，因此没有一个人物有血有肉，能够在故事里真正站立起来。林语堂在这里又违背了自己的文学主张，借人物的嘴为哲学观点说教，卖弄才华，自作多情，离本色美愈远。他学《红楼梦》，学得很认真，但这一学，却反而让《红楼梦》将他的作品比了下来，对照鲜明，更加显示出《京华烟云》的虚伪和做作。”然后笔锋一转，对林语堂的《苏东坡传》又表示赞扬，认为“是好的，是后期作为绅士林语堂的较有成就的作品，除了中间夹杂一些反复出现、令人生厌的老妇人的唠叨和呓语外，全书对苏东坡本事和诗文经过一番研究，分析探索，运用得较为恰当和灵活：既维护了传记务必真实的要求，也体现了林语堂个人晓畅通达、指挥如意的行文风格。”这是已近耄耋之年的唐弢对林语堂及其作品的评论，关乎艺术感，也关乎理论感和历史感，达到文学批评高远之境界。

---

① 张梦阳：《唐弢的艺术感》，《文艺报》2012年3月16日。

当代文学批评症结之三是对作家作品缺少持久跟踪，缺乏问题意识和理论创新意识。原因首先是体制和时代病的束缚。现行高校科研体制阻碍大学教师参与文学批评工作。在许多高校，所写论文不满3000字、未在纸质刊物上发表的论文均不算科研成果；高校对老师科研工作每年都有量和质的要求，有的还是硬性指标。文学批评，尽管及时，尽管具备艺术感、理论感、历史感，为繁荣发展当代文学作出贡献，有时评家自己仍然没有把握：文学批评的成果是否少有学术价值？如果说文学批评成果是否算科研工作量只是外在条件的制约，文学批评论文是否具备学术价值，则是评家发自内心的质疑。按理，好的文学批评在文学理论批评史方面是有地位的，甚至地位不低，尤其到了20世纪，文学批评家获得了与大作家、大理论家平起平坐的地位，这也是一个常识。为何评家缺乏这样的自信？这就不仅仅是体制问题，连带着是对当下文学批评质量及其有效性的质疑，包括对自己文学批评的质疑。

对于学院派评家，做到阅读欣赏后再批评、坚持批评立场和批评标准，这些都是起码的职业操守，如果能够持久跟踪某一个或者某一类作家进行批评研究；发现问题，始终不放弃困扰自己的问题，这就离理论创新不远了，这就可以从根本上矫正学院派批评的毛病。

三

学院派批评需要自省、自律和自救，然后才能显示学院派批评的力量，增强文学批评的有效性和创新意味。自省的结果让我们发现自身问题，知晓哪些问题是表面的、客观的或者常识性的；哪些问题属于深层次、与主观相连，调适起来很不容易。评家可以通过自律解决常识类问题，深层次问题则需要假以时日，因为关乎评家自身的艺术感、思想感和历史感，不可一蹴而就。

学院派批评的自救还是要从基础做起，比如重视文本细读，在阅读品味过程中发现作品的美感并阐释它们。评家也是普通读者，在阅读方面仍然可以说是一千个读者就有一千个哈姆雷特。但是，基于新近作品的文学批评又与对经典作品的导读不同，后者是对文学史公认经典作品作出具有个人品位的审美解读，前者是要发现没有定评作家作品的潜在特质，感受当下文学潮流，分辨它们，追踪它们，对它们进行分类比较并作出判断。有时候因为你的评说作家作品可以改变其命运，或者能够改写文学史既有秩序，像艾略特说的那样："一件崭新的艺术品一旦问世以后，它就使我们改变了对过去的作品的看法，那也就是说：它所发生的作用同时影响了它以前的一切作品……在新的作品出现以前，现存的秩序是完整无缺的。一旦有新的因素投入其间，为了保持协调与和谐，'整个'现存秩序必须改变（纵或改变的程度极为微小）。"① 这该是多么伟大的成就！当然，没有大量的文本细读想要发现当下"崭新的艺术品"，发现当下作品"新的因素"是绝对不可能的。当下的文学批评，尤其是学院派批评，任重而道远，富有挑战性，冒险性和趣味性，值得我们珍惜和身体力行。

说学院派批评缺乏批评标准，溢美之词过多，少有发现问题、说明不足，是说在同一时空下没有保持逻辑的一贯性和标准的一致性。文学批评标准是多元的，某一类标准在其体系内是合乎逻辑的，但如果同时用不同标准去衡量同一作品，就会出现逻辑问题，这也是批评的常识，与常识相对的深层问题，是对文学批评标准和文学理论有效性和有限性的认知。有效性容易理解，有标准、有比较，然后才有鉴别。有限性是说相对于文学创作，文学理论和批评标准总是灰色的。文学创作从根本上是一种文学创新，切不可因为死守规则、思想懒惰、缺乏敏锐的艺术感觉而漏掉真正的艺术品。从这个意义上我们可以说，文学批评应该带有理论创新的意味，尤其对于学院派批评更是这样。像韦勒克所追求的那样批评"是理智的认识。批评并不创造一个同音乐或诗歌的世界一样的虚构世界。批评是概念的知识，或者说它以得到这类知识为目的。批评最后必须得到有关文学的系统知识和建立文学理论为目的。"②

作家余华说，"在过去的10年里，世界范围内被谈论最多的西班牙语小说不是《百年孤独》，而是《2666》。"2008年他去法国宣传《兄弟》，书店里放着的唯一比《兄弟》还厚的就是《2666》，2009年

---

① ［英］T. S. 艾略特：《传统和个人的天赋》，陈映真主编《诺贝尔文学奖全集》第24卷，台北远景出版事业公司1983年版，第107页。

② ［美］雷内·韦勒克：《批评的概念》，中国美术学院出版社1999年版，第4页。

再去美国，书店里看到的还是《2666》。“无论在法国、还是美国，你只要问《2666》是什么书，几乎每个人都可以告诉你，甚至告诉你它的故事是什么。”① 北京大学戴锦华教授也说，“阅读《2666》几乎是全新的文学感受。”② 有人甚至用“全景小说”为《2666》命名。

“崭新的”《2666》被发现是世界文坛的一件大事，它的被发现同时也是评家的功劳！如果学院派评家细读《2666》，又如果这位评家艺术感、历史感、理论感“三感”具备，大概可以体会阅读、批评与创新的力量。这力量是文学批评的力量，更是学院派批评的力量！对新近作家作品的批评，从作品的“里面”认识文学，从大量的文本细读中感受当下文学的勃勃生气，既能入乎其内，也能出乎其外。在潮流涌动的文学园地里，品味、分辨、追踪和思辨，然后传达自己感悟和思考的结果，这大概也是学院派批评力量之所在，也是其本身魅力之所在。用刘西渭（李健吾）《咀华集·序一》③ 里的话说：“批评的成就是自我的发现和价值的决定。发现自我就得周密，决定价值就得综合。一个批评家是学者和艺术家的化合，有颗创造的心灵运用死的知识。他的野心在扩大他的人格，增深他的认识，提高他的鉴赏，完成他的理论。”我们的学院派批评理应在这诸多方面做出实绩，前提是对自身不足的自省与自救。

---

① 杨梅菊、波拉尼奥：《〈2666〉投射一个全球性的永恒问题》，《国际先驱导报》2012年1月2日。

② 同上。

③ 李健吾：《咀华集·咀华二集》，人民文学出版社2007年版。

反思文学批评(之五)

——观念与方法的互动

20世纪是文学批评的世纪，这个断语是改革开放三十余年中对西方文学批评的鸟瞰后体验到的，并且成为大家的共识。这个世纪文学批评划时代变化的标志有三点：一是批评方法的花样翻新；二是批评的理论化或者说理论的批评化；三是批评家地位的提高——大批评家取得了与大作家、大理论家平起平坐的地位。在我国，改革开放的30年，文学批评者的最大功劳是对西方文学批评方法的引进并且进行了不同批评方法的实践。20世纪80年代以来，文学批评方法由老三论到新三论，由自然科学理论的运用到人文社科理论的植入，还有语言学理论的运用，结果都不尽如人意。“批评方法的引进，起了开风气、拓思路的良好作用，但从具体的实践操作，却并没有多少经得起时间检验的成果留存史册。”① 为什么？我曾经从文学批评者的角度说明，“批评者的文学观念，直接影响其对文本的评说与判断。换句话说，批评者如果没有文学观的支撑，其批评也将游移不定，这种游移与对文本的理解、沟通；与批评者所持的宽容原则是不一样的。只有坚守批评者的文学观，坚持批评者对当下文学的理性判断，才可以充分发挥文学批评对作家和读者的引领作用。”② 文学批评的方法很多，文学批评切入点也因人而异，但不管批评者具体沿用怎样的方法，不管是基于内部或者外部研究背景下的文学批评，在诸多方法的背后一定蕴含了批评者的文学观念。本文

① 王先霈：《圆形批评论》，华中师范大学出版社1994年版，第6页。

② 吴艳：《文学批评要坚守正确的文学观》，《文艺报》2009年12月22日。

将接着探讨近30年的文学批评的成果为什么“却并没有多少经得起时间检验的成果留存史册”这个问题，仍然是从批评者的视角进行阐释，即除了文学观制约着文学批评者以外，文学批评观和文学批评方法同样也影响了批评者。我的结论是：只有文学批评观（以下简称观念）与相适应的文学批评方法之间产生互动作用，同时这个观念或方法能够与其他的观念和方法建立对话关系，这样的文学批评与方法才具有双重的创造意味，它们才可能既具备批评方法操作功能又具有批评理论的普泛价值。

一

从文学批评本体而言，其功能是多方面的。它可以是“在日报上对文艺小说家做出专题评论并对文艺和音乐演出进行评价”。这样的批评虽然被认为是“一门低于新闻学的学问”①，它却也是被需要的。文学批评还可以“是文学文本与文学接受者之间的中介、桥梁和纽带，他的职责是传递美感，保持和强化美感，增加接受者审美快感的强调和深度”②。这其中隐含了可贵的理念：美感是可以凭借文学批评而分享和传递；文学批评说到底总不能撇开审美与美感的传递。文学批评通过对文学文本进行合适的阐释分享和传递着批评者的审美感受。这是从文学批评对接受者的角度说明文学批评的功能。当然，文学批评的目的还可以“是理智的认识。批评并不创造一个同音乐或诗歌的世界一样的虚构世界。批评是概念的知识，或者说它以得到这类知识为目的。批评最后必须得到有关文学的系统知识和建立文学理论为目的。”③ 韦勒克的批评观代表了20世纪追求“文学批评理论化”的最终诉求。这种观念将文学批评的阐释与过度阐释即“虚构世界”区分开来，同时又强调了文学批评的创新性质。三种批评中，前两者是由批评者到接受者；后一种则落脚在批评本体和主体即批评者自身。

① ［美］雷内·韦勒克：《批评的概念》，中国美术学院出版社1999年版，第28页。
② 王先霈：《圆形批评论》，华中师范大学出版社1994年版，第30—31页。
③ ［美］雷内·韦勒克：《批评的概念》，中国美术学院出版社1999年版，第4页。

20 世纪 80 年代以来，我们对西方文学批评的接受重在前两者，在引进与实践不同批评方法方面取得成绩。却多半止于对文学批评接受者的指导，止于对自己美感的与人分享或者传递，在引进时没有深究那些方法蕴含的批评观念，更没有从批评本体上深究其功能的生命性，深究由此带来对批评者创新理论的要求。

具有创新意味的文学批评方法，其背后一定存在相关的文学批评观念，而且方法与观念之间也一定组成了具有生命力的“互动”关系，这样才可能由方法到理论实现双重创新；也才能够通过相关的批评实践印证或完善其观念，成为可操作的、成熟的文学批评方法。这里首先解释什么是具有生命力的“互动”关系。

“互动”的一般意义指因一方运动而引起双方或多方的运动。“互动”的狭义特指使在场的或者在影响范围内的对象、因素、现象相互改变对方的行为和性质。我们所说的“互动”并不仅仅是一般意义上的双边或多边的同时运动，而是在双边或多边运动时，相互改变了对方的行为和性质，并且在一定的条件下转化成新型的关系。“互动”里存在一种重要的思维方式那就是反思。是反思形成了一个新的向度，一个反作用于自身的向度。“主体通过怀疑来询问其思想产生和存在的条件，于是怀疑变成了一个潜在的、相对主义的、关系主义的、自我认知的思想。”① 因为有了反思，批评家对原有的思想成果包括他自己的文艺思想、批评方法都做了重新的审视：原来以为合理的现在看来不一定合理；原来以为简单的问题现在看来是复杂的；原来以为不可改变的观念现在也有所改变。“互动”中隐含的反思思维方式，使“互动”不仅是双边或多边的运动，还在双边或多边运动的同时，相互改变了对方的行为和性质，在一定的条件下生成新型的思想结果。反思而形成的互动，理论上说是让思维发生了质的变化，从单向的思维变成多向或者环行的思维运动；这样不仅改变了思维的对象和结果，也改变了思维本身。

具体说来，文学批评观与文学批评方法在互动中会因为互动的过程

① ［法］埃德加·莫兰：《方法：天然之天性》，吴泓缈、冯学俊译，北京大学出版社 2002 年版。

而改变各自的性质或结果。问题是，相应的具有创新意味的文学批评观念从何而来？可以从对文学文本解读的新结果中提炼出来；从对旧有问题的新解释中得来，比如运用新理论阐释旧问题其结果也将是具备创新意味的；还可以从我们中国古代文论的思维方式或者部分术语的现代阐释中获得。

从文学文本解读的新结果中提炼新观点，成功例证是英美的新批评学派，这个无须赘言。细读新文学文本或者经典的文学文本，感悟独到又能够将这独到的感受提炼升华，新观念是可能产生的。当然，其过程复杂而长久，其间要具备与相关问题及其结论的对话，具有进一步的追问和提炼，这成功的例证还有巴赫金对陀思妥耶夫斯基作品的批评与深究，这个问题留待第二部分再作具体阐释。

对旧有问题的新解释也可以产生新观念，即运用新理论阐释旧问题其结果也将具备创新意味。在我国，运用西方理论阐释旧有文学文本，最早的实践是王国维的《红楼梦评论》。郭沫若曾说：王国维是新史学的开山，而以西方学术思想来系统解释中国古典的《红楼梦评论》也是开山第一篇。俞平伯在《索隐与自传说闲评》中说："及清末民初，王蔡胡三君，俱以师儒身份大谈其《红楼梦》，一向视同小道或可观之小说遂登大雅之堂矣。"郭沫若和俞平伯的看法得到学界的广泛认同，即《红楼梦评论》是我国最早地运用西方理论批评中国古典小说的论文，《红楼梦评论》借用叔本华的哲学与西方悲剧理论，探讨了《红楼梦》在美学、伦理价值方面的意义，拓展了小说的意义空间。它不仅在近代文学批评理论界产生巨大影响，而且对今后百年中国文学批评理论，尤其是遭遇国外新批评理论的时候，其接受方法、批评模式的影响至今犹存。当然，在接受和运用国外理论的初始阶段，《红楼梦评论》却也存在"把作品来迁就自己"或曰"硬扣"（见李长之《王国维文艺批评著作批判中》）的嫌疑，主要是指内容上存在的问题和形式上的完全西化，这在拿来主义的初始阶段是难免的。

新观念还可以从对我们中国古代文论的思维方式或者部分术语的现代阐释中得来。王先霈在 20 世纪 90 年代提出的"圆形批评"就是成功的例证。与许多亲历了改革开放过程的同人一样，王先生对我国目前的文学批评实践和文学批评理论"不满意""不满足"；还有"一些惶惑和犹豫——既看到现代西方文学批评中包含的人类的智慧，又厌烦几十年来过多地时而向西时而向北的文化借贷，跟在别人的阵阵潮流之后摹影画形，而不能揭举自己民族独立的文学批评学派的旗帜。”[①] 于是，在《圆形批评论纲》里，王先生“倡导建设辩证的、感悟与理性融合的、适合文学审美特征的文学批评”即“圆形文学批评”。它是一种批评观念，也是一种批评境界，一种追求贯通自如、空明朗彻的批评境界。但“圆形文学批评”“不是一种批评方法”[②]，也就是说它还没有在批评方法上产生新成果。应该说理想的状态是不仅具有新观念，而且还能够通过相对应的批评实践，印证这个观念，并形成新的批评方法包括产生新学语，以此为基点，完成观念与方法的互动，完成理论批评化过程。王先生提出的新观念已实属不易，我们当然不能苛责，“接着说”的艰难任务需要我们以及更年轻的学子去完成。

具有创新意味的文学批评观念与相应的文学批评方法互动，其观念才可能理论化，其批评才可能具备实际的操作性，即理论才可能批评化。这是一种理想状态，巴赫金对陀思妥耶夫斯基文学文本的批评，达到了这种理想状态，换一句话说，他经由观念与方法的互动，不仅改变了世人对陀思妥耶夫斯基作品的看法，而且由这样的批评产生了新理论并在全球引起四次研究巴赫金的热潮。

二

巴赫金对陀思妥耶夫斯基小说批评的意义是由具体的文本研究抵达到文学理论的提升，也就是实现了批评方法与批评观念的互动：巴赫金的文学批评与他的文学批评观之间的互动；同时它们还与相关的批评或者观念展开对话，结果是批评不仅印证了他的文学批评观念，反过来其批评观念又深化了他文学批评的成果，并创造了具有创新意味的文学理论。

巴赫金文学批评的新观念是从对陀思妥耶夫斯基文学文本解读的新

① 王先霈：《圆形批评论》，华中师范大学出版社 1994 年版，第 354—355 页。

② 同上书，第 335 页。

结果中提炼出来的，这说明经典文本细读是观念创新的基础。从文学接受的角度分析，这个基础平台是大家共有的，不同的人在这个平台上言说着不同的内容，所谓有一千个人就有一千个哈姆雷特就是这个道理。文本细读带有各人际遇特点其实并不是太困难，困难的是从那新感悟中提炼出新观念——不同于别人的观念，进而去证明、完善、提升它们，使之成为新的文学批评理论。

在巴赫金之前或者与他同时代的学者已经注意到陀氏小说的价值，巴赫金的《陀思妥耶夫斯基诗学问题》曾经用一个章节的篇幅介绍别人的“评论著述”对陀氏小说的不同看法。比如“第一个摸索到陀思妥耶夫斯基艺术世界的基本结构特点的，是维亚切斯拉夫·伊凡诺夫。”① 还有 C. 阿斯科尔多夫。“不过，他也局限于把陀思妥耶夫斯基的宗教伦理观加以独白化，局限于按照独白型小说来理解他的作品内容。”② 在这个章节，巴赫金分别引用了 9 位批评家对陀氏小说的断语，有说是悲剧小说的；有将宗教伦理观加以独白化的；有说是神秘剧的。有人看到了陀氏小说有“多个思想”，“材料驳杂”；其主人公是“思想的人”；有人称赞陀氏善于看到并表现“他人的心灵”；有的评论家甚至已经看到“复调问题”，可惜的是把它等同于莎士比亚和巴尔扎克似的复调；有人注意到陀氏小说中的“不同声音”，却只是将它们视为形式基础和风格基础。一句话，这些批评家“是想把一种新的艺术形式归结到熟知的艺术宗旨上去”③。唯独巴赫金不是这样，他不让这些著述和旧有理论限制自己的感悟，他用新的名词去命名他的感悟，去阐释他的感悟。比如，复调小说、多声部、对话、狂欢理论、未完成性等。

巴赫金用对陀思妥耶夫斯基的主人公和作者对主人公的立场的阐释印证；用陀思妥耶夫斯基作品中的思想、题材特点和情节布局特点和小说的语言特点来印证他的发现和发明（新术语、新观念）。当然这与巴赫金“从十一二岁”“就熟悉陀思妥耶夫斯基”；与“稍大一些，十二三岁时，已开始看严肃的古典哲学”；与他“很早就开始读（康德）的

---

① 《巴赫金全集》第五卷，白春仁、顾亚玲译，河北教育出版社 1998 年版，第 9 页。

② 同上书，第 12 页。

③ 同上书，第 11 页。

《纯粹理性批判》"① 等都分不开。如何将这些积累变成后来的判断是另外一个问题，留待今后探讨，在此我要强调的是在对陀思妥耶夫斯基研究的共时性比较中，我们可以看到唯有巴赫金跳出了旧有理论的藩篱，创造了新学语以命名他的阅读感悟，并用他的实际批评证明他命名的新观念的普泛价值。

一方面是对已有著述的吸收和扬弃；一方面是对陀思妥耶夫斯基长久而广泛的文本细读。比如《陀思妥耶夫斯基诗学问题》第四章"陀思妥耶夫斯基作品体裁特点和情节布局特点"所引用的陀氏作品就有17部（篇），还不包括他的政论性文章和文艺性散文。

仍然是在"陀思妥耶夫斯基作品体裁特点和情节布局特点"这一章，巴赫金从"历史诗学"角度讨论陀氏小说体裁的特点，寻找陀氏小说体裁的源头庄谐体以及它们的流变情状。古希腊索夫龙的歌舞剧、"苏格拉底对话"、早期的回忆文学、抨击文学、整个田园诗、"梅尼普的讽刺文学"以及其他一些体裁。"它们尽管外表纷繁多样，却有个共同点：都同狂欢节民间文艺有着深刻的联系。它们或多或少都浸透着狂欢节所特有的那种对世界的感受。"巴赫金分析了庄谐体流变中带有的狂欢节特点，同时还看到狂欢节的力量！"狂欢节的世界感受，具有强大的蓬勃的改造力量，具有无法摧毁的生命力。"②

巴赫金用"历史诗学"说明上述研究，与我们说的历时性一致。巴赫金历时性地阐释了"梅尼普讽刺"对古基督文学（古希腊罗马时期）、拜占庭文学、中世纪、文艺复兴时期和宗教改革时期的影响，他说"直到今天，实际上它也还在发展"。"这个被狂欢化了的体裁，如盲螈那样异常灵活善变，还善于渗透到其他体裁中去，因此在欧洲文学的发展中，曾有过巨大的、至今还估计不足的作用。"③ 回到对陀氏小说与"梅尼普讽刺"、狂欢化文学的关系上。巴赫金说陀氏小说受到"梅尼普体"的影响。但他进一步强调，"是狂欢节世界感受本身的更为深刻的影响，亦即观察世界观察人的种种形式本身给予的影响，对待

① 《巴赫金全集》第五卷，白春仁、顾亚玲译，河北教育出版社1998年版，第49页。
② 同上书，第141页。
③ 同上书，第149页。

世界和人的那种确乎神圣的自由给予的影响。这种神圣的自由，不是表现在个别的思想、个别的形象和外在的结构手段上，而是体现在上述那些作家的整个创作之中。”① 对“狂欢节世界感受本身”和“种种形式本身”的强调，已经超出了一般影响研究的范畴，是将影响研究深入到作家主体认知方式和作品形式本体特征的域界。

不管是共时性的扬弃别人著述的成果，还是历时性地梳理庄谐体以及揭示其蕴含的狂欢节因子的独特价值，都促成巴赫金的陀思妥耶夫斯基小说批评实践及其提升的文学批评观念之间的互动。也就是说“陀思妥耶夫斯基诗学问题”的一头关涉小说批评实践以及从中运用的批评方法；另一头则关涉小说的批评观念。与其坐实两者的孰先孰后，不如把它看成是创新文学批评这一体的两面：一面是批评方法的实践；一面是批评观念的提炼，只有当这两面产生互动，即凭借批判实践改变固有的判断并产生自己具有创新意味的结论；依靠新的批评观念，文学批评方法也随之发生变化。这样的文学批评才可能同时具有操作功能和普泛价值，巴赫金对陀思妥耶夫斯基小说的批评就是如此。它将新方法、新理论、新思维融为一体。巴赫金有自己长期关注的对象；有自己创造的新学语、新观念，并借由自己的批评实践将它们组合成为一个有效的理论体系。

文学批评不仅关涉批评者的文学观，同时也关涉批评主体的文学批评观。文学批评观与文学批评方法之间如果产生了互动作用，同时这个观念和方法能够与其他的观念和方法建立起对话关系，这样的观念与方法才具有双重的创新意味，才可能既具备批评方法的操作功能又具有批评理论的普泛价值。在一定程度上我们可以说，文学批评的理论化或者文学理论的批评化就是在这样的互动中产生的。巴赫金《陀思妥耶夫斯基诗学问题》为我们提供的正是这样一个具有双重创新意味的文本范例。

① 《巴赫金全集》第五卷，白春仁、顾亚玲译，河北教育出版社 1998 年版，第 210 页。

反思文学批评（之六）

——文学批评话语转型之源

中国学人对西方文学批评理论及其思维模式的接受从近代开始，在追求现代化的百余年里，学人为西方异质的文学批评理论话语及其思维模式所吸引，按照自己的需求误读和接受。本文对梁启超、王国维文学批评理论进行个案研究，以为其共同特点是对西方异质理论的接受并为西方逻辑的、理性的思维体系所吸引，对西方理论文本中的散文体、对话体以及与中国古代文论近似的思维特点却是忽略的。这些带有误读成分的话语转型特点一直延续至今。然而，梁启超、王国维的理论除了误读西方还有回归中国传统的成分，后者却没有引起足够的重视，结果是近百年我们被西方逻辑与思辨的诗学体系思维定式所左右，深陷西方人正在爬出的简单化理论思维的泥潭。重新认识梁启超、王国维文学批评理论的复杂性，矫正我们对西方的异质文学批评理论话语及其思维模式的认识，建构“复杂性思想”模式，就是一件迫在眉睫的工作。

一

中国的近代是梁启超所谓的“过渡时代”，由封建社会向半封建半殖民地社会转化的时代，历史上又称之为“文化转型期”。在这个时期中国文化发生了全局性的质变，一般以 1840 年爆发的鸦片战争为开端，但如果从外因与内因结合的角度观照，从中国历史的纵深度加以考察，这个“转型”早在明代中叶（16 世纪）就已经开始。其标志是长江中下游及东南沿海，工厂手工业和商品经济渐成规模，出现某种从“农本”向“重商”转化的苗头。在观念领域，初露“破块启蒙”的动向：明清之际的黄宗羲在《明夷待访录》中对专制君主的抨击，对君臣之间从主奴依附向平等同事关系转化的期待，对学校议政、“工商皆本”的热烈倡导，都昭示着一种新的文化精神的迫近。此外，还有归有光等人对“节烈观”的批判，戴震对“以理杀人”的深沉谴责，“即使是清学的主潮——乾嘉考据学，虽然弥漫着古典气息，但其间洋溢着的理性—实证精神，将‘神圣’的经书还原为历史典籍的努力，其对经学传统的解构作用，也为观念文化的转换准备了条件。”①

近代文化的转型经历了军事—经济—国家体制—文化内部的逻辑过程，其间充满矛盾和冲突，毕竟中国传统文化的势力极其强大，要离异、否定、怀疑并真正重组与更新都非常不易，因而“中学为体，西学为用”“全盘西化”或“以中化西”，形成了近代这个“过渡时期”文化转型期复杂矛盾的局面。在此期间，文化发展明显地产生危机和断裂，同时又进行急剧的重组与更新。

中国的近代文论就是在这样的语境下发展的。它以文化转型为依托，显示出三个发展方向：一是因为新学语、新思想的引入和应用，改变古代文论的质量，使其具有近代转型特点；二是对古代文论采取怀疑、否定和背叛的态度，成为传统的逆子贰臣，具有一定的启蒙精神；三是一部分仍然属于古代文论余绪，但它与传统文论比较，仍然散发着近代的气息。梁启超和王国维是第一方向的代表，所形成的特点部分被我们所传承，部分则后继乏人。需要厘清与反思的是，梁启超和王国维对西方文学批评理论存在怎样的误读？其中哪些方面被我们所传承，哪些方面却为我们所忽视？我们所传承或者所忽视的部分与当年两位学者文学批评理论话语转型实践有没有关联？

以“新思想之陈涉”自居的梁启超先生在“国学”从古代向现代发展过程中发挥了巨大的作用。任公先生从三个方面对现代中国文化的建立和发展起到了积极的推动作用：第一是明确提出必须从根本上改造传统国学，使之成为重铸国民精神的思想武器。主张通过东西方两大文

① 冯天瑜：《中国文化的现代转型·序言》，载湖北大学中国思想文化史研究所主编《中国文化的现代转型》，湖北教育出版社 1996 年版，第 4 页。

明的“结婚”，生产出的“宁馨儿”。第二是与当时的思想家一起，为新国学创造出“不中不西，即中即西”这个带有普遍意义的学术形式。第三是对儒、道、墨、法、佛诸家学说给予的评判，对中国史学给予特殊的研究①。三个方面都与西方文化及其学术形式包括其思维方式相关，以文学领域的贡献为例。

任公先生曾发动“三界革命”，分别在小说、诗歌和散文“三界”取得可喜的理论成果。

中国传统文学批评理论是十分歧视小说地位的。《汉书·艺文志》曰：“小说家者流，盖出于稗官，街谈巷议，道听途说之所造也……是以君子弗为也，然也弗灭也。闾里小知者之所及，亦使缀而不忘，如或一言可采，此亦刍荛狂夫之议也。”在这里小说的“小”一指它所蕴含的文化品位是“小道”；一指所表现的文体形态是“残丛小语”，含有对小说歧视的成分。“说”可以从三个层面理解，有说故事或叙事之义；有解说而趋于浅白通俗之义；“说”与“悦”相通，有喜悦或娱乐之义。“小说”文体基本特征的故事性、通俗性和娱乐性，历来为圣贤“大道”所鄙视，直到明清，才逐渐提高其地位——由李贽、金圣叹的不断努力，使小说在文学史上的地位得以最终确立。然而他们的文学批评并没有在中国古代文论中占据重要地位，在批评模式上，他们开创的小说评点与传统的诗论存在更加密切的联系，带有明显的印象随笔色彩。

先生关于小说的论述，主要论点集中在《译印政治小说序》（1819年）、《论小说与群治之关系》（1902年）和《告小说家》（1915年）三篇文章里，《译印政治小说序》是先生为鼓吹“政治小说”而写的一篇专论，发表于《清议报》第一册。在《译印政治小说序》里，先生对中国旧小说作了整体的批判，提倡翻译“外国名儒所撰述，而有关切于今日中国时局者”的“政治小说”。《告小说家》写于倡导“小说界革命”十几年以后。文中除了重复以前的观点外，还总结了“小说界革命”以来的创作状况。

---

① 任晖：《激情·理性·新见：〈梁启超和中国古代学术的终结〉编后》，《光明日报》1999年5月28日。

《论小说与群治之关系》发表于《新小说》创刊号，是“小说界革命”的宣言书，其主要内容是论证“中国小说界革命之必要”。他不仅从娱乐性与通俗性方面解释小说“有所未尽”的社会功能，还着重从小说的艺术感染力立论。通过对小说社会功能的历史考察，得出“小说界革命”乃是当务之急、必须先行的结论。梁启超在这篇文章中还为中国文学批评引进了“理想派”与“写实派”的新概念。

“小说界革命”中出现的关键词有“外国名儒”“政治小说”“理想派”与“写实派”等，充分体现了其理论实践的资源和革命目的。

在“诗界革命”中梁启超明确提出新诗人必备“三长”：“第一要新意境，第二要新语句，而又须以古人之格入之，然后成其为诗。”(见《夏威夷游记》）这新意境、新词语即是“欧洲之意境、语句”，可见西方文化仍然是“诗界革命”之魂。后来在《饮冰室诗话》里，他将“三长”合并为“旧风格”与“新意境”两项。认为“能以旧风格含新意境，斯可以举革命之实矣。”又以“博古爱今”的精神，扩大了谭嗣同、黄遵宪、陈三立等人的新诗，强调无论识与不识，“新意境”和“旧风格”都是好诗必备的两项基本要求。梁启超后期在《中国韵文里头所表现的情感·导论》里，又将“优美的情感”与“美妙的技术”视为优秀诗作的必备要素。

由“新诗”的“三长”到“新意境”“旧风格”的两项，再到后期的“优美的情感”与“美妙的技术”的两项必备要素，这中间的变化很大，但一以贯之的是“欧西”内容与文化建设的紧密结合。

先生虽然没有对“文界革命”作专门的论述，但我们仍然可以通过他的片段只语和全力以赴的写作实践，把握其内涵。在《夏威夷游记》里，他十分推崇日本作家德富苏峰的文章：“其文雄放隽快，善以欧西文思人日本文，实为文界别开一生面者，余甚爱之。中国若有文界革命，当亦不可不起点于是也。”可见“文界革命”的要求首先是文章的内容方面的即“欧西文思”；形式上则认为“欧美、日本诸国问题之变化，常与其文明程度成正比例。况此等学理深邃之书，非以流畅锐达之笔，安能使学童受其益乎？”① 要求的是“欧西文思”与“俗语文

① 梁启超：《与〈新民丛报〉论所译〈原富〉书》，《新民丛报》第7号，1902年。

体”的统一。

“三界革命”服从于新民救国的主旨，遵循“求俗”与“变雅”并行不悖的发展路径，从根本上改造了传统文体，改变了传统观念，如冲破了古代以诗文为正宗而确立了小说的正宗地位。从文学批评理论视角分析，梁启超开始建立新的文学理论批评价值观念；将西方的悲剧、崇高观念引入中国；以批评的科学化、逻辑化打破古代印象批评、评点式批评的旧格局。其批评理论文本不仅化解了“欧西文思”，而且在写法上明显带有欧西理论逻辑理性的思维色彩。形成表里如一、新奇可喜、奔放激荡、扣人心弦的理论风格与现代批评理论话语特色。

作为中国近代著名学者，王国维（1877—1927）驰骋文史哲诸学数十载，其博学通儒，功力之深，治学范围之广，对学术界影响之大，为近代以来所仅见，是国内最早运用西方哲学、美学、文学观点和方法剖析评论中国古典文学的开风气者，又是中国史学史上将历史学与考古学相结合的开创者，确立了较系统的近代标准和方法。这位集史学家、文学家、美学家、考古学家、词学家、金石学家和翻译理论家于一身的学者，传世之作达六十余种，批校的古籍逾二百种。梁启超先生赞其“不独为中国所有而为全世界之所有之学人”，郭沫若先生则评价他“留给我们的是他知识的产物，那好像一座崔嵬的楼阁，在几千年的旧学城垒上，灿然放出了一段异样的光辉”①。静安先生文学批评理论代表作是《红楼梦评论》《人间词话》和《宋元戏曲史》。

先生撰写《红楼梦评论》带有“借他人杯酒，浇自己块垒”的意思。郭沫若曾说：王国维是新史学的开山，而以西方学术思想来系统解释中国古典的《红楼梦评论》也是开山第一篇。俞平伯在《索隐与自传说闲评》中说：“及清末民初，王蔡胡三君，俱以师儒身份大谈其《红楼梦》，一向视同小道或可观之小说遂登大雅之堂矣。”郭沫若和俞平伯的看法，得到了学界的广泛认同，即《红楼梦评论》是我国最早地运用西方理论批评中国古典小说的论文，它不仅在近代的文学批评理论界产生巨大影响，而且对今后百年中国文学批评理论尤其是遭遇国外新批评理论的时候，其接受方法、批评模式的影响至今犹存；《红楼梦

① 吴季子：《国学大师王国维》，《光明日报》1999年3月15日。

评论》同时也提高了小说在文学史上的地位。如果说梁启超的“小说界革命”主要用改良政治和开启民智的方法提高了小说地位的话，静安先生的小说批评则更多的是从小说的美学、伦理价值角度拓展小说的意义空间。

在接受和运用国外理论的初始阶段，《红楼梦评论》却也存在“把作品来迁就自己”或曰“硬扣”（见李长之《王国维文艺批评著作批判中》）的嫌疑，主要是指内容上存在的问题和形式上的完全西化：以逻辑的、思辨的方式立论。值得注意的是，《人间词话》的话语形式回归到中国传统的文论方式。它的理论思维模式却比较复杂，在形象的字里行间，存在明显的逻辑体系。在这一点上是前有古人如刘勰，却是没有后来者的。《人间词话》的意义首先是对中国传统诗学的总结和终结——它探讨了“中国美学向前发展的新途径”；同时又是“在世界东方古代和西方现代文化相互撞击中结出新的文化成果”①。

《人间词话》提出了以“境界”为中心的一系列“新学语”，如“有我之境”与“无我之境”、“隔”与“不隔”、“自然”与“理想”等。一方面在书写文体和使用术语方面是传统的；一方面追求结构的系统性，显示出接受外来文化的色彩并最终获得了成功。与梁启超的新概念不同，静安先生的“新学语”是在中国传统诗学的术语里赋予了西方的美学思想和中国人的审美经验。这些思想都是用中国人熟悉的语言表达，显示了融会贯通的特点。例如“境界理论，继承了中国美学境界理论的传统，也吸取了严羽的‘兴趣’、王渔洋的‘神韵’理论精髓，总结中国抒情诗创作和欣赏的审美经验，又涉及艺术直觉、灵感等有关艺术和美的根本性问题。”“《人间词话》结构严正、有序。理论与历史的材料互相配合；西方逻辑的方法和中国古有的重审美经验的批评方法交相辉映。”②

近代启蒙思想家虽然十分推崇戏曲的作用，对中国戏曲的研究却十分薄弱。中国历代文论里从来不为剧作家立传，因为戏曲与小说一样不是文学的正宗，没有人进行专门的研究。《宋元戏曲史》“材料翔实，

① 刘烜：《王国维评传》，百花洲文艺出版社1996年版，第86页。

② 同上书，第127、129页。

校勘、辨伪、辑佚甚力，且考证精审。着眼点在宋元戏曲，并认为元代戏剧为高峰，广证博引地加以论述，同时又对上古至五代的戏剧加以论述。”

“在评论中国杂剧的发展线索时，王国维很看重周边其他民族和国家文化的积极的影响，主要在乐曲方面受到的广泛的外来影响。”① 将过去不见经传的戏曲材料作为一个学科进行了研究，并成为这个学科发展的奠基作品，在当时就产生了很大的影响，也影响了日本的中国戏曲史研究。

《红楼梦评论》《人间词话》和《宋元戏曲史》各有不同成就，却具备共同特点，是对西方理论的拿来与接受，包括对其批评理论话语、研究方法和理论思维模式的接受和应用，同任公先生一样，静安先生将西方的某些新术语引入中国；以批评的科学化、逻辑化打破古代印象批评、评点式批评的旧格局。两位先生的批评理论文本不仅化解了“欧西文思”，而且在写法上明显带有欧西理论逻辑理性的思维色彩。对西方理论的新内容、新术语和新形式的引入暗合了对其理论思维模式的认同与学习。

这些特点一直存在于近百年的中国文学批评理论的发展之中，如近30年的批评理论话语所涉及的新内容、新学语，由当年叔本华的哲学而变为胡塞尔的现象学、柏格森的生命哲学或者拉康的精神分析学……文学批评理论话语形式基本只有一种，就是像黑格尔、康德的理论文本，追求体系，崇尚逻辑思辨色彩，甚至走得更远，仿佛艺术理论的言说除了这个模式以外，其他的都过时而不可取。在深层次里蕴含着一个坚强的信念：用逻辑的、理性的科学方法可以解说复杂的文学现象或者文学理论，其答案就像牛顿经典力学一样，简单而明晰。

这表现在只注重梁启超的“欧西文思”方面，而忽略先生创造“新语句”的要求。或者停留在王国维的《红楼梦评论》的批评理论话语与批评方法，几乎“把作品来迁就自己”或曰“硬扣”的局限发扬光大，没有深入思考《人间词话》回归、改造传统文学批评理论话语所蕴含的意味。我们也很少将过去不见经传的某些材料作为一个学科进

① 刘烜：《王国维评传》，百花洲文艺出版社1996年版，第147、149页。

行研究，取得这个学科的奠基性成果。所有这些仅仅是因为我们的学术功力不足还是存在更加复杂的原因，尤其是在理论思维模式上，有没有需要检讨的问题？

二

由对梁启超、王国维文学理论的个案分析，我们得出结论：面对异质的西方理论，两位先生的策略是拿来和接受，不仅是对内容的接受，也是对逻辑的理性的思维模式和话语方式的认同。问题在于西方诗学传统是否只存在这一种形态？它与我们中国的古代文论传统有何不同？即便西方逻辑理性的思维方法是科学的，是否就一定无懈可击？

通常情况下，我们所说的思维方式是指人类观察、思考世界包括人类自身的方式。按照意大利人类学家维柯的说法，全人类的思维方式在史前时代即原始社会是相同的，大体上都是以诗意的、想象的、以己度物和以象喻意的方式来看待和思考这个世界。维柯将这种思维方式称为“诗性智慧”，原始社会以后的文明时代，人类的思维将是以分析性、思辨性和逻辑性为主要方式。

在文学理论这个特定领域，中国和西方都有着共同的“诗性智慧”的源泉，公元3世纪以前，东西方的这种“诗性智慧”形态和诗学成果极其相似。西方诗学从柏拉图和亚里士多德开始，思维方式才越来越逻辑化、哲学化；中国文学批评的发展一方面受先秦儒、道、墨家的影响，思维方式具有形而上的、思辨的特征，一方面仍然保持文学理论的“诗性智慧”。使后者成为区别于西方诗学的重要特征之一。具体来说是以己度人的模拟式思维、物我同一的整体式思维和直寻妙悟的直觉式思维。

无论是以己度人还是取物喻人，都是一种模拟式思维。模拟推理其实也是一种逻辑的推理：是或然性的推理，它的可靠程度取决于前提中的共同属性和类推出来的属性的关系是否密切。模拟思维的特点是不过于依赖语言，不讲究繁复的形式，而是化理性为感性，化繁复为简约，化认知为审美，从人与物相互模拟，上升为心物之间的感应交流，从而形成浑融有机的境界，模拟思维具有较强的象征性、启发性和暗示性。

文学理论的对象是文学作品和各种文学现象。作为艺术门类之一的文学作品，其创作过程、语言特征或者艺术形式的诸多方面，是很难用语言或者文学理论来言说的。我们的先祖十分清楚这个道理，在诗学的言说过程中，常常运用模拟思维方式完成他们自己的思考，完成他们的理论言说。既然“言不尽意”，则“立象以近意”。用这个被引进的“象”模拟所要阐释的对象或道理。因此，中国古代文论充满诗意，这种“诗性智慧”表现在思维方式、言说特征和文章体式诸方面。然而，真正的模拟推理还要根据两个对象某些属性的相同，推断出在其他属性上存在的相同之处。但中国古代文论多半止于两个对象的相类似，推理部分并不追究，或者说将推理留给了读者——那些悟性很强的人。这样就造成理论思维的模糊性和不彻底性，造成读者对概念范畴的歧义理解。

中国古代文论在理论思维模式上的另一个特点是物我同一的整体性思维。与西方传统文化的“主客两分”不同，中国传统文化强调“天人合一”的思想。强调“天道”与“人道”，“自然”与“人为”的相通、相类和统一的观点。“天人合一”的思想根深蒂固，连禅宗这个中国化了的佛教宗派，也主张“从于自心顿现真如本性”，消解彼岸与此岸、梵天与俗众的差别，在思维方式上也表现出“物我一体、天人合一”的特征。物我同一的整体性思维特点是它的综合性和统一性。其实，以己度人的模拟思维，将对象人格化和生命化，也具有整体性思维倾向。综合性与统一性，本来是一个长处：它能够从整体上去把握思维对象，但由于这种整体把握缺少条分缕析的逻辑推理过程，因此它的整体性往往与浑圆、混沌一体，没有精细的推理，没有概念或者观点的在内涵本质的界定和外延的准确圈定。

西方诗学并没有完全抛弃模拟式的思维方式，例如在西方诗学里就存在两种比较著名的隐喻，即分别用“镜子”与“灯”来形象说明心灵的本质属性。一种以为人的心灵是“镜子”，是外界事物的反映者；另一种则是把心灵比作一种发光体“灯”，心灵是它所感知的事物的一部分。前面一种说法代表了从柏拉图到18世纪西方诗学的主要思维特征；后者则代表了浪漫主义的主导概念。与中国古代文论一以贯之的以己度人的模拟式思维不同，西方诗学在有了镜子说以后，就一直在说明“镜子反映的到底是什么”这个问题，追问这些被反映的东西靠什么来表现，涉及艺术的表现手段、表现媒介一系列的问题。后来人所探讨的是从那些有益的模拟物中发掘出来的问题，那些模拟物的属性由于隐喻性的转义而成了艺术作品固有的属性；批评中的论争在很大程度上同样也是模拟性质的论争。

由这样一番对比分析中，我们就可以理解为什么近代的梁启超和王国维面对西方的文学理论与创作，会义无反顾地采取拿来与接受的策略，甚至对其理论思维模式也钟爱有加。在异质文化面前，最能也是最先吸引我们的当然是那些异质的成分，更何况这些异质成分确实可以弥补我们思维方法上的某些不足。另外，还有一个重要的理由，如同厄尔·迈纳所说的那样：非西方批评家认为西方的标准具有普遍性，用西方标准来论证他们自身文化的文学实践，是缘于他们对现代性的渴望。①

理解甚至保持近代以降的接受西方文学理论思维模式的策略是必要的，然而我们更应该对这个理论思维模式保持必要的警惕，对它的科学性提出质疑与反思！本来科学是“有方法对科学的对象进行科学处理和控制，但却没有一个科学方法把科学本身当作科学的对象来处理”②。“我们甚至可以说全部科学方法无一不是用来排除主体和自反作用的，于是它们保持着一种自我的遮蔽。拉伯雷说：‘缺了意识的科学只能是灵魂的废墟’。这里所缺的意识并不是道德意识，而是纯意识，即对自己进行反思的态度。”③ 如何对学科思维本身进行反思？当然首先是将科学遮蔽的问题袒露出来，通过分析甄别而寻求一种更加接近事物本体的思维方式。

我们业已习惯的科学方法的运思过程，其特点首先是对思维对象进行必要的分割和封闭，把它们压缩成一个简单成分，并排除一切非线性

① ［爱尔兰］安东尼·泰特罗著：《本文人类学》，王宇根等译，北京大学出版社 1996 年版，第 59—60 页。

② ［法］埃德加·莫兰：《方法：天然之天性·绪论》，吴泓缈等译，北京大学出版社 2002 年版，第 7 页。

③ 同上。

的因素。其次是将存在的对象硬拽到我们已经为它准备的某一个体系，不让它越过这个体系。将复杂的对象压缩成一个简单成分，进而获得理想的、理性的、标准化的成果。“理想的”是认为观念能够反映现实，认为只有可理解的才是真实的；“理性化”的则试图把我们的研究对象纳入一个一致的、有序的体系，不允许它溢出体系，因为我们需要用理性解释整个世界的存在；“标准化”就是要求消灭一切怪异的、神秘的、无法简化的现象。

这种思维方法的基础是古典科学，简单地说是“有序”意识的结果。从伽利略到牛顿，秩序的地位越来越高，为此我们建立起一条铁的法则，亿万颗星星都按照这个法则运行。世界是有秩序的，唯此，我们才能把握它；如果没有秩序，我们就分割它们，使它们变成有秩序的存在，这样我们才能真正地认识它们。牛顿物理学影响下的宇宙观、与之对应的认识事物方法的特点就是，通过分割手段让我们的认识对象变成孤立的、静止的存在，并最终让它们成为一种有序的存在。

这种认识论上的坚强信念，直到 19 世纪才受到根本的动摇。19 世纪的物理学热力学第二定律引入“能量耗散”这个新概念，即所有能量的转换，所有利用热能所做的功都必将引起能量的耗散。这种利用热能在转换和做功过程中所产生的不可逆的能量的省耗也就是“熵”。热力学第二定律是一个极其专门的知识领域，在此我们不可能进行深入的阐释。应该注意的是它的内涵包括、引入了有序和无序的概念，突破了第一定律中有序的限制；同时它还引进了组织与组织解体的概念，因为构成一个系统秩序的是一个能够把各种异质成分组成一个整体的组织。

古典科学 无序—互动（结合）—有序/组织		热力学第二定律 有序/组织—无序

如果我们将这两个矩形封闭的线条去掉，我们就可以得到这样一种

图示了：

无序—互动—有序/组织—无序①

这种纯科学的成果对人们的思维模式产生影响，引申有序与无序共生的观点，这就引进了逻辑的复杂性：必须在有序概念中看见无序；在无序概念中看见有序。甚至可以说极端的无序复合体包含着有序，极端的有序复合体包含着无序。简单化科学思维是线性的、孤立的、有序的；复杂思想则将无序纳入了自己的视阈，认识到无序的普遍作用；只有将有序与无序结合起来，才可能接近事物存在的本真状况。复杂性思想，“它把统治西方物理学和形而上学的孤立切分范式向前推进了一步……从此，所有对依赖生态的开放生物（这其中不仅包括生物，也包括人类社会以及我们的思想）的存在、组织、行为、演变的解释和澄清都不能靠对某一方的孤立和排斥，无论是对内部系统逻辑还是对外部情景逻辑（外部环境条件）都不得如此；我们需要一种复式逻辑和辩证的解释，以竞争的和对立互补的方式把内、外过程联系起来。”②

回到我们的论题，西方诗学传统是否只有一种？答案是否定的。只是占主导地位的是我们熟悉和接受了的以柏拉图和亚里士多德为代表的诗学。其理论思维方式并非无懈可击。梁启超、王国维的意义，一方面是他们对西方文本创造性的误读与拿来，是文学批评理论话语及其理论思维方式的转型；另一方面也隐含了对传统的吸纳和接受，也同样表现在文学批评理论话语及其理论思维方式的诸多方面。梁启超要求将“欧西文思”与文化建设的结合、与“俗语文体”的统一；王国维没有重复《红楼梦评论》的路数转而回归词话形式，是已经注意到在中西文化交汇语境下的文学批评理论话语转换的复杂性，是用自己的批评理论实践，例如用《人间词话》《宋元戏曲史》告诫后人，除了《红楼梦评论》的方式我们更应该注意自己的传统话语、我们自己的审美体验、我们自己的文学材料和文学经验。可惜，这些话语转换复杂性意味被长期忽略。我们学术研究中的急切心理、学术研究者的功力不足当然会造

① ［法］埃德加·莫兰：《方法：天然之天性》，吴泓缈等译，北京大学出版社 2002 年版，第 58 页。

② ［法］埃德加·莫兰：《复杂思想：自觉的科学》，陈一壮译，北京大学出版社 2001 年版，第 12、13 页。

成这样的结果，还有就是在不断强化的西方文学批评理论话语中，我们缺少对以经典物理学为基础的科学思维方法的必要警觉，由此也带来对梁启超、王国维文学批评理论及其思维方式复杂性的认识不足。问题是西方人已经开始反思他们的理论思维模式，我们岂能深陷于西方人正在爬出的简单化理论思维的泥潭？好在“科学是并永远保持是一个探索。科学的真理并不仅仅存在于已获得的真理的积累中，对已有的理论的检验中，还存在于无穷探索的开放的特点中。这个探索使得有可能或者说在今天要求对科学本身的思想结构加以重新质疑”。① 我们现在能够认识到这一点还不算太晚。

以近代的梁启超、王国维文学批评理论为个案，本文分析了被误读的西方文学批评理论及其思维模式，当年这个误读带有创造性和不得已性。梁启超、王国维文学批评理论本身也是复杂的，我们不能将它们简单化。被我们广泛接受、以经典物理学为基础的科学思维方法，也存在不可避免的缺陷，这一点西方人自己已经觉察。我们应该拓宽误读与接受的领域，将西方诗学里非主导的言说内容及其方式也纳入我们的范围，将中国古代文论的“诗性智慧”以及话语方式融入我们的思想。在各种文学理论及其理论思维模式的同一、互补、竞争、对抗等复杂关系之中，完成我们对文学的思考与言说。

---

① ［法］埃德加·莫兰：《复杂思想：自觉的科学》，陈一壮译，北京大学出版社 2001 年版，第 12、13 页。

反思文学批评(之七)

——文学批评与文学观

文学批评在史（文学史）、论（文学理论）、评（文学批评）三项中无疑是最具个人品位的，这容易让人产生错觉：以为文学批评与文学创作关系不大，文学批评者可以天马行空，甚至可以今天这么说明天那么说。事实上当前文学批评的确存在类似的问题，即批评者缺乏对文学观的基本坚守，缺乏对当下文学的理性判断，缺乏文学批评的引领意识。

文学批评的方法、模式很多，文学批评切入点也可以因人而异，但不管批评者沿用什么样的批评方法，不管是基于内部或者外部研究背景下的文学批评，在诸多方法的背后一定蕴含了批评者的文学观念。批评者的文学观念，直接影响其对文本的评说与判断。换句话说，批评者如果没有文学观的支撑，其批评也将游移不定，这种游移与对文本的理解、沟通，与批评者所持的宽容原则是不一样的。只有坚守批评者的文学观，坚持批评者对当下文学的理性判断，才可以充分发挥文学批评对作家和读者的引领作用。1935 年，鲁迅通过编“奴隶丛书”推介三位作家，他们分别是叶紫、萧红和萧军。其中，鲁迅对萧红《生死场》的评论最引人瞩目。鲁迅说《生死场》“自然还不过是略图，叙事和写景，胜于人物的描写，然而北方人民的对于生的坚强，对于死的挣扎，却往往已经力透纸背；女性作者的细致的观察和越轨的笔致，又增加了不少明丽和新鲜。精神是健全的，就是深恶文艺和功利有关的人，如果看起来，他不幸得很，他也难免不能毫无所得。”在这篇不到一千字的评论里，鲁迅既有对文本主题、描写手法的肯定，有对作品表现出不屈精神的激赏，还有对萧红这位女性作家独特创作个性的把握与引领。鲁迅对《生死场》个案评价、激励的潜在基础源于对当时文坛与文学的基本判断与希望。一是当时缺乏不做奴才的奴隶之反抗作品；二是坚持原有的认识，即所有的文艺都是宣传，但所有的宣传不都是文艺；三是对为人生艺术的支持，尤其是对那些年轻人的扶持。也正是基于这样的理念，鲁迅在同一时间为叶紫、萧红、萧军的小说写序，并将这三位年轻人的作品《丰收》《生死场》《八月的乡村》编辑、推介并出版，名为“奴隶丛书”。在《叶紫作〈丰收〉序》里，鲁迅说：“这里的六个短篇，都是太平世界的奇闻，而现在却是极平常的事情。因为极平常，所以和我们更密切，更有大关系。作者还是一个青年，但他的经历，却抵得太平天下的顺民的一世的经历，在辗转的生活中，要他‘为艺术而艺术’，是办不到的……作品在摧残中也更加坚强。不但为一大群青年读者所支持，当《电网外》在以《王伯伯》的题目发表后，就得到世界的读者了。这就是作者已经尽了自己的义务，也是对于压迫者的答复：文学是战斗的！”在为《八月的乡村》所写的序里，鲁迅写道：“我却见过几种说述关于东三省被占的事情的小说。这《八月的乡村》，即是很好的一部，虽然有些近乎短篇的连续，结构和描写人物的手段，也不能比法捷耶夫的《毁灭》，然而严肃，紧张，作者的心血和失去的天空，土地，受难的人民，以致失去的茂草，高粱，蝈蝈，蚊子，搅成一团，鲜红的在读者眼前展开，显示着中国的一份和全部，现在和未来，死路和活路……要征服中国民族，必须征服中国民族的心！心的征服，先要中国人自己代办。宋曾以道学替金元治心，明曾以党狱替满清箝口。这书当然不容于‘满洲帝国’，但我看也因此当然不容于中华民国。这事情很快的就会得到实证。如果事实证明了我的推测并没有错，那也就证明了这是一部很好的书。”从某种意义上我们毫不夸张地讲，是鲁迅通过编介“奴隶丛书”，成就了叶紫、萧红和萧军在中国现代文学史上的地位；也是通过编介“奴隶丛书”，引领了中国现代文学史上的现实主义文学以及左联文学的健康发展。

我们也应该看到，不同个体的文学观不可能完全一致，这就带来批评观的不完全一致性。如同文学创作需要百花齐放一样，文学批评也不能千篇一律，而是要百家争鸣。但具体到个人，他的文学批评则必然受他文学观的约束，也受他对当下文坛理性判断的约束。我们也承认，现代的文学观带有复杂性和动态性，即文学是什么的问题，并没有一个唯一、统一的答案。你可以说文学是语言的艺术；文学是一种审美意识形态；文学是作家的白日梦……而且新的解答还可能产生，从不同的视角可能还会产生新的结论。这就是文学观的复杂性和动态性。但是，从同一个视角推导的文学观，则不能既是这个甲，又不是这个甲。如果你一面说文学是语言的艺术，一面又说文学不是语言的艺术，这在逻辑上就出了问题。所以，文学批评就要求批评者对文学观有所坚守。

文学批评要求对当下文坛进行理性判断。这显示了批评者的见识和勇气。从这个角度说，文学批评“是一种科学”，文学批评的真正对象是“没有反映或没有表现的种种缺失”①，发现并阐释文本的缺失，教读者理解那些看似没有关联的一些符号，将文本那些具有新因素的创造揭示出来给予它们合理的定位，是文学批评家见识与勇气的体现。见识与批评者的文化视野、知识结构关系密切；所谓仁者见仁智者见智，所谓有一千个读者就有一千个哈姆雷特，这当然还包括批评者独特的个人体验。有了独特的见识，还必须有言说的勇气和恰当的表达。

20世纪70年代末，舒婷、顾城、梁小斌、江河、杨炼等年轻诗人以“叛逆”姿态写诗，他们肯定个人的自我价值和尊严，抒写自己内心情感并且大量运用隐喻、暗示、通感等手法。

这些年轻诗人登上诗坛就遭到严厉的批评，有评论说他们的诗“晦涩”“难懂”，说他们背离了现实主义创作原则和文学传统。就是在这个时候，谢冕发表了《在新的崛起面前》② 一文，在这篇3000字的评论中，谢冕肯定“他们是新的探索者”，是正“在崛起”的“一批新诗人”！赞赏“他们不拘一格，大胆吸收西方现代诗歌的某些表现方式”，“开始在更广泛的道路上探索——特别是寻求诗适应社会主义现代化生活的适当方式”。面对这批新诗人，谢冕“主张”多“听听、看看、想想，不要急于‘采取行动’”。因为“我们有太多的粗暴干涉的

---

① ［英］拉曼·塞尔登编：《文学批评理论——从柏拉图到现在》，北京大学出版社2000年版，第503—504页。

② 谢冕：《在新的崛起面前》，《光明日报》1980年5月7日。

教训（而每次的粗暴干涉都有着堂而皇之的口实），我们又有太多的把不同风格、不同流派、不同创作方法的诗歌视为异端、判为毒草而把它们斩尽杀绝的教训。”与谢冕相关的还有其他评论文章。这些评论把“朦胧诗”的出现看成诗界的一次划时代变革：“朦胧诗”的崛起彰显个人的声音，表达对社会历史的独特思考，有力地冲破了那些不合理的陈规旧范。由此可以看到，文学批评对文学理论和文学创作有着巨大推动力。而这种推动力的形成源于批评者对当代文坛敏锐理性的判断，而判断的得出则与批评者的学术视野、学术见识密切联系。

文学批评所具备对当下文坛的理性判断以及这个判断的巨大影响力是存在的，由这样的判断我们又可以推见批评者的文学观和他的学术视野，像鲁迅对“三个小奴隶”的文学批评，除了鲁迅的文学观，还有他对左翼作家的认同与扶持，对青年作家作品的宽容与理解；谢冕对朦胧诗及时的肯定，也源自于对“五四”以来新文学的独特认识和把握，对西方现代文学的认同和认知。这些都毋庸置疑，也就不多加论述。

及时、中肯、高水平的文学批评在当代还是比较缺乏。随着商品经济的到来，文学批评界被近乎于广告性质的文章所充斥。在这样的文学评论中，你看不到评论者对文学审美观念的基本追求；这样的批评将复杂的精神现象、精神产品简单等同于物质产品及其销售过程，换言之，文学批评精神被市场经济所冲淡甚至所扭曲。也正因为如此，才更加需要进一步规范我们的文学批评实践活动，提高我们的文学批评引领意识，并在批评实践中提升文学批评的引领作用。

反思文学批评（之八）

——加强网络文学的“在线批评”

网络文学是在新型媒体互联网上发表的文学作品，与传统纸质文学比较，历史短，发表作品门槛低，写作者水平参差不齐，量确实极大，影响也不小，我们的文学批评不能将网络文学排斥在外，从某种意义上可以说，文学批评有效性如何，针对网络文学的批评是很好的检验和证明。

广义网络文学批评应该指一切针对网络文学现象、网络文学文本的批评，除了传统文学批评的视角及其理论方法，还包括多元文化视角下用新媒体及其传播形式所进行的文学批评，网络文学的“在线批评”就是其中的一类。我们提倡的网络文学“在线批评”，不仅要“在线”、及时，还必须具备专业水平。它一方面是针对网络文学（作品原创、在线）文本及其相关现象的批评；一方面要求“在线”书写和发表。加强和提高文学批评有效性也包括对网络文学批评有效性的重视和提高，因而网络文学的“在线批评”应该成为其中的应有之义。

网络文学批评现状可以说是热闹与沉寂并存。对网络文学批评的论文不少，也可见以网络文学为研究对象的相关专著。《关于“网络文学”研究论文情况一览》① 收录 2003—2009 年的论文共 553 篇，其中在权威、核心期刊上发表的有 79 篇，占总量的 14%；针对网络文学文本的批评有 24 篇，只占总量的 4%。欧阳友权主编的《网络文学教授

① 《关于“网络文学”研究论文情况一览》，见中国专业学术期刊网。

论丛》①（中国文联出版社2004年版）共五本，是国内第一套专题研究网络文学的学术丛书，有《网络文学本体论》（欧阳友权），《网络文学批评论》（谭德晶），《网络叙事学》（聂庆璞），《网络文学禅意论》（杨林），《网络文学的民间视野》（蓝爱国、何学威）。谭德晶的《网络文学批评的主体批评论》从多维视野下研究网络文学批评：媒体的、多元文化的；批评主体的；批评美学特征的和批评文本的。其中也谈到"在线性"对批评形式的影响等问题。

由对网络文学批评论文和专著的抽样分析，可以得出初步结论：目前的网络文学批评，理论层面、一般性成果方面比较热闹；文本批评、高层次成果方面则比较沉寂。如果以"在线"为检索对象，发现普通跟帖多，即兴、感性的只言片语批评多，以"在线"方式对原创在线作品的专业性批评，即艺术感、理论感、历史感结合的文学批评则少之又少。也就是说，网络文学批评里热闹的一方是一般性的论文，是只言片语的跟帖，有深度的文本批评、高质量的批评成果方面是不热闹的，甚至是沉寂的。

文学批评的有效性与对文学文本深度、及时的批评关系密切，这几乎是一个常识。为何评家忽视了这个常识？以在大专院校里从事文学理论批评的老师为例，其缘由大致可分为不愿和不敢两个方面。所谓不愿，是指不愿意从事专门的网络文学批评，更不愿意用"在线"方式进行网络文学批评。"大部分网络写手如今已不屑读文学理想，更多是想着如何借网络写作挣大钱"②，网络文学批评的难处首先表现在这里：要甄别批评对象，哪些是文学的，哪些是非文学的。甄别量太大，许多人没有时间做甄别工作。另外，剩下的30%的网络文学文本，其文学水平也参差不齐，网络文学门槛低决定了及时、在线的网络文学整体水平与纸质刊物的文学水平还存在差距，况且网络文学的新元素不一定能用我们已有的文学批评理论去阐释，所有这些都减弱或阻止了评家的热情。

现行高校科研体制也制约了大学教师参与网络文学批评工作。在许

① 欧阳友权主编：《网络文学教授论丛》，中国文联出版社2004年版，共5本。

② 陈竞：《网络文学：繁荣背后的问题与反思》，《文学报》2009年5月14日。

多高校，所写论文不满3000字、未在纸质刊物上发表的均不算科研成果；高校对老师科研工作每年都有量和质的要求，有的还是硬性指标。别说是网络文学批评，就是对纸质文学文本的批评，尽管及时，尽管具备艺术感、理论感、历史感，具备问题意识，为繁荣发展当代文学作出贡献，有时评家仍然没有把握：文学批评的成果是否少有学术价值？如果说文学批评成果是否算科研工作量只是外在条件的制约，文学批评论文是否具备学术价值，则是评家发自内心的质疑。按理，好的文学批评在文学理论批评史是有地位的，甚至地位不低，尤其到了20世纪，文学批评家获得了与大作家、大理论家平起平坐的地位，这也是一个常识。为何评家缺乏这样的自信？这就不仅仅是体制问题，连带着是对当下文学批评质量及其有效性的质疑。

除了不愿参与网络文学批评，还有不敢参与网络文学批评的理由。甄别量太大，有看失手的可能。如果是在线批评，则不能完全接受没有门槛的跟帖。网络上的语言狂欢，跟帖中的非文学成分甚至显示出的语言暴力，不是一般从事传统纸质文学批评的评家所能接受的。

批评主体的“不愿”和“不敢”，造成网络文学批评现状热闹与沉寂的不平衡，造成缺乏有质量、有深度的网络文学批评的局面。我们倡导网络文学批评，就是基于这样的环境形势。

我们提倡运用“在线”方式，对网络文学进行及时有效和专业的批评。通过及时的网络文学文本批评，可以普及文学创作常识，让广大网络写手对基本文学创作规范有所知晓、有所认同，提高广大网络写手文学创作与创新意识，分辨读者市场需要与坚守艺术要求的不同，使网络文学创作既是网络的，也是文学的。其实，市场需求和艺术要求的矛盾并不为网络文学所特有。说远一点，19世纪英国大作家狄更斯的长篇小说《老古玩店》就是很好的例子。1940年，狄更斯曾主编一种名为《汉佛莱的座钟》的文学周刊，虚拟每周从一个隐居的老人汉佛莱的座钟里发现一篇故事手稿然后公之于世。《老古玩店》是其中的一篇，原标题为《老古董商和孩子》。后来，刊物销路不好，狄更斯便仓促上阵，边编写，边排印，把原来的故事扩展成长篇小说，分章连载，这就是《老古玩店》。在缺乏直接的、有意识的设计和一边编写一边排印方面，与今天的许多网络写手的一边创作一边发表极其相似。《老古玩店》以女主人公小耐儿与外祖父的流浪为主线，写出了一部带有“流浪汉”体性质的小说，把连载形式的特点发挥得恰到好处。小说结局小耐儿之死，体现了当时读者大众愿望与作家创作的尖锐冲突，即反映读者市场期待与艺术规律的矛盾。是一味迎合读者市场甚至经济指标，还是坚守艺术创新立场？狄更斯尊重“流浪汉”小说文体规范，坚守现实主义创作方法。《老古玩店》所处的时代环境、小耐儿这个人物性格发展的逻辑注定了小耐儿之死，这样的结局是现实主义与艺术创新的胜利，《老古玩店》也成为伟大的现实主义作品。这就说明，文学作品包括网络文学作品，不管是内容元素还是形式元素，作者一旦选择，就一定要遵循艺术发展的内在逻辑，在此基础上才可能进行艺术的创作与创新。

网络文学的在线批评更多的还是对网络文学文本的批评。文本批评是对评家艺术感悟力、文学史眼光和理论穿透力的极大考验，因为好的文学批评可以成为“文学文本与文学接受者之间的中介、桥梁和纽带，它的职责是传递美感，保持和强化美感，增加接受者审美快感的强调和深度”①。美感可以凭借文学批评而分享和传递；文学批评说到底总不能撇开审美与美感的传递。

坚持加强网络文学的在线批评与发现、提升中国经验，创新文学批评理论关系密切。网络文学的在线批评，于广大网络写手有普及文学创作常识的作用，促使他们提高文学创作与创新意识；同时作为评家自己，也可以通过及时的文学批评锻炼艺术感悟力，在文学文本与文学接受者之间起到“中介、桥梁和纽带”的作用，以“增加接受者审美快感的强调和深度”。最后，网络文学的在线批评还可以将批评提升到理论层面。“批评并不创造一个同音乐或诗歌的世界一样的虚构世界。批评是概念的知识，或者说它以得到这类知识为目的。批评最后必须得到有关文学的系统知识和建立文学理论为目的。”② 韦勒克的批评观代表了20世纪追求“文学批评理论化”的最终诉求。这种观念将文学批评的阐释与过度阐释即“虚构世界”区分开来，同时又强调了文学批评

① 王先霈：《圆形批评论》，华中师范大学出版社1994年版，第30—31页。

② ［美］雷内·韦勒克：《批评的概念》，中国美术学院出版社1999年版，第4页。

的创新性质，将文学批评落脚在批评本体和主体即批评者自身。因而通过网络文学的在线批评，发现、提升中国经验，创新文学批评理论也是可能的。

网络文学的“在线批评”可以是即兴的，但不能止于即兴的只言片语，而是对感性的条理化和理性化。虽不是动则千言万言的篇章，却也要求尽量阐释充分。网络文学的“在线批评”尽管难度大，参与者不多，却是文学批评有效性不可或缺的组成部分。因为通过网络文学的“在线批评”可以普及文学创作常识，“传递美感，保持和强化美感，增加接受者审美快感的强调和深度”，在网络文学文本批评研究中还可以发现、提升中国经验，为文学批评理论的创新提供范本。

反思文学批评（之九）

——整理资料与细读文本

一　“反思与重建”

对当代文学批评的“反思与重建”工作得益于时代的大环境，改革开放30年以来，整个社会几乎是全方位地展开了对过去30年的总结与反思，对文学及其文学批评的反思是这个大工程中的一个环节，于我们从事文学批评理论研究的人来说，则是一个必不可少的过程，不仅为了总结过去，更是为了着眼于将来，对于30年来的文学批评，如果没有深刻的反思基础，重建就只能停留于想象的乌托邦。

从文化角度分析，五四新文化运动以来的90年明显分为3个30年，即1919—1949年、1949—1978年、1978—2008年，这是巧合还是一种必然，我们暂且不论。可以类比的是，30年对于个人则为“而立之年”，新文学每一段的30年，也确实“而立”了不同的文化与文学品格，尽管90年的新文化、新文学有她一以贯之的新气象。在“反思与重建”过程里，追问近30年文学的品质如何，近30年的文学批评品质又如何，成为人们总结与反思的应有之义。

如果说80年代文学批评的气象是“解禁的、生机勃勃”的，90年代之后文学批评也出现了前所未有的特征，借用南帆的话是“杂志退隐，学院崛起”。“这不仅是文学研究机构的交替，重要的是另一种文学研究体制的出场。批评家的活动区域，批评家评估以及介入文学的形式，尤其重要的是，批评内在风格——一切都在变。如果引用一些人喜欢的表述，那就是‘思想淡出，学术登场’。”① 到了21世纪，“文学批评渐渐形成一种占主导性的诉求，那就是，努力站在人类精神的高度，先进文化的高度，从中国现实出发，从本土实际出发，寻求不同文化的互补性及发展的阶段性，大力发展本民族的文学”② 包括文学批评。南帆和雷达的以上描述比较客观，80年代或者90年代的文学批评都适合那个年代的文学发展。如果融入价值判断，雷达的另一段说法可能更加直白。

> 上世纪80年代中期搞观念更新，大量引入现代西方思潮，自有积极的一面，却不无追新逐奇的一窝蜂现象；到90年代初又有一种笼统拒斥现代西方思潮，盲目尊崇国粹的倾向抬头；继之，反过来，又出现了大谈“后现代”、“后殖民文化”的“后学”之风，这些虽都有其产生的原因，但终究显出了不成熟的浮躁之气。③

雷达这段话检点了80年代和90年代文学批评理论的不足。当下文学批评的弊端，雷达以为是“被动、窘迫、乏力，缺乏主体性强大的回应和建构性很强的创意。”他把原因归结为没有解析当前复杂多元文学现象的“思想能力”和富于精神价值的“审美判断力”。造成“思想能力”和“审美判断力”不足的“根子还在于它不能与各种丰厚的思想资源保持联系，没有整合能力，比如不善于从传统思想资源、外来思想资源、革命思想资源，甚至包括民间思想资源、少数民族文化思想资源中不断吸取精华，形成自己的思想和审美的基础”。这当然就带来文学批评理论创新性的缺失，因为“创新的核心是找到特定时代的审美元素和风格精神，找到与时代审美前沿相契合的新的形式和新的语

① 南帆：《深刻的转向》，《当代作家评论》2008年第1期。

② 雷达：《批评：根本问题在于思想资源和精神价值》，《光明日报》2008年4月25日。

③ 同上。

汇”[①]。与南帆关注批评主体一样，雷达指出是批评家“思想能力”“审美判断力”和“整合能力”的不足造成文学批评缺乏“创意”，包括创造“新的形式和新的语汇”。

王晖在《多元声音下倡导独立“评格”》[②] 一文中也说到“批评是独立的学科、应当具有独立的思想，不应成为作家的附属品和文本的注脚。”

对30年来文学批评还可以从不同视角去描述和反思，笔者选择南帆、雷达、王晖的表述，不仅因为他们有客观描述和主观判断，而且描述和判断都指向一个共同问题：文学批评的主体以及批评家身份即批评家的活动区域。

对“批评家身份和批评家的活动区域”的重视与分析，源于法国批评家阿尔贝·蒂博代（A Thibaudet）的《六说文学批评》[③]。在这本有关文学批评的演讲里，按照文学批评主体的不同身份，蒂博代把文学批评分为“自发的”“职业的”和“艺术家（作家、大师）的批评”，由一般读者和报刊记者组成了第一种批评即“自发的批评”；第二种批评，是专家教授组成的“职业的批评”；第三种则是文学大家组成的“大师的批评”。蒂博代对三类批评利弊都有所说明。比如对以大学教授为主的“职业的批评”，蒂博代颇多嘲讽之词，老生常谈、死守规则、思想懒惰、缺乏敏锐的艺术感觉、迟疑症、沉闷的学究气、没有洞察力等。但是蒂博代也承认，职业的批评家又具备良好的教养、深厚的历史感、知识体系化、视野开阔、持论平正通达等长处。蒂博代同时指出应该把这三种批评看作是三个方向，三种活跃的倾向；不应该将它们看作是固定的范围并彼此割裂。

如果换一个视角从文学批评本体功能反思文学批评，大概也可以分成三类：首先是“在日报上对文艺小说家做出专题评论并对文艺和音

---

① 雷达：《批评：根本问题在于思想资源和精神价值》，《光明日报》2008年4月25日。

② 王晖：《多元声音下倡导独立“评格”》，《光明日报》2011年3月28日。

③ ［法］阿尔贝·蒂博代：《六说文学批评》，赵坚译，生活·读书·新知三联书店2002年版。

乐演出进行评价”，这样的批评虽然被认为是“一门低于新闻学的学问”①，却也是需要的。其次“是文学文本与文学接受者之间的中介、桥梁和纽带，它的职责是传递美感，保持和强化美感，增加接受者审美快感的强调和深度”②。这其中隐含了可贵的理念：美感是可以凭借文学批评而分享和传递；文学批评说到底总不能撇开审美与美感的传递。这是从文学批评对接受者的角度说明文学批评的功能。最后，文学批评更“是理智的认识。批评并不创造一个同音乐或诗歌的世界一样的虚构世界。批评是概念的知识，或者说它以得到这类知识为目的。批评最后必须得到有关文学的系统知识和建立文学理论为目的。”③ 这后一种是韦勒克的批评观点，代表了20世纪追求“文学批评理论化”的最终诉求。这种观念将文学批评的阐释与过度阐释即“虚构世界”区分开来，同时又强调了文学批评的创新性质。三种批评中，前两者是由批评者到接受者；后一种则落脚在批评本体和主体即批评者自身。也可以这么说，韦勒克是把文学批评理论化的目标“建立”在“有关文学的系统知识和文学理论”之上，用我们今天的话语表达就是文学批评要“找到与时代审美前沿相契合的新的形式和新的语汇”。(雷达)

21世纪以来对文学批评创新性的强调，与20世纪80年代“解禁的、生机勃勃”的文学批评、与90年代以来的转向与反思都具有学理上一脉相承的联系。试想，如果没有80年代的“解禁”与开放，就不可能有对欧美文学批评观念和方法的引进。但引进并不能解决我们当代文学批评的所有问题，文学批评的有些问题是本土的，具有它的特殊性。于是我们自然要回到传统文学批评资源，梳理并实现对传统文论的“现代转换”，当时还有学者甚至表现出“救活”中国文论的雄心。然而，欧美文学批评理论也好，我国传统文学批评理论资源也罢，都只能是“拿来主义”的合理运用，不是真正的理论创新，虽然这样的运用是创新的必经过程。

---

① ［美］雷内·韦勒克：《批评的概念》，中国美术学院出版社1999年版。

② 王先霈：《圆形批评论》，华中师范大学出版社1994年版，第30、31页。

③ ［美］雷内·韦勒克：《批评的概念》，中国美术学院出版社1999年版，第4页。

二 策略与实施

改革开放30多年以来，文学批评总体状况是变化迅速，在可喜的变化与多元化格局里，仍然凸显了“浮躁”的烙印。改革开放的第二个30年，在文学批评理论创新方面首先要克服的就是这种“浮躁”心理，要在某一点上潜沉下去，追根到底。所谓潜沉也就是中国古代文论里提及的“涵泳”。在充分占有材料的基础上发现问题，解决问题，把创新融入其中，成为不少人的共同策略。

我们看到，21世纪以来，除了继续研究欧美文学批评观念和方法、继续回归中国文学批评传统以外，对文学批评本体或者主体的反思，出现了“批评家被批评家批评”的声音；出现了对“文学批评文本选”的重视。中国社会科学院文学研究所主办的大型学术性、文献性、资料性文学年刊《中国文学研究年鉴》和《中国文学年鉴》，林建法主编的《21世纪中国文学大系：文学批评（2001—2009）》[①]丛书和韩晗专著《新文学档案：1978—2008》[②]就是其中的代表。

林建法主编的《中国文学大系：文学批评（2001—2009）》丛书已经出版9本，编著者是想“通过一个文学批评的选本来呈现一段学术史”。该丛书有6个模块，包括：文学思潮与现象，文学史写作与研究，当代作家批评，文学对话录，现代汉诗研究，海外汉学研究。2009年增加到8个模块，包括：文学史写作与研究，理论与批评，文学思潮与现象，小说家讲堂，作家作品论，现代汉诗研究，当代外国文学以及海外汉学研究。编者力图对该年“中国文学的面貌做出真实的反映，为文学研究者整理出一套完整翔实、权威的选本”。

韩晗专著《新文学档案：1978—2008》特点有三，其一便是“新”。这里的新，主要是风格新，“散文化的语调，小说家的笔法，哀婉处令人动容，幽默处令人莞尔，东扯西拉，却有关联，旁敲侧击，不

---

① 林建法主编：《21世纪中国文学大系：文学批评（2001—2009）》丛书，春风文艺出版社2002—2010年版。

② 韩晗：《新文学档案：1978—2008》，电子工业出版社2011年版。

失根源，笔调清新，行文雅驯。”其次在“重新定义‘文学’”概念的内涵。除了原有的“作家、作品、流派与事件”以外，还包括“出版、影视、娱乐、文化与政策”。最后是“立足于‘档案’，也是最引人注目的闪光之处。”“在这本书中，近百幅图片，以及作者本人亲力亲为的访谈、见闻，构成了这本书有别于其他文学史的一大亮点。”①

不管是林建法主编的《21世纪中国文学大系：文学批评（2001—2009)》丛书还是韩晗出版专著《新文学档案：1978—2008》，都十分重视原生态材料的集结，这是研究的基石，曾经我们忽视了这个基石的作用，我们的文学批评有时只有二手资料，有时是读三行写三页的急就章。没有基本材料的研究，没有对文本的细读，是连批评都做不好的，遑论文学批评理论的创新？

档案材料对于研究的重要性怎么说也不过分，我们这30年没有来得及从容收集整理文学批评的原始材料，过去可能有这样或者那样的理由，现在是没有任何理由再忽视这个最基本的工作。正是从重建基础出发，我们编辑了《武汉作家作品研究资料汇编》②。在我们的研究视野里，“武汉作家”是一个比较宽泛的对象，一个地域性而不是行政性的概念。是指在武汉工作或曾经在武汉生活过的当代作家，不仅是武汉作家协会会员或武汉作协签约作家了。“武汉作家”这个群体值得研究，可以从不同层面展开研究毋庸证明。我们的目标是从文本研究、个案研究到群体研究和地域文学研究；期盼通过这些研究加强与武汉作家、文学理论家和文学批评家的联系和理解，增进友谊，共同繁荣和丰富武汉文坛。通过对“武汉作家”的研究，提炼相关的批评理论话题，参与当代文学与文学批评理论的对话，回应当下文学的相关难题。

《武汉作家作品研究资料汇编》第一阶段以改革开放30年来的作家为对象，本次汇编的是出生于50年代和60年代有影响的18位作家，有方方、池莉、刘醒龙、邓一光、陈应松、熊召政，田禾、车延高等，结集30册，约750万字，还配备了电子文档。目的其一是为我们师生

---

① 韦照周：《“最好的文学批评和最有偏见的文学批评”——〈新文学档案：1978—2008〉读札》，《书屋》2011年第4期。

② 吴艳、吕幼安主编：《武汉作家作品研究资料汇编》，内部资料，配有电子文档。

研究武汉作家作品提供材料的支撑；其二是对材料本身进行研究，以定位我们武汉作家作品研究的起点并形成自己的特色；其三是通过对该资料的研究发现问题，阐释问题，凸显在“武汉作家作品研究”的特殊性或普泛价值。

三 汇编资料与追问

《武汉作家作品研究资料汇编》是相关研究的起点，具有资料的一般价值和地域文学研究的特殊价值，同时也是我们反思重建文学批评的依据，一个可以沉潜下去的学术研究生长点。从“批评家的活动区域”俯瞰汇编的研究资料，我们发现如果仍然沿用蒂博代划分的三种研究主体已经不够用。因为，除了一般读者和报刊记者、专家教授、文学大家（我们用作家）还有一个重要的群体，是在读的研究生，多半是现当代文学、比较文学、文艺学方向的研究生在读期间发表的论文，他们的作用将在另外的论文中阐释，在四类文学批评群体里我们只以专家教授为分析对象，以对方方及其作品研究资料汇编为例。

“汇编”方方及其作品研究专辑，收集方方总论 60 篇，长篇小说评论 20 篇，中短篇小说评论 93 篇，散文评论 1 篇和方方创作谈 38 篇。研究总论里本地学者教授有樊星、李俊国（4 篇）、戈雪，外地学者教授有徐岱、何镇邦。谭善明（3 篇）很特殊，他在读硕士、博士阶段分别写了两篇，当教师时又写了 1 篇关于方方小说研究的论文。长篇小说批评论文 20 篇，学者教授有於可训、蔚蓝、戈雪共 3 篇，中短篇小说评论 93 篇，只有 2 篇，是学者陈俊涛和吴艳教授的评论。

需要说明的是我们的资料来源主要是中国知网期刊全文库，少量是中国作家网、湖北作家网。我们还没有穷尽有关方方及其作品的研究资料，尤其是中国知网期刊全文库以外的研究论文。仅就《汇编》资料也能发现一些问题：

一是专家教授在批评论文中只占绝对的少数，如研究总论为 13%，长篇小说研究论文占 1.5%，中短篇小说评论占 2.2%。

二是专家教授盯在方方及其作品研究的成果超过 2 篇的也不多，只占总量的 20%。

三是专家教授的论文对方方作品的定位比较合适，有的阐释非常精彩，但除了“新写实”这个新术语以外，好像还没有出现与“新写实”同一层面的新学语。

将上述的统计扩大到对池莉、刘醒龙、陈应松、邓一光研究资料的统计大概也是这样，不同的是比例上存在小的差别。如果以“批评家的活动区域”和创造“新学语”为搜索条件，扩大到对鲁迅文学奖和茅盾文学奖得主研究的统计，结果又会怎样呢？

“研究取向上，较前更为明智、清醒和辩证了。学院派批评在这方面取得的成绩也许更为突出一些。”① “卓越的批评家，应当出现在学院，应当是以学术研究和思想探讨为专业的学者。”② 这话当然不能反推，说“卓越的批评家”不应该出现在别的批评群体。是什么因素影响学者专家长期盯住某一个或某一类当代作家进行研究并深入研究呢？有人会说是因为体制有问题。有的高校，文学评论不算科研成果，有的高校凡3000字以下的论文不算科研成果等。再说，“当代无史”，我们中国古代文学批评评鉴里就有“不录存者”的惯例，当代戏剧史家周贻白先生曾是中国现代戏剧的重要参与者，他在撰写戏剧史时，对现代戏剧也采取“留待后叙”的策略，为什么？周先生认为，作为参与性的在场者，因“只缘身在此山中”的缘故，而缺乏确定性的审视。所有这些都是原因。但我们知道，体制可以有助推创新的作用，但体制无法完全扼杀文学批评理论的创造性。巴赫金所处年代的体制决不助推创新精神，但巴赫金通过文学批评研究创造了新术语、新理论。文学批评的创新与写作文学史也不完全一样。学者专家长期盯住某一个或某一类当代作家进行研究，深入研究，是个复杂的问题，在此不予细论，我想追问的是其中的必要条件，达到了这个条件未必能够创新，但如果不能满足这个条件，就完全不可能创新。说起来这条件是个常识，就是通过材料的收集整理，发现问题、集合问题、长时间盯着这个问题，“涵泳”其中，有所创新。

---

① 雷达：《批评：根本问题在于思想资源和精神价值》，《光明日报》2008年4月25日。

② 肖鹰：《今天的批评界欲望太多“投票实名制”绝杀茅盾文学奖——肖鹰谈批评家群体和茅盾文学奖》，《辽宁日报》2011年4月18日。

王国维的学术成就与他对材料的发现有关。比如他认为“古来新学问起大都由于新发现”，他与罗振玉合作的重要原因就是能够看到一些第一手材料；他的“二重证据法”的提出，他的坚持从实际材料出发，以事实做基础提出理论①等都是治学的可贵经验。当然，有了材料还要“涵泳”其中，这个“涵泳”就是潜游，浸润，沉浸，深入领会的意思。如果从运思方式看待“涵泳”则是中国古代文论的独特方法，即主要凭借“体认”和“涵泳”方式来把握对象。其“根本之点在于：全身心投入，使判断力与想象力、理智与情感、普遍知识与瞬间体验相结合，达成一种独特的心理状态。这里的关键是‘自得’，即从自家心灵深处产生出来，而不是从外边得来。这种运思方式不是纯粹的客观认知，而是一种内心世界的整合与提升。”②

由此说来，我们编辑《武汉作家作品研究资料汇编》既是基础工作，也蕴含了对自己、对同人、对当下文学批评理论界的反思与期许。厚实研究材料，在这样的基础上开展文学批评，重建我们的文学批评理论，应该是有所作为的吧。

反思近30年来的文学批评是重建文学批评理论的基础，对某一时段或某一地域作家作品研究资料的汇编与整理，是重建的关键环节之一。我们以《武汉作家作品研究资料汇编》为例，从“批评家的活动区域”入手，仅就学者教授在文学批评中总量的不足，就可以一直追问下去。文学体制和高校科研体制、评论当下作家时容易受人情世故干扰等是其中原因，但不是最根本的原因。因浮躁的时代病带来对研究材料的轻视，对研究对象不能长期“涵泳”其中，才是最根本的问题。这两个问题不解决，就不可能实现文学批评理论的创新与创造。

---

① 刘烜：《王国维评传》，百花洲文艺出版社1996年版，第328—330页。

② 李春青：《中国古代文论的永久魅力》，中国文学网。

反思文学批评（之十）

——当代作家年谱

缘　起

“武汉作家年谱简编”是湖北省人文社科重点研究基地·江汉大学武汉语言文化研究中心开放基金项目成果之一，也是当代湖北文学研究中心的研究成果。这里的“武汉作家”是一个比较宽泛的对象，一个地域性而不是行政性的概念，指在武汉工作或曾经在武汉生活过的当代作家，它超出了武汉作家协会会员或武汉作家协会签约作家的范围。

江汉大学从20世纪80年代末开始研究武汉作家，绵延至今需要传承，需要整体提升，需要有新的反思、新的起点、新的特色。为此，2008年我们成立了江汉大学武汉作家作品研究资料中心，以延续和加强对武汉作家的研究。2013年，这个中心成为湖北省人文社科重点研究基地·江汉大学武汉语言文化研究中心的重要方向之一。借助基地平台优势，已完成“武汉作家作品研究资料”第一、第二期数据库建设工作；建立“武汉作家作品研究网”；编印《武汉作家作品研究资料汇编》共29卷（内部资料）。公开出版述评第一批数据库资料论文集《武汉作家论丛》第三辑（长江文艺出版社2011年版），发表18篇论文，收录17位作家研究资料索引。第一期的汇编资料涉及出生于20世纪五六十年代有影响的17位作家，如方方、池莉、刘醒龙、邓一光、陈应松、熊召政，田禾、车延高等，共750万字。按第一期模式，目前已完成第二期10位作家约260万字研究资料整理工作。

在此基础上，我们将选择3—5位作家，公开出版其《研究资料》，发表其《年谱简编》，写作并出版该谱主的《评传》专著。我们的目标是将研究工作始终与资料的搜集、整理、汇编紧密结合，争取在三个层面都有所收获。这三个层面一是收集整理资料，点面结合；二是开展武汉作家作品的文学批评，从个案研究到地域文学研究；三是提炼相关批评理论话题，参与当代文学与文学批评理论对话，回应当下文学的相关难题。

“武汉作家年谱简编”属于第一个层面的工作，“收集整理资料，点面结合”是努力在点上有所突破。本来，我们计划在同一时间推出相关作家的《年谱简编》，但在实际操作中不得不调整最初计划。《年谱简编》完成后，我们发给相关作家审核，得到他们的大力支持。但万字左右的年谱，作家本人要一一核实，却不容易。对相关人事的年月时间，作家自己也要“精考其年”，我们不便打扰作家既定的写作节奏，于是等待，再等待……各位作家的工作档期不同，于是，发给我们的反馈意见也不在一个进度上，有的作家回函提出修改意见，有的作家却已经完成全稿的审核工作。后来与《长江》丛刊社长商量，修改我们的计划。所谓成熟一篇，发表一篇，也就是定稿一篇，发表一篇。在发表《年谱简编》同时，配一篇相关年谱札记一起发表。这样一来也带来好处：不赶任务，为年谱写作者“多方考信，详瞻精确”留下较为充足的时间；也让年谱写作者反思年谱相关问题，梳理成文。与谱主作家的沟通联系相得益彰；请他们审核、指正而不过分强调完成时间，也是尊重谱主作家的应有之义。

感谢《长江》丛刊的理解与支持，这第一组文章是肖敏博士写作的《刘醒龙年谱简编》和我作为《武汉作家年谱简编》栏目主持人的几点交代，权且在《年谱札记》名义下一并发表。

年谱及写作

年谱是用编年体裁记载谱主生平事迹的、较为特殊的一种人物传记体裁。和一般的传记有所不同，年谱以谱主为中心，以年月为经纬，比较全面细致地叙述谱主生平事迹。它杂糅了纪传和编年二体，并从谱牒、年表、宗谱、传记、行状等体式逐渐发展演变而自成一体。自唐宋以降，年谱著作汗牛充栋，至清代达到鼎盛。究其原委“盖名贤魁士一生从事于学问，论撰之间，其道德文章既与年俱进，而生平遭际之隆污夷险，又各随所遇而不同，非有谱以精考其年，无由得其详实。”①近年来，出版了大量近现代人物年谱，水平参差不齐，也引发学界对年谱学术价值、撰写原则等问题的深入探讨。

就作家年谱而言，则既“有补于知人论世之学”，也“不仅区区考一人文集而已”②。为何？盖年谱为人物一生行状的动态档案，所谓叙一人之道德、学问、事业，纤悉无遗而系以年月者，谓之年谱。因而，借助年谱，可以了解谱主进学程序、用功标准、师承渊源、创作历程等情况。不仅如此，年谱还反映了一批与之相关人物材料，从人物的一系列活动中，我们又可以从一个侧面把握社会概况，厘清许多复杂线索。

从谱主生活、创作活动中，我们可以从一个侧面把握社会概况，尤其是相关文坛概貌。毕竟，“人物活动于社会大舞台，是组成历史事件的基本元素，所以年谱实际上又是与谱主所生活年代的中国社会和经济的缩影，反映了在一定历史时期的社会变迁，反映了中国历代社会的政治、文化和经济的广阔场景。”③ 从这个意义上我们可以说，作家年谱，其意义首先体现在这个作家的和与其相关的史实方面，其次也反映在谱主所生活的文坛乃至于时代的大环境。年谱是作家研究的基础和出发点，其重要性自不待言。

年谱的写作当然应该实事求是，客观公正。绝大多数的年谱都基本按此要求编写。编者在写作时，有事即载，无事即阙，有对写对，有错写错。另外，年谱作为一种存史资料，引用资料也一定要注明出处。

为武汉当代作家简编年谱，意义重大，困难也不小。

首先是客观公正。常言当代无史，是说写当代史，涉及当事人，人情世故处理不好就难得敷衍文章。中国古代文学批评史上，品评诗歌专集，往往以“不录存者”为上策，大概就是为了回避当下，不为品评之外元素所干扰。然而，我们也知道，司马迁的《史记》，记载上至上

---

① 清代学者系诒让语：《年谱》，百度百科 baike. baidu. com。

② 清代史学家章学诚语：《谈年谱的参考咨询作用》，百度文库 wenku. baidu. com。

③ 邢晓春：《年谱：知人论世的简明档案》里引用印永清语。《北京日报》2009 - 06 - 15。

古传说中的黄帝时代，下至汉武帝年间历史。司马迁生于汉景帝中元五年（前 145）（一说生于汉武帝建元六年，前 135），卒于公元前 87 年。也就是说，司马迁的史记一直记载到他所生活的年代。司马迁开创的史传传统，是我们应该发扬光大的。再看中国当代文学，目前，可见的中国当代文学史，可看成是这种传统在文学史中的传承。如北京大学洪子诚教授的《中国当代文学史》就是以材料和对材料的独到阐释见长。因而，写当代作家年谱简编，古今都有可供学习的典范文本。

其次是精考其年。钱仲联先生说："年谱是否精善，关键在于对材料是否多方考信，详瞻精确。"[①] 按理，我们处在多媒体、大数据时代，收集材料比较方便。尤其是互联网资料，收集起来极为方便，却难保精确。于是，我们采取以纸质材料印证网上材料的做法，确保年谱的精确性。当年，王国维的"二重证据法"是运用"地下之新材料"与古文献记载相量印证，以考古代历史文化，我们的"互证"则只是以纸质材料印证互联网或者我们的采访材料，这是我们年谱写作的必需功课。甄别材料，需要仔细再仔细，稍有疏忽，就会出现硬伤。比如方方中篇小说《风景》，各种网络资料都显示首次发表于 1989 年《当代作家》第 3 期，事实上纸质材料是 1987 年第 5 期的《当代作家》。对网络资料的查证，我们主要是查找当年的相关期刊进行确认；如果当年期刊找不到，则参照《全国报刊索引》进行检索。一般大学图书馆类似"中文期刊密集书库"应该都有馆藏。即便如此，也难免万无一失。从这个意义上我们也可以说，被发表的《年谱简编》，仍然处在未完成状态，在编纂过程中，因材料取舍、视野宽仄带来的局限，客观上使《年谱简编》处于"修订无期（限）"的过程之中，我们期待着读年谱的各位专家学者，包括谱主作家本人的批评与指正。

读年谱

作家年谱是作家研究的重要文献源，是研究作家的基础和出发点，其重要性显而易见。阅读年谱，除了一般读者，就是那些与谱主研究相

---

① 《谈年谱的参考咨询作用》，百度文库 wenku. baidu. com。

关的学人。我这儿读年谱的主要是就后者而言。通过阅读年谱，获得谱主生平事迹，包括进学程序、用功标准、师承渊源等。年谱是动态的人物档案，故纤毫之处而自显就里，一切都取决于读者的机缘和悟性。理想状态是通过阅读年谱获得谱主相关资料而事半功倍，或者因读年谱而生发出新问题，展开研究而取得新成果。

例如，散木《读年谱》。该文对张晖《龙榆生先生年谱》[①] 涉及的问题进行深入探讨，其中有谱主龙榆生生平涉及的“失节文人”之原因和后果问题。作者张晖编纂《龙榆生先生年谱》，“意在钩稽”谱主的“一生行迹”，因而“列举事实，一般不加评论”。之所以如此，他说：“我这么做，也无非是希望能够秉着实事求是的精神，去探讨和理解一个普通知识分子在历史大翻覆之际的痛苦抉择，而不是一味地去加以苛责。”[②]

《读年谱》的散木对这般“理解的同情”或者“同情的理解”提出疑义。散木引用吴宓在九一八后为贺麟《德国三大伟人处国难时之态度》做按语，表达自己的观点。

> 吴宓在“九一八”后为贺麟《德国三大伟人处国难时之态度》做按语，其称：“当此国难横来、民族屈辱之际，凡为中国国民者，无分男女老少，应当憬然知所以自处。”当然，这“自处”的方式是不同的，即“惟以各人性情境遇不同，故其态度亦异，而歌德、费希特、黑格尔之行事，壮烈诚挚，犹足发聋振聩，为吾侪之所取法”。惜乎周（周作人，引者注）、龙（龙榆生，引者注）等不能取法乎此种“自处”，终于缘此而走向了深渊。[③]

散木追问“或许在阴霾的天气下，人也是暧昧的，在大节有亏的前提下，我们能揣摩得出其时其人之复杂的心态吗?”还说：“只要中国知识分子中‘猛士’和‘隐士’的精神承传依然存在，甚至只要这

---

① 张晖：《龙榆生先生年谱》，学林出版社 2001 年版。

② 散木：《读年谱》，《读书》2006 年第 2 期，第 112 页。

③ 同上书，第 114 页。

种制造出对峙状的社会背景存在，那么，是‘俟堂’还是‘知堂’、‘绿林书屋’还是‘苦雨斋’，以及‘鲁迅还是胡适’等等，就会一直是我们的话题。”①

对年谱读到这个程度，或者写作年谱而得到如此之反响，实为幸事。

一般学人通过读年谱而了解谱主生平事迹，在动态的人物档案里，发现并爬梳相关线索，厘清一些复杂问题的来龙去脉。在这一点上，我深有体会。

去年，为“弗洛伊德与20世纪西方文艺理论”课程写作讲义。其中，弗洛伊德及其理论的发展脉络，就得力于《图腾与禁忌·附录〈弗洛伊德年谱〉》②。该年谱近9000字，简单明了。有谱主生平的多个线索：出生与家庭、恋爱与婚姻、教学与工作、研究与临床，还有师承渊源、理论发展等。根据这个年谱资料，我做出这样的归纳——弗洛伊德不仅是精神分析学创始人，同时还是：

一个具有非凡智力的犹太人：

一个3岁患有神经衰弱症，38岁被心脏病所困扰，65岁患口腔癌的倒霉蛋；

一个志存高远的年轻人：而立之年，已留学、已开业行医、已结婚和服兵役；

一个将临床、译著、写作、讲学、学术活动伴随终生的学者；

一位创立精神分析学派的天才；

一位艺术品收藏家、文学爱好者和关注时政的知识分子；

一位歌德文学奖获得者；

…………

另外，弗洛伊德对自家理论的深信不疑也是特别值得注意的。弗洛伊德创立精神分析理论与他幼年经历密切相关。3岁时弗洛伊德一家迁居莱比锡，“在迁徙路上，因火车的瓦斯灯光而联系起人的灵魂，致恐

① 散木：《读年谱》，《读书》2006年第2期，第113—114页。

② 弗洛伊德：《图腾与禁忌》，杨庸一译，中国民间文艺出版社根据台湾志文出版社翻印，1986年版。

惧心理症。所患神经衰弱症，直至成年，始用自我分析治愈”[1]。由此可见，其对自家理论的深信不疑，即作为临床医生和精神分析学理论创始人对精神分析学所具有的坚定信念。

浏览《弗洛伊德年谱》还产生了其他联想，这里不再一一列举。

读年谱当然还有别的读法和别样结果，一切因人而异。

发表《武汉作家年谱简编》，我们希望收获理想的反馈意见：或证明为研究武汉作家的学人提供可靠的作家简明档案；或有读者因年谱简编而生发出新问题，展开研究并取得新成果；抑或有读者发现年谱简编中存在的硬伤而提出修改意见……这大概不是一厢情愿的梦想吧！

① 弗洛伊德：《图腾与禁忌》，杨庸一译，中国民间文艺出版社根据台湾志文出版社翻印，1986年版，第199页。

中　编

综论当代作家

百变“风景”一样痴情

——以《方方作品研究资料汇编》为例

“人的内心越是丰盛，可能性越是多样，就越是易于改变，越是不愿意让他的未来被过去所决定。”① 这是法国作家也是诺贝尔文学奖得主纪德说的，作家方方大概也赞同这个说法，有语录为证，方方自言“喜欢给读者不同的阅读感”，那景观就是使小说面貌总是在改变，让人有些“逮不住”——评论家对方方丰富的作品难于简单分类评价；读者则是更喜欢方方在不同作品里提供的不同形象。自《风景》产生全国性影响后，不管是否大红大紫，方方却“从未被忽视过”②。她自己解释缘由，“没有被忽略，是因为我一直没有停下来不写。如果有一天我不写了，自然就会被忽略，这是件很自然的事”③。这番带有自谦成分的话只说到问题的一半。假如方方“一直没有停下来不写”却又一直是不断重复原有风景，读者定会产生审美疲劳，文学批评家恐怕也会弃她而不顾的。

使方方一夜成名的中篇小说《风景》，写的是底层人的生活，发表时间为 1987 年，那时方方才 32 岁。后来方方小说的“风景”可以用“百变”来形容，不仅写作对象发生大的变化，就连写作方法、作品风

---

① ［法］纪德：《伪币制造者》，陈映真主编《诺贝尔文学奖全集》第 26 卷，远景出版事业公司 1982 年版，第 335 页。

② 蒋子龙：《方方面面》，林建法《中国当代作家面面观》（下），时代文艺出版社 1994 年版，第 741 页。

③ 姜广平：《我在写作时是一个悲观主义者——与方方对话》，《文学教育》2009 年第 1 期，第 4 页。

格也出现较大改变。方方及其作品就像一个善变的普鲁斯特——然而百变中其实也有执着追求，是对文学创作的痴迷，对人存在意义的深切关怀与执着追问。

一

从评家研究方方作品视角入手，可以将方方“百变”成果归结为三个维度，首先是对象（题材）的变化，其次是写作方法的改变，最后是作家自我形象的多样性。三个维度中又以小说对象（题材）的变化最为突出。方方小说所描写对象至少可以分为九类：一写底层人生活；二写知识分子；三写都市玩世不恭且叛逆的年轻人；四写女性命运；五写爱情故事；六写警察；七写历史人物；八写涉外人员；九写农村题材小说。将这九类对象的代表作发表时间一一标明，可以发现一些有意味的问题。

以方方短、中、长篇小说为例（括号内数字代表对象类别与上述九类对应）：

短篇小说：

《十八岁进行曲》（3）获第二届（1987年）《小说月报》百花奖

《纸婚年》（3）获第五届（1993年）《小说月报》百花奖

中篇小说：

《风景》（1），1987年

《祖父在父亲心中》（2），1990年

《桃花灿烂》（1）（5），1992年

《埋伏》（6），1994年

《行为艺术》（6），1993年

《凶案》（6），1994年

《何处是我家园》（9）（4），1994年

《暗示》（2）（4），1996年

《过程》（2）获第八届（1999年）《小说月报》百花奖

《在我的开始是我的结束》（4），1999年，获第九届（2001年）《小说月报》百花奖

《奔跑的火光》（4）（9），2002 年

《有爱无爱都铭心刻骨》（4），2002 年，获第十一届（2005 年）《小说月报》百花奖

《水随天去》（4）（9），2003 年

《树树皆秋色》（4）（2），2003 年

《出门寻死》（1）（4），2004 年

《中北路空无一人》（1），2005 年

《武昌城》（7），2007 年

《万箭穿心》（1）（4），2007 年

《琴断口》（1）（4），2009 年，获鲁迅文学奖（2010 年）。

《刀锋上的蚂蚁》（8），2010 年

长篇小说：

《乌泥湖年谱》（2）（7），2000 年

《水在时间之下》（1）（4）（7），2008 年

以上共选方方的短、中、长篇小说共 24 篇，作品后的年份为首发年。评家公认方方的中篇小说写得最好，影响最大。我就以方方中篇小说为例，勾勒其变化脉络，阐释其蕴含意义。

继《风景》大红天下三年后，方方推出了《祖父在父亲心中》。两篇小说题材完全不同，却同样造成极大影响。《风景》写底层人生活，《祖父在父亲心中》塑造知识分子形象。相同的是方方力透纸背的深刻，对当下，对历史，借由“七哥”“祖父”和“父亲”的命运展示出来。

《桃花灿烂》发表于 1992 年，是作家自己比较喜欢的小说之一。从题材看与《风景》有联系，也是一个“青春成长”的“残酷”故事，却将关注焦点集中在“爱情”这个永恒主题的追问上。“当时大概要表达的是一种两个人在感情上相互依恋、而在理智上又相互排斥、最终导致擦肩而过的爱情经历。”① 《桃花灿烂》的故事曾引起了丹麦安徒生基金会的浓厚兴趣，他们出资赞助拍摄并协助该片在海外的推广。

从《风景》到《祖父在父亲心中》再到《桃花灿烂》，只有 5 年时

① 《方方认为优秀作家应该坚持为内心写作》，《语文教育与研究》2008 年第 2 期。

间。《风景》曾给人极大震撼，方方缘何能写“河南棚子”这个底层人的故事？方方解释，写《风景》是“自己生活的亲历”，写《祖父在父亲心中》“是写我对他人生活的观察”，她“在这两个生活圈子中都呆过”。[①]“七哥”们是她当装卸工的同事，“祖父”“父亲”原型就是她的亲人。《桃花灿烂》是方方以自己爱情经历而虚构的故事，“其实很多人都有过这样的经历，因此很多人也都有过同样的感受。”“人在面临选择时常常会对自己发出质疑。比方说，我爱你吗？我爱你！但在自己确认过后，心里还有另外的声音在问：我真的爱你吗？这个声音一经发出，人就会恍惚和彷徨。恍惚和彷徨，虽然可能更加保险但却同样面临永远失去。”[②] 5 年时间，方方小说的描写对象，从底层到知识分子再到爱情小说，已变脸两次。方方向文坛发出明确讯息：她能够在三种对象（题材）作品里同时耕耘并收获精美成果。

《埋伏》是第三次大变脸，也是方方首次抒写与自己生活没有直接联系的对象，写了一个警察及其破案的故事。由黄建新执导的同名电影，曾让主演冯巩获得金鸡影帝殊荣。方方小说《埋伏》则有些像法国作家纪德的长篇小说《伪币制造者》，后者记录“伪币制造”本事的只有几千字，纪德是借“制造伪币”这个故事探寻“锻造人格”的问题。同样，方方的“埋伏”也不纯属破案故事，不以逻辑推理见长，却告诉读者，“杨高”的成功来自运气，“智者”的失败来自霉气，“一切都在偶然性不经意间的介入和拨弄”。在作品内蕴方面，我们也感受到《埋伏》中潜沉的存在主义成分，方方通过创作《埋伏》，消化她的阅读经验和人生体验。

《行为艺术》发表于 1993 年，又是一次大变脸，写当代人相互制造困厄的悲剧性。在社会制度、个人性格、宿命安排之下，方方以悲悯和同情的笔调刻画生命存在的艰难与无奈，“人”多是“生活之轮”碾赶下的“弱小生物”，在题旨上连接《风景》，《行为艺术》又进一步形象说明，“人”既是被碾赶者，也是“生活之轮”的一个组成分子，

① 姜广平：《我在写作时是一个悲观主义者——与方方对话》，《文学教育》2009 年第 1 期。

② 《方方认为优秀作家应该坚持为内心写作》，《语文教育与研究》2008 年第 2 期。

甚至是清醒自觉的一分子，“每个人对这个世界的一切合理的或不合理的都找到了最为恰当的理由，即这一切都是行为艺术。谁也不必对自己的行为加以负责，因为它是艺术。而艺术需要个性，需要无所顾忌，需要随心所欲。”①《行为艺术》曾被霍建起改编成电影《蓝色爱情》，让霍建起获金鸡奖最佳导演奖。《行为艺术》的小说情调虽与《风景》贯通，其悲剧性和宿命论却显示存在主义底蕴，又不只是存在主义的。小说对这个存在世界寻觅到的“最为恰当的理由”分明又带有中国式的无奈和狡黠。

如果说，《风景》《祖父在父亲心中》《桃花灿烂》带有明显的自传性，《埋伏》和《行为艺术》的自传性就更加隐秘，或者说后者与方方个人生活完全没有直接联系，是看来和听来的故事。这时的方方向文坛昭示，其小说已由自传走向自传性，由抒写自己生活圈内故事到跳出实在的生活圈，通过对自我生命体验的泛化、虚构、想象，再造艺术形象，这是较优秀作家与一般作家的根本区别，也是方方小说创作的可喜成果。

到了21世纪，方方中篇小说以《奔跑的火光》《有爱无爱都铭心刻骨》《水随天去》为一组，创作的直接契机是方方对杀人犯的采访，三篇小说写的也都是为什么杀人的故事，是社会转型期农村女性困厄的悲剧，这是20世纪所没有涉及的题材，也是方方创作的第五次大变脸。

《树树皆秋色》是女性知识分子的故事，有对爱情的抒写，如《桃花灿烂》；主人公是知识分子，其主旨连接《祖父在父亲心中》。

《出门寻死》《中北路空无一人》《万箭穿心》《琴断口》，这组小说又回到《风景》的底层世界，只是描写对象的年龄都变大了，由年轻的“七哥”变成“大婶”“大叔”“太婆”级人物。与《风景》不同，方方用方言写作。其意义“不仅生动活泼、贴切丰富地塑造了人物形象，增添了小说的地域色彩和文化趣味；成全作家审美视角与感受对象的一体化，避免了居高临下讲故事带来的尴尬，矫正和对抗着某种知识分子高高在上所造成的错觉，有利于作家发现底层民众的人性力量

---

① 《方方认为优秀作家应该坚持为内心写作》，《语文教育与研究》2008年第2期。

和人生哲学。”①

《武昌城》，写北伐战争；《刀锋上的蚂蚁》，写涉外人物，德国人和出国的画家。创作之前，方方阅读了大量有关辛亥革命史料，并且做了实地考证，方方出访过德、法等国。从题材看，这两篇小说填补了方方小说题材空白，历史故事和涉外人物是20世纪所不曾出现的。

这时的方方，不管写什么，其主人公是谁，无论性别、无论年龄、无论职业和国籍，方方都似随心所欲，百变而无禁忌。方方“喜欢给读者不同的阅读感。当然，私下里大约也有点炫一下自己本事的顽劣之心，那就是，我什么都能写，让那些做文学评论的逮不住我。”② 她的小说仅从描写对象上的变化就已经给读者不同的阅读感和不同的审美愉悦。

方方最早被称为“新写实主义”领军人物之一，所谓描摹“毛茸茸生活”的“原生态”，所谓“零度情感”，都曾经是当时文坛的热点话题。但也有人感觉到：方方“在‘新写实’的笔墨里流淌者一种理想主义的生命激情”③。方方小说“是现实主义的”，与经典现实主义不同，方方对生活的还原，对凡俗人物的生存境况、生活状貌、生命勃勃、性的欲望……本真的状态出现，从而使她的小说“具有一种自然主义的外观”，“又不排斥现代主义”，比如大胆吸收若干表现手法和技巧，荒诞陌生、超现实氛围、叙述角度、语调的变换等④。评价对方方小说写作方法、流派风格的归纳，涉及新写实主义、理想主义、现实主义、自然主义、现代主义，都是文本细读后的理性判断，言之凿凿，不可不信。

从细处着眼，比如小说语言分析，有评家说，方方“小说的语言特色也在不断地改变”，“由纯朴明快到讥诮尖锐再到深沉曲折”但

---

① 吴艳、胡九思：《方言书写的多层韵味——解读方方中篇小说〈出门寻死〉》，《文艺新观察》2009年第3期。

② 《方方认为优秀作家应该坚持为内心写作》，《语文教育与研究》2008年第2期。

③ 蒋子龙：《方方面面》，林建法：《中国当代作家面面观》（下），时代文艺出版社1994年版。

④ 陈俊涛：《在凡俗人生的背后——方方小说（从〈风景〉到〈以唱三叹〉）阅读笔记》，《小说评论》1992年第5期，第13页。

“诗性话语一直贯穿着她的小说创作”①。也有人说，方方在读者心中至少有三副面孔：冷峻的如《风景》，揭示人生世相；深沉的如《祖父在父亲心中》，展示透露了一个家族的历史；轻松的如《白驹》《埋伏》，玩笑世间物事。方方自己说“三副面孔加起来，就比较接近我了。”②这个“我”就是方方作品在读者中的形象，实际也是作品不同风貌的体现。

我们可以从多角度言说方方小说。不管是抒写对象还是作品风格，还是具体形式元素，方方都为我们提供了可供研究的变化着的小说文本。百变“风景”，多变风格，多样的作家面孔，全部集聚在小说文本里，难怪早在10年前，何镇邦就说方方“是最具艺术个性，同时也最有后劲的女作家之一”③，仅三个维度的变化就会增加读者的乐趣和评家的兴趣。只是我们好奇：百变风景理由何在？百变风景意义何在？百变中是否存在不变元素？

二

求变是作家智慧、自信的表现，方方则还带有一种“顽劣”心理，这里的“顽劣”是“顽皮不顺从”的意思，本意多半是指儿童行为和心理。如关汉卿《窦娥冤》楔子：“你如今在这里，早晚若顽劣呵，你只讨那打骂吃。”“顽劣”即顽皮而不顺从，方方的顽劣多少带有作家创新策略。文学写作要有儿童的天真和顽劣，文学创作，说到底是对自己的挑战，不能完全顺从文学以外因素的制约。

方方“不喜欢”“赶赶忙忙地成天写字，把写小说弄成了一个体力劳动。”她“更喜欢”“在一种松弛的状态下慢慢地从容地写来”；“完全是凭兴致。怎么舒服就怎么写……”④这种写作心态，不仅能抵制市

① 谭善明：《试论方方小说中的日常话语和诗性话语》，《北京航空航天大学学报》2005年第4期，第59页。

② 姜广平：《我在写作时是一个悲观主义者——与方方对话》，《文学教育》2009年第1期，第11页。

③ 何镇邦：《主持人语》，《时代文学》2000年第2期，第88页。

④ 《方方认为优秀作家应该坚持为内心写作》，《语文教育与研究》2008年第2期。

场的、经济利益的诱惑，也能逃脱虚名的陷阱。方方曾经在不同场合说过，她是一个“作品主义者”，作家靠作品说话，没有好作品，即使走红，也最多只能红一两年，长久了，注定没有他的声音，所以她提倡一种“弯下腰”来耕耘的姿态。方方又说，“一个优秀的作家应该为自己的内心写作”①。她认为，“人和人之间的距离太遥远了……人既作为一个独立体存在于世，那就注定了他一世的孤独。”选择写小说，“因为它可以让我尽情尽性地倾诉”，“倾诉还可以使我随时走进自己内心的天空。”“是倾诉使我静心。”② 方方让自己走进自己的内心，让内心容纳奥林匹斯山上诸神，让内心接纳人间万象，包括接纳人性的丰富性和复杂性。《在我的开始是我的结束》中，借主人公黄苏子的心理独白，方方表达了她对人性丰富性和复杂性的接纳。

> 黄苏子已经不知道自己到底是几个人了。去琵琶坊已成为她生活中的一个部分。她是白天的黄苏子，黑夜的虞兮。作为白天的黄苏子，她外表是白领丽人，雅致而安宁，而内心却满是龌龊，不停地对他人发出恶毒的咒骂；而当她成为晚上的虞兮时，她外表是“鸡”，淫荡且下贱，而内心却怀着一种莫名的悲凉，觉得自己并不是为卖淫而卖淫，而是尝试另一种生活方式，是在完成人生命中的某种需要。黄苏子把自己分裂了又分裂，然后想，人是多么复杂的一种生物呀。他是立体的，天然就有着不同质地的层面。只因为虚荣和矫情，他总是只去照应生命中的某一个层面，做自己这一层面的奴隶，活成一个平面的人。他们从不愿分裂自己，不敢让自己每一个不同质地的层面独立起来，不敢活成一个立体，让每一个面都放射出活力的光芒。

方方在作品之外还说：“黄苏子的确是一个让人心疼的女人。她是不幸的。但她的不幸不是单纯的……黄苏子虽然是一个不幸的人，她却

① 方方：《倾诉是心灵的舞蹈》，《当代作家评论》1997 年第 6 期，第 77 页。

② 姜广平：《我在写作时是一个悲观主义者——与方方对话》，《文学教育》2009 年第 1 期，第 5—6 页。

是一个透彻的人。因为太透彻而不幸。所谓廉耻，我想黄苏子一定不同意这样的说法。黄苏子从来都不觉得自己的夜生活是羞耻的而昼生活是纯洁的。或许她还会反过来看，白昼那种伪装式的生活才是羞耻的。”①

就这样，从“顽劣”“舒服”到“孤独”地“尽情尽性地倾诉”，方方的写作历经了从一般作家到优秀作家的飞跃。如果说方方的写作开始是“把少年时期的兴趣和热爱变成了一种谋生的‘本事’”，后来的“写作由物质变成精神需要，又变成了一种生理的需要：一旦停笔不写，过不多久，便有一种浑身不自在的感觉。”② 由此我们可以初步解答方方百变风景的理由和百变风景的意义。

写作动机由一般“为稻粱谋”走向将写作提升为一种生命方式与“活法”，这是许多杰出作家的必经之路，作家行走在这条道路上，“只有死才能止住它”（海明威）。方方说自己的毛病是“懒散”，“无原则”，“没有忍性”③，在方方的作品里，我们似乎难得见到方方的这些毛病。方方私下里曾说过，她做什么都容易厌倦，都很难坚持下来，只有写作是例外！

“顽劣”是百变“风景”的重要缘由，使写作成为接近本能的需要，视写作为其目的本身，是方方进入非一般作家群的必备条件。“顽劣”而不顺从时尚和市场，“孤独”而“舒服”、“尽情尽性地倾诉”，方方显现了丰盛的内心多样可能性，不让未来的创作被过去所决定，顺理成章地铸就了百变方方及其百变小说，包括人物的、对象的、风格流派的和作家自我形象。在所有改变中，不变的是写作行为本身，不变的是对写作境界和人格的不懈探求。

方方说：“小的时候读鲁迅的书，总是喜欢为那里面漂亮的文字和深刻的警句而激动不已，觉得一个人能写出这样漂亮的文章是了不起呀……成年后读鲁迅的书，会顺着他的指引去注视他历经过的那个时代和更为久远的历史……由此，鲁迅感动我们的便不只是警句，不再只是文章，而更是他思想的力度，他精神的境界，他人格的魅力；是他在面

① 方方：《文边闲话》，《北京文学》1994 年第 3 期，第 71、72 页。

② 方方：《读鲁迅说人格》，《世纪行》1998 年第 7 期，第 88 页。

③ 姜广平：《我在写作时是一个悲观主义者——与方方对话》，《文学教育》2009 年第 1 期，第 5 页。

对强权所表现出来的无所畏惧的英雄风范，面对明里和暗里的重重刀箭所一怒而起的惊天勇气。”①

方方不停地创作，不懈追求高格调、高境界，这才有百变风景中不变的痴情和深情，有了30年的变化与坚守。方方在“写作时是一个悲观主义者，在反复询问自己时，常常也问不下去，于是便进入虚无状态。这是件没有办法的事情，我一旦坐在那里写作，一旦想要试探式的问自己一些什么，便立即进入一种虚无，觉得无底，觉得真是没什么好问的，觉得问这一切又有什么意义？悲凉感便油然而起。这没有办法。我很想自己能够乐观一点，但总也乐观不起来。但是当我离开我的写作状态，进入真实的生活时，我却并不是悲观的。”② 这也是方方画像，用时髦的表达句式，方方写作悲观着、虚无着、快乐着、孤独着、倾诉着……不管写作当时是怎样一种心理状态，她都愿意，她都以接近本能需要的心态笔耕不辍！写作并追求着，创作不止，对境界的追求也永不停息。

三

据我所知，一个作家如果“不愿意让他的未来被过去所决定”，起码说明这位作家具有艺术创新意愿；如果这个作家又以作品证明他的未来确实没有被过去所决定，则可以凸显这位作家的艺术创新的自信与实力。从这个意义上可以说，方方的百变“风景”及其蕴含的深情与痴情，不仅证明她是一个具有创新意识的作家，也是一位具备艺术创新自信与实力的作家，这大概无可非议，方方已进入目前可见的多个版本中国当代文学史就是最好的说明。方方“百变风景”与“一样痴情”，为当下文学创作与文学批评提出一个值得深入探讨的问题，急剧变化与从容固守以及由此带来的艺术张力问题。

方方的百变姿态包含了对自己的否定和对不变境界的渴求，同时也是我们这个一日千里发展变化的时代缩影，是文学创新、各领风骚三五

① 方方：《读鲁迅说人格》，《世纪行》1998年第7期。

② 方方：《文边闲话》，《北京文学》1994年第3期，第71、72页。

年的急迫社会心理在作家心态和作品中的表现，我们已经阐释方方创作变化的意义。方方的“顽劣”、方方的个性，方方在“舒服”与“孤独”境况中“尽情尽性地”痴情“倾诉”，还有她“趁早”的“出名”，所有这些在很大程度上都抵制了“飞速”发展时代带来的浮躁心理，其标志就是“百变风景”几乎处处有佳境，这些佳境都是艺术精品，更突出的是她的中短篇小说。方方在不断变化之中仍然从容固守她的活法：在接近本能的创作状态中实现对人格和艺术境界的提升。然而，时代急遽而强大的变化注定要卷挟所有的人，方方也不例外。

“在人生的天平上，一头的实惠堆得沉甸甸的，一头的人格抽象得无人得见。在如此明白的可见可触和不可见不可触的二者之间，所有的手都伸向了同一个方向，也就很容易让人理解和叹惋了。”① 这里的“实惠”除了看得见的名利之外还有看不见的多种自我欲念，后者似“看不见的手”，推裹着作家，一次又一次去满足实现自我的欲念，这些欲念有的与提升人格和提升艺术境界背离，让人理解更让人叹惋。当代有些作家常常会在“顾不得太多”的名义下放弃了最可宝贵的对艺术境界的追求，而一心只满足对自我欲念的满足，哪怕是与艺术创新相违背。

方方具有极好的艺术感悟力和艺术表现力，也具备极好的艺术判断力，包括对她自己作品的判断。在已经取得的艺术成果中，寻找新的突破口是摆在方方面前的问题。它不仅涉及从容固守之点的选择，更关涉从容固守心态的保持，相对而言后者更为重要，毕竟，“在一种松弛的状态下慢慢地从容地写来”只是写作状态，不能完全等同选择固守之点并真正长期固守着。

方方中篇小说《琴断口》2010年获得鲁迅文学奖，她自己说《琴断口》不是她最好的中篇，评家也这么认为。直到现在，方方写得最好的恐怕还是中篇小说。中篇小说的称谓是我们中国特有的，在西方是只有短篇小说和长篇小说的区分。在当下有一种不成文的标准，好像没有写出长篇就不是最具实力的小说家。可我们知道在文学史上，国外有

---

① 姜广平：《我在写作时是一个悲观主义者——与方方对话》，《文学教育》2009年第1期，第5页。

三大短篇小说之王，俄国的契诃夫（1860—1904），法国的莫泊桑（1850—1893）和美国的欧·亨利（1862—1910）。我国的蒲松龄（1640—1715）也应该算一个，他的《聊斋志异》不管在体制上还是内容上，都可以与短篇小说之王的作品相比肩，而且毫不逊色！再比如鲁迅（1881—1936），他的短篇小说几乎每一篇都在“创新体制”①，如《狂人日记》的寓言式，《孔乙己》的幽默情调，《祝福》《伤逝》的痛切情绪，《阿Q正传》的逼人光辉则是思想的深度，《药》和《离婚》“形象的生动而多采，人物的典型性，结构的有机性，乃至对话的如同起声”等都是不可重复的。鲁迅没有写长篇小说，仅短篇小说就可以在现代文学史上占有一席之地。可见不管是古代还是现代，也不管是国内还是国外，短篇小说体制并不能限制作家创作水平所达到的高度，也不是非要有长篇小说才能称为杰出小说家。

仅以小说体制而言，方方能否固守于中篇小说创作？不是说只写中篇小说，而是指突破中篇小说形式的桎梏，超越自己而有所创新？或者把重心转移到长篇小说创作？当代的长篇小说有“拉长的中篇”“半部书”的弊端，方方的长篇是否能够逃过这个宿命？不管是如何选择，要从容固守都极不容易；相对于看得见的名利诱惑，保持从容固守心态显得更加复杂，更加纠结也更加重要。纪德说：“我不否认世界上有些行为高贵，慷慨，甚至无私；我只想说，在那善良的动机背后往往隐藏着魔鬼，这魔鬼的聪明足以叫人在自以为跟魔鬼的奋斗中为魔鬼效了力。”② 假如我们把阻碍方方创新的某个欲念称作魔鬼，这魔鬼的聪明之处才是最不可忽视的。

方方的“顽劣”让评论家“逮不住”，方方也是很早就表现出不被评论家左右的作家，但如果为了不被“逮住”而“奔跑”，就有些得不偿失，因为被逮与不被逮，方方及其作品“就在那里”，戡破就里才会“不悲不喜”。奔跑与固守二律背反，方方最终还是需要选择。不管选择如何，都需要竭尽全力并长期固守，才可能有所超越，怕的是在思维

① 参见茅盾对鲁迅小说的评价。

② 纪德：《伪币制造者》，陈映真主编《诺贝尔文学奖全集》第26卷，远景出版事业公司1982年版，第217—218页。

定式下对自己招数的迷恋和驾轻就熟，其结果与艺术创新南辕北辙，也与方方文学创作的境界追求背道而驰。1947 年，纪德荣获诺贝尔文学奖，《颁奖词》说：“纪德毫无疑问是这样一个作家，其真正的价值要放到长远的览望中才可以评估，需要一段空间，才可以让辩证法的三个阶段有回旋的余地。”纪德的作品包容性很强，纪德善变，善于从对立人性中呈现人性的种种问题和处境。方方是否也需要从容览望自己的作品，以重新出发？方方文学创新之路到底能够走多远？只有她自己能够把握，我们有理由期盼并耐心等待。

方方的“百变风景”，充分显示了她的小说创新诉求，显示了她创新能力的足够充盈，其中灌注的深情与痴情，使她与一般作家的喜新厌旧区别开来，呈现出与追名逐利的写作者鲜明对比的姿态。方方对创作本身的深情与痴情，使我们有理由相信：尽管存在时代飞速发展带来的负面力量，尽管可能存在影响方方创新的某个魔鬼欲念，我们相信，以方方的定力与实力，她能够破解魔咒，不断超越自己。

在“革命”与“游戏”之间

——韩少功小说的创新意味

革命（revolution）的社会和政治层面意义，具备暴力和正义色彩，其手段激烈，是剧变性的跃进。革命也经常用来指各领域的“新”变革，比如医学革命、生态革命，这类革命其手段未必激烈，其进步也较为平和，与该领域已有成果比较，却还是带有“颠覆”性质，如黄遵宪、梁启超的“诗界革命”“小说界革命”。革命的后一种用法是广义的，它超越了社会和政治层面而凸显新变革之意味。本文所涉及的革命是广义内涵，特指与当代小说创作相关的新变革，这些新变革也许真的颠覆了我们习以为常的小说形态。

游戏（Amuse one self；Play）本来就有嬉戏、游乐，玩耍（Recreation；Game）和娱乐活动等含义，以直接获得快感为主要目的。文学艺术与游戏具有许多的一样性。席勒认为，人的艺术活动是一种以审美外观为对象的游戏冲动，是文艺与游戏产生的共同生理基础。英国哲学家赫伯特·斯宾塞持剩余能量说；德国生物学家谷鲁斯持练习说，弗洛伊德持替代说。谷鲁斯认为，游戏不是没有目的的活动，游戏并非与实际生活没有关联。游戏是为了将来面临生活的一种准备活动。弗洛伊德则认为，游戏是被压抑欲望的一种替代行为，这两种说法都带有实用色彩。本文所关涉的游戏内涵，接近于席勒、康德和斯宾塞的观点，强调游戏本身给人带来的自由与快感，与实用、功利无关。

革命与游戏，前者指文学创作主体带有自觉的变革意识，并在创作中较好地实现了这种变革与创新。后者指创作的较为纯粹的艺术性，即审美中的非功利性与文学本身的合目的性。因为说到底，小说本体无任如何被革命、被改造，最后小说仍然还要是小说——是作家审美活动的物化、语言化和具象化，还要保持与诗歌、散文和剧本在体制上的不同特点。要在革命和游戏之间保持合适张力，要在多样的变革里达成其深层创新目标而又不失游戏本色，这对于任何作家来说都十分艰难，正是从这个意义层面上，韩少功的小说创作为我们提供了成功的文学文本。

一 “寻根”出新

韩少功在当代文学史上的地位凸显在“反思文学”“寻根文学”和他个人的小说创体成果三个方面。其代表作有《月兰》《爸爸爸》《马桥词典》和《暗示》。《月兰》是中短篇小说集，属于反思文学，《爸爸爸》为中篇小说，也是寻根文学的代表作，后两部是寻根的继续，也是他的长篇创体小说。

与陈建功、方方、刘震云等作家相同，韩少功是中文系科班出身——“文化大革命”结束后考入大学的作家。大学中文系的经历对作家生成的作用本来是因人而异的，却也存在“家族相似”的共同特点，简言之就是“见多识广”，即对语言、文学及其文艺理论的系统学习，由此可能形成的较为纯正的艺术品位。和同时代“50后”中文系科班出身作家不同，韩少功曾经到武汉大学英文系进修半年(1985.01—1985.07)，当时他的岗位是湖南省总工会《主人翁》杂志社副总编辑，湖南省作家协会专职作家兼省政协常委、省青联副主席。

韩少功创作开局不凡，年表如次：

1977年在《人民文学》上发表短篇小说《七月洪峰》

1980年短篇小说《西望茅草地》在《人民文学》上发表，获当年全国优秀短篇小说奖

1981年短篇小说《飞过蓝天》在《中国青年》上发表，获当年全国五四文学奖与全国优秀短篇小说奖。同年中短篇小说集《月兰》由广东人民出版社出版

1982年短篇小说《风吹唢呐声》被改编为电影，后由凌子执导，潇湘电影制片厂拍摄上映

1985年随笔《文学的根》由《作家》发表，引发后来关于“文化

寻根”的大讨论。中篇小说《爸爸爸》在《人民文学》上发表，短篇小说《归去来》等在《上海文学》上发表

1986年中短篇小说集《诱惑》由湖南文艺出版社出版。第一本随笔集《面对神秘而空阔的世界》由浙江文艺出版社出版

1987年与韩刚合译的米兰·昆德拉长篇小说《生命中不能承受之轻》由作家出版社内部出版（有删节版）

1988年调海南省文联工作，举家南迁。

当“文化大革命”结束后的77级、78级中文系大学生还在学习“汉语言专业”课程时，韩少功已经在《人民文学》上发表小说，并且获全国优秀短篇小说奖（1980）和全国五四文学奖（1981）。他的小说还被改编成电影（1982）……韩少功完成从处女作到博得全国性文学影响（假如可以获奖为标志）只花了5年时间，这也应验了张爱玲的一句名言“出名要趁早”。“趁早”出名的韩少功顺应了当时文坛的“反思”之势，请注意，他开始登上文坛时就越过了当代“伤痕文学”阶段而直接进入反思文学行列，是不断的反思播下了他小说革命的种子。1985年韩少功随笔《文学的根》在《作家》上发表，引发后来关于“文化寻根”的大讨论。中篇小说《爸爸爸》在《人民文学》上发表，短篇小说《归去来》等在《上海文学》上发表。韩少功成为“寻根文学”的创始者和理论上的倡导者。这当然不能完全归功于韩少功本人，77级、78级的大学生因人生阅历的相对丰富而已经比较成熟，“趁早”博得文坛名声的就有一批当代作家，仅被当代文学史列入寻根文学的就有韩少功、阿城、王安忆、李杭育、郑万隆、张承志、郑义、贾平凹、扎西达瓦、朱晓平、李锐。有趣的是这些寻根作家里，中文或文学系毕业有5人，“50后”出生的7人，做过知青的作家有9人。与这些已“趁早”出名的作家相关的，是当时的社会大环境。20世纪70年代末到80年代中期，文学几乎占据国民尤其是年轻人精神生活的中心地位，文学的社会效应强烈，那时对文学审美意义反而不太深究。这样的状况没有维系太久，新时期文学在伤痕文学以后，紧接的就是反思文学。文学所表现的世界即社会生活成为反思的主要对象。与反思文学同步的还有欧美包括南美文学及其文学理论的大量引入。如果说反思文学主要对象是社会生活和刚刚过去的动乱时代，那么寻根文学则是在反

思了社会生活同时，也反思了对西方文学模仿和接受的文坛现实，希望通过寻根后的艺术创造，赋予小说本体一些全新品质。

韩少功在文坛的亮相是越过当代文学"伤痕文学"阶段而直接进入反思文学行列的。本来，反思的最显著特点是要求保持主体的反思能力，不仅反思我们的对象、目的、过程和定论，还要反思我们的思维本身。也就是说，反思文学的对象不应该只是刚刚结束的动乱时代，还应该包括文学本身，即文学自身的艺术特性和与之相关的民族文化与民族精神。从这个意义上可以说，寻根文学是反思文学的继续，不仅拓展了反思的对象，也开掘了反思的深度，其最终目标是文学创新。

韩少功的文化寻根实际上是将反思文学对象从当下现实拓展到民族传统文化，借传统文化诸多元素突破文学创作的困境。换句话说，作家本人希望通过"文化寻根"而革新小说理念并取得小说创新实绩。这不仅使寻根文学具备当下性，在理论、实践途径方面，也让我们依稀感觉到中国唐代"古文运动"的气息。可以说韩少功的"寻根文学"是对唐代"古文运动"的热切缅怀和崭新实践，并使之成为有理论、有队伍、有实践、有实绩的文学思潮。

韩愈的古文运动，是借古而革新。它矫正了六朝以来以骈文为主流的浮靡之风。韩愈主张作文"言必己出"和"务去陈言"，学习古文"师其意不师其辞"，反对剽窃，强调语言之创造性，又力求"文从字顺"，是在古代散文基础上，创造、形成一种富于逻辑与规范性的文体。韩愈的古文运动有理论、有队伍、有实践、有实绩，在当时及宋代产生极大影响。当然韩愈古文运动也存在偏重文学实际功用，忽略艺术之生命与美的价值的局限。用现在的话说，是有些革命性有余而游戏性不足。

韩少功等人的寻根文学，担任主要角色的是知青作家。他们中的大多数并非生活在传统民风民俗中的土著，相反，是从城市"下放"到农村；这些知青作家都积极接受西方现代派文学的影响。使寻根从一开始就具备三个方面的意义：一是寻《文学的"根"》（韩少功），二是为西方现代文化寻找一个较为有利的接受场；三是包括从个人体验中完成超越现实世界的宏伟目标。韩少功以为，"文学有根，文学之根应深植于民族传统的文化土壤中"，提出应"在立足现实的同时又对现实世界进行超越，去揭示一些决定民族发展和人类生存的迷。”①

寻根文学不仅是一种创作倾向，更是一种文学思潮，其核心是文学的寻找：文学在寻找民族文化的、民族文学的和作家个性自我的根！当时的语境是在对西方现代文学历史和作家状况有了较多了解之后，具有创新意识的作家几乎都爆发了“走向世界”的冲动，他们知道，一味追随西方现代派文学，即使模仿得再好，也缺少艺术的独创性。在他们看来，以“世界文学”的视镜从中国文化寻找有生命力的东西，应该是中国文学的可行之路。

这就形成一个有趣、复杂而又暧昧的局面：寻根文学所关涉的三维里，在传统文化、西方影响和个人生命体验诸多方面，寻找与表达都有些差强人意。寻根作家追寻中国传统文化根脉，主要是对儒家文化和道家文化的认同；他们借助西方现代主义、后现代主义的表现方式，也多处在模仿阶段；对作家自己个体生命及其普泛意义的追寻，也都有些不尽如人意。寻根作家的成熟是相对的，在对传统文化尤其是传统文学的整体把玩上，他们表现出天生的不足。对当代困境的反思与表现，也因为距离太近而缺乏深度与耐性。

1985 年还几乎是轰轰烈烈的“寻根文学”思潮，几年后就衰微了，这是必然的。有人说其原因是“大多数作家对‘文化’概念的理解是‘以偏概全’的，他们往往抓住某种民俗习惯便刻意进行渲染，而忽略了对‘民族性’的真正解剖。尤其是一些作家对现代文明的排斥近乎偏执，一味迷恋于挖掘那种凝滞的非常态的传统人生，缺乏对当代生活的指导意义，而导致作品与当代现实的疏离……”② 这不是没有道理，但我以为更加深层次的矛盾是在传统文化、西方影响和现实困境这三者之间的融合创新还比较“青涩”，寻根文学在小说的革命与游戏性之间缺乏合理的艺术张力。尽管如此，寻根文学因为融入民族传统文化尤其是儒道文化、民间文化而使小说面貌一新，在题材选择、人物塑造和小说意蕴诸方面已明显区分于当时的伤痕文学、反思文学和改革文学。寻根出新，在这个层面已完成它的使命。就韩少功而言就是通过《爸爸

① 韩少功：《文学的根》，《作家》1985 年第 4 期，第 2、4 页。

② 寻根文学（百度百科），baike. baidu. com/view/6657…htm 2012 - 10 - 13。

爸》《女女女》等小说创作，获得最初的小说创新成果。

二 “跨界”立新

寻根文学虽有创新却历时短暂，还没有来得及解决小说革新深层次问题，作为文学思潮的寻根就匆匆过去，寻根文学作家队伍也纷纷离散……传统文化、西方影响和现实困境三者如何融合的问题仍然存在，当代作家回避不了，于是那些创新意识强烈的作家，多以自己的小说创作继续解答这个新时期文学的共同难题。韩少功更是以其一贯的反思、革新理念和小说创作实绩回应这个挑战，在寻根出新以后，又“跨界”立新。让小说跨出原有文体限制，融入中国古代散文随笔元素，使用辞典体抒写小说故事，注重现代叙事对视点的关注，反思中国当下通用语并用方言写作。

韩少功90年代以来的创作年表里至少有四个方面值得重视：电脑写作；发表译作；出版《马桥词典》《暗示》两部长篇创体小说；发表其他的理论、随笔、演讲集和文学作品集。

1992年10月，韩少功开始用电脑写作，第一篇作品《夜行者梦语》为后来一系列长篇随笔的起始。

1995年长篇小说《马桥词典》在《小说界》上发表，后由作家出版社出版。

1997年6月，在《天涯》编发汪晖《当代中国的思想状况与现代性问题》长文，此文后来被人们认为是引起中国知识界围绕“新自由主义”问题出现再一次分化的导火索。

1999年译费尔南多·佩索阿《惶然录》。1987年韩少功与韩刚合译米兰·昆德拉长篇小说《生命中不能承受之轻》，时隔12年，他才又出版译作，却是散文集。

2002年长篇笔记小说《暗示》由《钟山》杂志发表，人民文学出版社出版。其他还有理论集《韩少功王尧对话录》（2003），随笔集《完美的假定》《阅读的年轮》《韩少功中篇小说集》《韩少功自选集》，小说集《空院残月》《韩少功中篇小说集》，繁体字版由台湾正中书局出版，法文版《暗香》出版，英文版《马桥词典》由澳大利亚Harper

Collins 再版（2004）。演讲对话集《大题小作》，中短篇小说集《报告政府》出版（2005）。2005 年，英文版《马桥词典》由美国兰登书屋旗下的 BANTAM DELL 再版。

90 年代以来韩少功小说的创新成果都较好地建构了革命性与游戏性之间的艺术张力，比较好地融合了传统文化、西方现代派和个人体验这三种元素。他坚持从个人生命体验出发，以自己的小说创作，革新文学之本体（语言）和小说之体制，包括现代叙事视角、笔记体、辞典体、不同媒体间的交互作用……他的小说创作是寻根的继续，又是大胆的“跨界”。

当年寻根文学作家队伍庞大，能够沿着寻根方向继续寻找与实验的却为数不多。韩少功大概也认识到寻根文学被困的缘由，于是以自己的小说创作，耐心地修复其中的裂痕和中断的环节。在所有创新实验中，“跨界”成为他的关键词与核心策略。这类跨界包括文体的、语言的和观察社会历史眼光等三个方面。以《马桥词典》和《暗示》为例，可以体味韩少功在文体、语言和社会历史眼光跨界的尝试与成功。

中国古代小说发展史曾经有过三个高峰：南北朝志人志怪小说、唐传奇和明清小说，前两个高峰均存在跨界元素。南北朝志人志怪小说具有随笔色彩，又多是些异人怪事的记叙；唐传奇多为考科举文人行卷，除了散文体叙事，还夹杂着诗词赋体，也不执着于小说的完整情节。我们大概不能简单判断，这些跨界特色仅仅因为小说还没有完全从诗文里独立出来。韩少功就不认为中国现代文类的区分具有天经地义的合理性，不同文类也并没有不可跨越的鸿沟。他对现代小说深感不满，憧憬中国古代文史哲三位一体水乳交融的境界。韩少功企图把“小说”扩展成一种广义的“读物”，同时包括了小说和非小说的因素，就像历史上那些跨体裁的作品一样，结合了叙述和议论，尝试一种叙事性的理论。他说：“现代社会里传媒发达，人们很容易知道这个世界发生了什么事，因此，一个文学写作者描述这些事可能是不重要的，而描述这些事如何被感受和如何被思考可能是更重要的。这就是我有时会放弃传统叙事模式的原因。我想尝试一下将笔墨聚焦于感受方式和思考方式的办法，于是就想到了前人的笔记体或者片断体。”[①] 在这样的创作理念下，韩少功写出了让读者耳目一新的长篇小说《马桥词典》。

《马桥词典》是跨文体小说，“继承了从《搜神记》到《聊斋志异》中国古代志怪小说的传统，与中国现代小说‘史诗化’和‘经学化’以及宏大的民族国家想象的传统反向而行，走向历史的边缘和旮旯儿。”[②] 也是运用方言写作的小说。用辞典体叙写小说，成就较早的是塞尔维亚著名诗人、小说家米洛拉德·帕维奇（Milorad Pavic），其代表作为《哈扎尔辞典》。

《暗示》也是一种跨文体写作，是一百多篇各自独立成篇的小品，但是作为一个文本又改变了原来随笔的性质。“它们有着内在的联系，在它们的统一后面蕴藏了作者独特的思维方式和整理结构，形成了一种独特的知识方式和视野。它们不再是发出孤立的光芒，而是由于作者的整体思考和作品的统一结构而获得了崭新的意义。”[③]

方言写作与小说表现底层生活关系密切；与小说人物性格塑造关系密切；从语言本体角度分析，方言与主人公赖以生存的文化关系更加密切，甚至可以说，方言是言说者不可或缺的文化之根。对长期使用方言的人来说，方言的价值接近于母语的价值，这种现象是存在的。比如，老舍笔下人物所说的北京话；赵树理“将方言化入普通话”；等等，都较地道地表现了方言所蕴含的文化气息[④]。《马桥词典》从“方言”立场和独特的语言实践出发，“寻找那些散落在民间的、‘普通话’所无法涵盖的‘方言’的复杂含义，揭示‘普通话’背后的语言、思维和生活方式，其生存与价值图景”[⑤]。

最后是叙述人问题，用谁的眼光打量这个世界，是现代小说叙事学非常关注的一个问题。在现代叙事学里，小说“如何说”比“说什么”

---

① 韩少功：《我喜欢冒险的写作状态》，《南方日报》2002年12月31日。

② 旷新年：《小说的精神——读韩少功的〈暗示〉》，《文学评论》2003年第4期，第30页。

③ 同上书，第28页。

④ 吴艳：《方言书写的多重韵味——解读方方中篇小说〈出门寻死〉》，《文艺新观察》2009年第3期，第12页。

⑤ 旷新年：《小说的精神——读韩少功的〈暗示〉》，《文学评论》2003年第4期，第30页。

更为重要。这个观点曾经被80年代以来许多作家所认同，也包括韩少功自己。因而与文体、语言并列的是选择或者坚守一种独特的叙事视角，在韩少功小说里就是知青视角。

许子东曾经指出，“韩少功在骨子里是个‘知青作家’。不仅因为他有两篇作品直接影响知青文学发展，还由于他几乎全部的重要作品里，都有一个知青人物作为‘视角’存在。”① 许子东当年的判断，竟然也成为预言，作为叙事“视角”存在的知青眼光，标志着韩少功从一开始就与知青题材小说拉开了距离。他“不是要为知青铭刻一座纸上之碑，也不是要代其立言，进行历史的申诉”，知青身份为韩少功提供“思考和突入的契机”。“知青构成了不同文化、历史时代、社会群体和阶级之间的桥梁和链接，知青是一个社会和历史的越界游走者。”“一个不断游动的观点”，其“游动的目光”和“游击式的思考”② 都带来具有特殊穿透力的智慧和力量，也带来小说革命的成果。

如果说《马桥词典》的那位知青是来往于城市与乡村之间，那么《暗示》里的“知青”，作为叙述者，则是往来于不同的国家、阶级、时代、文化与历史记忆之间。《暗示》与《马桥词典》比较，保持了一贯的“知青”叙事视角，由中国城乡之间扩大到不同国家之间，从方言与普通话关系到“探索语言和具象的关系”，深入言词——而不仅仅是方言所未曾抵达的幽暗之处。这就不只是视角在空间的扩展，也是寻根在文化中的深入！表现了作家对现实的深刻诘问，语言（文化）在具象冲击下的尴尬困境。在意识形态变为意象形态的时代里，小说该如何应对？③

韩少功的跨界立新是确切地树立了富有创体小说特性的成果，《马桥词典》和《暗示》是创体的集中体现。当西方的现代主义小说在淡化情节、淡化人物，并且这个信息已经被开放到中国的时候，中国的当代作家是否只能亦步亦趋地跟在西方现代主义后面学习和模仿？韩少功

---

① 许子东：《〈爸爸爸〉与〈小鲍庄〉》，《当代小说阅读笔记》，华东师范大学出版社1997年版。第113页。

② 旷新年：《小说的精神——读韩少功的〈暗示〉》，《文学评论》2003年第4期，第31页。

③ 同上。

的长篇创体小说给予明确否定的回答。我们可以说《马桥词典》和《暗示》也走了淡化情节、淡化人物的路径，却又不等于西方的现代主义小说，因为韩少功的文本有西方策略，还有中国传统小说元素，更重要的是融入了作家自己的生命体验和个体表达。三种元素缺一不可，混合或者最终的融合，使小说创新成为可能。前面说过，寻根出新阶段在传统文化、西方影响和现实困境三者之间的融合还比较“青涩”，到了跨界立新阶段，韩少功的创体小说处理这三者关系就已经是水乳交融了。

三　“新”变革与审美

所谓新变革，本就是革命的最宽泛含义，具体说来，是小说的实验、先锋色彩。这里的审美主要是文学的游戏性。文学创作贵在出新，但这个新一定要具备文学的审美特性，否则，即便是崭新的也与文学无缘。像宋代文人写诗，要超越唐诗大不容易，于是另辟蹊径，以文字为诗，以议论和以才学为诗。宋人的实践个个都是险招，却也成功，写的仍然是诗。比如他们在诗中说理，讲究的是理趣，这个理趣，直白地说，就是审美特性。如苏轼《题西林壁》“横看成岭侧成峰，远近高低各不同。不识庐山真面目，只缘身在此山中。”还有朱熹《观书有感(其一)》“半亩方塘一鉴开，天光云影共徘徊。问渠那得清如许，为有源头活水来。”等诗篇都是借写景而说哲理，道理明确又不失审美趣味。宋人还以散文化思维吟诗赋词，最终在诗与文之间的新文体——词上面玩出了宋人的独招，在整体上超越了唐代的词。钱锺书说过：“唐诗多以丰神情韵擅长，宋诗多以筋骨思理见胜。”① 王国维说，一个时代有一个时代的文学。唐诗宋词元曲明清小说，我们都耳熟能详。这其中蕴含变革的普适性，大概不是所有求新求变的人都能觉悟并身体力行。

小说变革可以是新意的出其不意，但最终仍然应该是小说，虚构的情节和人物，却让读者信以为真，愿意被吸引着不断地读下去……韩少

① 《钱钟书集·谈艺录·诗分唐宋》，生活·读书·新知三联书店2007年版，第3页。

功的小说创新之路，由寻根出新到跨体立新，一路走来，可谓冷暖自知。我们读他的小说，从《爸爸爸》《女女女》到《马桥词典》和《暗示》，不管是方言还是知青视角，是随笔式小说还是残丛小语类的志人志怪，总是能够被吸引着读下去。缘于故事是新的，陌生的方言具有动人的力量，作家打量人事的眼光又与常人不一样。所有这些都使小说在故事层面和语言层面都发生新变革，至于意蕴层面，读者是否也如作者一样，那得随缘了，根性高的兴许还能解读出连作家自己都没有觉悟到的韵味，这是读者的福分。假如我们还要继续追问，韩少功小说创新的普适意义在哪里？与本文相关的答案是在创新与审美也即是在革命与游戏之间得兼而平衡，使小说创新充满文学张力。

《哈扎尔辞典》作者米洛拉德·帕维奇曾经分别用字典、填字游戏、倒计时和占卜法创作小说，韩少功在运用字典体获得成功以后，也曾运用“注释体”写长篇小说，写了好儿万字，最终放弃了，他说“那写的不是长篇小说”①。鲁迅的《阿Q正传》大概是韩少功所说的“注释体”吧，鲁迅成功了，但那是短篇小说。韩少功的继续寻根，在不同界域里穿行的艺术新组合，类似“注释体”的失败大概也不少，可贵的是寻根的执着而“其尤未悔”的坚韧与清醒。道理很简单，小说本体无任如何被革命和被实验，最后仍然还要是小说。它不能没有审美性，不能没有文学性，不能在语言、小说文体上无所建树。也就是说，文学革命假如没有游戏成分，那革命也难以为继，背离了文学的审美特性，文学革命将会走向歧途。正是这种清晰的认知和百折不悔的意志，让韩少功继续寻根，在跨界视域策略下完成了他的“小说界革命”。

在革命与游戏之间得兼而平衡，不是简单的技巧问题。关涉到作者独特的认知方式和认知水平，应该说小说的成熟也是作家认知方式和认知水平的成熟。韩少功从由寻根开始对民族文化之根的寻找，到对小说本体特性的寻找和实验，最后落脚在语言、体制和视点三个方面，这绝非偶然。

文学是语言的艺术，语言是文学的媒介，也是文学之根。用方言写

---

① 2012年11月，韩少功在华中科技大学“喻家山秋讲‘自由谈’”的答读者提问。

作，是与母语、与地域密切相关的。“地域化可能是作品成为伟大作品的条件。古今中外文学史上很多伟大的作品，都带有强烈的地域色彩”① 已经成为共识，如福克纳系列小说反映了美国南部“一张邮票大小”的地方——约克纳帕塔法县，马尔克斯《百年孤独》虚构的是拉丁美洲北部一个叫作马孔多的小镇，还有莫言的高密东北乡和韩少功的马桥。

小说之所以能与诗文剧本区分开来，体制是其最主要的原因之一。不管西方现代主义如何革新小说，如何意识流地向内转，如何向语言本体实验以求得新品质，是淡化人物还是淡化情节，小说仍旧是用散文化形式叙述虚构的故事。不要求诗歌的外形式，不追求散文的形散而神不散，也不以戏剧的冲突吸引观众。小说家靠说故事打动读者。

韩少功借知青眼光打量周遭讲述故事，恰恰是这非“农民的思维方法”成就了它的独特性。从开始的游走于城乡之间，到拓展游走于不同文化、不同历史时代、不同社会群体和阶级之间。“一个不断游动的观点”使韩少功看似散淡的小故事组合显得复杂而又充满理趣。

韩少功小说的创新意味具体说主要表现在寻根出新和跨界立新的诸多方面，从个人生命体验出发，革新文学之本体（语言）和小说之体制，包括现代叙事视角、笔记体、辞典体、不同媒体间的交互作用……不管是“寻根”还是“跨界”，都比较好地解决了小说革命与小说审美游戏性的关系，在革命与游戏的张力之间显示他的实力和实绩，这是当代文学的幸事。当代文学正是有一批这样的作家，才整体提升了文学之品质，并在世界范围内产生越来越大的影响。

① 孙丽、张慧：《专访莫言：我的贡献是打破了作者的神秘感》，http//news. jcrb. com/jxsw/201210/t20121026。

闪耀在开/合“组织”里的生命灵光

——以陈应松小说文本为例

陈应松由写诗到创作小说，第一次质的飞跃在20世纪末，其成果是中短篇小说集《大街上的水手》，由长江文艺出版社结集到《跨世纪文丛》出版。那时，他写作小说已经有15个年头，在继承我国小说传统和吸收西方叙事手法方面都取得不菲的实绩。在当代的文坛小有名气却没有造成独树一帜的气势，尽管他似乎万事俱备，缺少的只是用更多的作品去巩固和加强业已存在的优势。

最近几年，陈应松的小说又获得了新的飞跃，其标志是他的“神龙架系列”小说。为此，连续4年进入中国小说学会的“中国小说排行榜”，获得第三届鲁迅文学奖、全国优秀中篇小说奖和全国首届环境文学奖。这是很不容易的。个中原因当然很多，本文选择文本解读的角度，探讨陈应松小说在接受外国文学上所表现出来的一些特点。

陈应松小说的艺术世界涉及中国当代生活的某些方面，但不管在精神品质还是在艺术形式上，我们都能够感受到外国文学和中国传统文学色彩。面对纷至沓来的国外文学流派和既存的中国文学传统，作家经历了艰难的模仿与接受的过程，最终修成了正果，让自己的作品在开/合“组织”里闪耀着生命的灵光。这种开/合“组织”分别存在于三个不同层面：其一是对外国文学的开放与对中国文学传统的闭合组织；其二是对中国文学传统的开放与对个人体验的闭合组织；其三则是对当下现实开放与对个人际遇的闭合组织。这三个层面的架构组织是同时进行的，以小说的故事、语言和叙事手法①显示出来，形成了一个具有自组织特征的艺术世界。

一

陈应松的小说故事涉及三个方面：水乡系列、黄金口（平原）系列和神龙架系列。所展示的自然环境由内河到平原再到原始森林。故事的写作具有强烈的写实印记，也涂抹了浓郁的象征传奇甚至魔幻色彩。故事中的人物性格也分为两极：一极是朴实敦厚的平民百姓；另一极为乖戾偏执的幻化人物。我们很难分清楚哪些是魔幻现实主义的影响，哪些是传承了中国文学的精髓。只能说作家在开放接受外国文学尤其是魔幻现实主义影响的同时，也同时开放了通向中国古典文学的路径，并且开放了自己丰富的内心世界！其中在中外关系里，向外国文学的一方是开放，向中国古典文学为闭合；在作家主体与外在对象（中外文学影响）关系里，开放的是古今中外的文学，闭合的是作家的个人体验。在与现实的关系方面，开放的是现实生活，闭合的是作家的个人阅历、性情和对艺术的感悟。

我们先分析小说故事层面在与外国文学、中国文学传统与个人体验闭/合组织里所呈现出来的特点。陈应松的小说故事是传奇、魔幻、写实风格并存，以《大寒立碑》为开端。

《大寒立碑》纪实性很强，是作家为父亲的立传。小说用了23个小标题，写得洋洋洒洒：“石匠；更夫；洪水，外乡人和剪子；外乡人的定义；裁缝铺；床；一个被拘留过的人；梅老虎；我们的土语；故居——以前的房子；灵碑；祖父、银鱼和《圣经》；再说说故居；衰落的铺子；钓鱼的人；河道和地名；祖父的小镇；断指；关于加工厂；河堤；一百五十元钱；大寒”。透过这些小标题，我们就能感悟到陈应松独到的写作景况：满怀深情，又非常有节制。通过片断的生活、简洁的语言和看似散淡的结构，呈现了一个外乡人的生活际遇，一位乡下裁缝

① 笔者曾发表两篇论文：《陈应松小说的语言策略》，《江汉大学学报》1995年第4期；《史传的传奇　现代的叙事——论陈应松短中篇小说的文体特点》，《芳草》2000年第9期。

悲怆的人生。《大寒立碑》的故事体制应该是记传性的，以写实记事为主体，陈应松写来又分明带着随笔性，叙事、抒情、议论灵活多样；章节的长短安排也别具一格，长的可达到数千字，短的不及百字。从语言到结构，是简洁与散淡、放肆与严谨的结合。在看似矛盾的文体里，透露了作家的小说叙事才能和中国笔记体的传奇小说的某些信息。

《归去来兮》也是中篇小说，作家以第一人称抒写“我和我的大哥二哥，我的父亲”的故事。虽是写实志人却也存在志怪象征的特点。这个“怪”，是指事件的怪诞、人物的乖戾和天象示警。陈应松始终坚信北纬30度是一个神秘的纬度，小说的故事就发生在这里——一个叫郎铺的地方。它的周遭是神秘兮兮的云形，大气揉动的蜃景。如此的天象水波里，人们普遍有过宿命的幻觉。小说中的大哥就是一个异想天开的人，为了发明“永动机”走火入魔，杀死他的合作者而被捕入狱。二哥是有名的孝子，牺牲了一个在外工作的青年男子的所有工余时间，以虔心照顾双目失明的母亲，后来乡亲们分担了他的重负，他却觉得自己是一个多余的人，乖戾而尖怪的性格突然占了上风，亲手毒死了母亲，也因此被判了死刑。父亲是一位被本地云水天象所困扰的痴呆老人，为了寻找一处干爽的归属，他蓄谋已久，背了一袋红薯在外流浪三个月，终于在一座山顶的大树下朝圣般地引颈自尽。“大哥、二哥和父亲”都具有共同的宿命，他们与《大寒立碑》中的父亲一脉相传的是那种执拗的品性，只是比后者带有更多的怪异、虚幻的成分。

如果从《归去来兮》与中国文学传统的关系入手，我们可以说其体制更加贴近唐传奇：追求情节的曲折和细节的翔实。没有了笔记体的散漫与随意，人物性格是现实生活的摹写，又是怪异虚幻等精神现象的象征。作家在现实和虚幻之间驰骋，笔下的人物也在此岸与彼岸间特立独行，既真实又虚幻。这自然也让我们联想到南美洲的魔幻现实主义，联想到马尔克斯的《百年孤独》。南美的魔幻现实主义与中国古代的传奇志怪有没有共通的地方，是一个值得探讨的问题，有一点可以肯定：中国当代作家如果在学习魔幻现实主义的同时又努力吸收我们传统文学中的传奇志怪元素，那结果是让我们既感觉到魔幻现实主义的影响又体验到对传奇志怪风格的一脉相传，是所谓的融为一体，陈应松的小说就是这样的。

英国诗人艾略特以为，作家的创作常常需要寻找到与之契合的“客观对应物”。陈应松在20世纪花了近20年抒写内河和平原的“客观对应物”，后来他似乎出现了所谓的审美疲劳。如何唤起审美注意进而让自己重新惊异、惊叹和惊悸或者惊奇？2000年陈应松向湖北省作家协会提出了到神龙架林区挂职深入生活的报告……协会与有关方面协调，还真的给他挂了一个神龙架林区办公室副主任的头衔。

在神龙架林区一年的生活，陈应松并没有真的去享受副主任这个官职的各种好处，他只是用“神龙架林区办公室副主任”这张通行证，独自或者由一位宣传部的老同志做向导，徒步或者就搭上便利的“轻卡”行走在神龙架的茫茫森林里……遇到山便爬山，遇到河便淌水，遇到风雪便是饥寒交迫，遇到暴雨则是泥泞难行，遇到阳光云彩他便坐下来写一篇“风物的素描”。一年里他走了多少公里的山路，走访了多少普通的山民，没有人作过精确的统计，连他自己也记不清楚……他的情思在神龙架这神秘的原始森林里翱翔，接二连三地为我们奉献了用心血浇铸的艺术佳作《豹子最后的舞蹈》《松鸦为什么鸣叫》《云彩擦过悬崖》《望粮山》（即《到天边收割》）《狂犬事件》《独摇草》《木材采购员的女儿》和《马嘶岭血案》① 等八个中篇小说。“神龙架系列”

① 《豹子最后的舞蹈》入选“2001年中国小说排行榜”中篇第四名，《小说月报》2001年第6期转载。

《松鸦为什么鸣叫》《小说选刊》2002年第5期转载，获得第三届鲁迅文学奖全国优秀中篇小说奖，首届全国环境文学奖，入选“2002年中国小说排行榜”中篇第二名。

《云彩擦过悬崖》，《钟山》2002年第2期首发。

《望粮山》即《到天边收割》《小说选刊》2003年第8期转载，入选“2003年中国小说排行榜”中篇第6名，收入《2003中国年度最佳中篇小说》。

《狂犬事件》《小说选刊》2002年第12期转载，《中华文学选刊》2002年第12期转载，获第六届“上海长中篇小说优秀作品大奖（2000—2002）”（中篇小说第二名），第二届湖北文学奖（2000—2002）（中篇小说第一名），收入《2002年度最佳中篇小说》，《2002中国最佳中篇小说》（春风文艺出版社·陈思和主编），《〈小说选刊〉2001—2002获奖作品集》（作家出版社），《上海长中篇小说优秀作品大奖作品集》（上海文艺出版社）。

《独摇草》获《钟山》和新浪网联合举办的“读者投票2004年优秀中篇小说”，收入《2003年中篇小说经典》（山东文艺出版社·吴义勤主编）《小说选刊》2004年第4期转载。

《马嘶岭血案》《北京文学·中篇小说月报》2004年第4期转载，获《人民文学》2004年优秀作品奖，2003年上半年“北京文学小说排行榜”中篇小说第一名，收入《北京文学2003（上）小说排行榜》（文化艺术出版社），并将改编成电影（北京鼎亿世纪影视公司摄制，导演：吕乐）。

小说的故事与人物沿袭了他一贯的探索，是写实的传奇，是魔幻的现实，只是在力度上更加剧烈！

《马嘶岭血案》写两个挑夫（九财和治安）杀死了六个勘探队员和一个伙夫的血案，作者并不瞩意于命案本身，而是命案之前的矛盾纠葛，人与人之间尤其是六个勘探队员与两个挑夫之间几近天然的不信任，由这种不信任发展到漠视、隐忍、节制最后爆发了仇杀……故事的结局惊心动魄，却又让人感觉长久的钝疼。在“马嘶岭”怪异的自然环境里，人物尤其是挑夫“九财叔”变得更加神秘兮兮，是幻化的也确实是行走在神龙架林区的一介山民。

陈应松通过神龙架透视万千世界，神龙架成为他表达生命体验和驰骋想象的舞台，如同马尔克斯《百年孤独》中的马孔多小镇，福克纳与“邮票大小”的杰弗生小镇。陈应松弃绝城市浮华而充满内心定力，他用全部心灵去感知大地的深度与炎凉，借助“神龙架”腾飞其艺术的翅膀。就这样“他的小说就把我们引进了这个奇特的地方。那里汇聚了不可思议的奇迹和最纯粹的现实生活，作者的想象力在驰骋翱翔：荒诞不经的传说、具体的村镇生活、比拟与影射、细腻的景物描写，都像新闻报道一样准确地再现出来”。这是瑞典文学院对诺贝尔文学奖获得者，加西亚·马尔克斯和他的《百年孤独》的评语。将它的主语换为陈应松，大概是不过分的吧。

在湖北，写神农架的并不只是陈应松一人，一般作家感兴趣的多是神农架民俗风光、自然风情、生活习俗，常常是用客观的描述，增加作品中的地域色彩。陈应松与他们不同，是全身心地沉浸进去，又从其中幻化出来。由对从陈应松小说创作轨迹勾勒，可以清楚地看到神龙架系列与水乡系列、黄金口（平原）系列故事之间的联系：都是选择极端乖僻的事件和环境，使艺术的言说充满传奇魔幻的色调，明白无误地传递着写实的信息，蕴含了作家在知天命之年里对这个世界的领悟与判断。

二

从一开始，陈应松就十分注重小说形式这个被完成了的内容，尤其在叙事手法和小说语言的实践方面注意吸收西方现代小说的营养，表现出泛现代的一些特征。“展示”与“叙事”的灵活运用；第一人称的“告白”形式和第二、第三人称的不断变化的叙事形态构建。小说语言上是方言土语、欧化长句和诗性语言的同时并用。用三种语言形式言说故事，显示了地域和传统文学的影响，显示了他的开/合的“组织”能力和辉映着的生命灵光。

短篇小说《一个，一个，和另一个》如同海明威的《杀人者》，完全用简洁的人物对话“展示”情节——像戏剧的演出一样，将故事客观地呈现在读者面前，追求眼睛和对象之间、对象和读者之间的直接相通。小说里充满个性的“自我呈现”，“悬念”的设置，悲剧的结局等等，都不是初级的模仿者所能达到的。

《沉住气》是中篇小说。作家以第一人称的视角讲述一个近乎破案的故事。与后来的《马嘶岭血案》一样，其意图不在案件本身，而是展示案件的目击者“我”的道德与良知水平。有些像加缪的《堕落》，在拷问人的灵魂。加缪的主人公曾经被“笑声”警醒，他由拷问自己的灵魂，欣赏“告白”的痛苦到最后审判“我们”大家的灵魂。《沉住气》的叙事方法与《堕落》一样，是第一人称的“告白”。小说的最后，“我”“从心底里发出了一阵宽慰自己的笑声。没有这些笑声，我的灵魂会十分尴尬地暴露在这大气之中，受不动声色的江水冲刷”（见《沉住气》）。作家想说而作品中没有明说的一句话就是：沉不住气的现代人的灵魂——正在堕落！

《沉住气》《一个，一个，和另一个》，两篇小说的叙述方式截然不同，一个是第一人称的“告白”；一个是叙述人隐退的客观“展示”。展示强调简洁，告白追求放肆。它们与陈应松小说的一贯追求相同，又是他向西方现代作家学习的成功实践。

20 世纪 80 年代末，陈应松的小说就以第二人称视点的成功叙述和不断变化的叙述手法引起评论者的关注。陈应松有段时间痴迷于一个劲地讲述“你”的故事。像《大寒立碑》《雷殛》。第二人称是假定面对人物的叙述立场，是一种有限全知的重叠视角，即叙述人对主要人物“你”是全知的，而对“你”周围的人则是不知，于是借用“你”的眼睛看别人。从而造成叙述人全知的幻觉，实际上是叙述人的视线在观察别人时重叠于“你”的视线。这样的人物就被涂上复杂的情感色彩，“你”涂抹了叙述人的情感色彩，而其他人物则涂抹了叙述人和“你”的又一重色彩，使叙事带有浓厚的主观性和强烈的抒情性。正是在这一点上，陈应松的叙述立场的选择恰巧是出自于他作为诗人的创作个性，带有内心倾诉的诗性。

经常变换叙述视点，这是陈应松小说的又一个特点。他的变换视角决不是古典小说的无意而为之，相反是有意地应用视点因素完善小说的叙述，增强作品的现代形式和意味。像《大寒立碑》《狂犬事件》《马嘶岭血案》都是如此。公允地说，像陈应松这样接受西方小说叙事技巧的实践在当代的文学创作中并不是孤例，陈应松的长处在于将这些叙事元素与他的语言形态融合，与故事的传奇魔幻色调/写实的信息结合，与对世界的领悟/判断契合。这就比一般的技巧实验来得丰富而深邃，显示了独特的生命力量。

陈应松的小说语言呈现三种形态：拟写方言土语、铺陈欧化长句和抒写诗性与激情。方言土语有时很让人费解，却能够拟写人物神韵，凸显故事地方特色。小说《九月的故事》的开头是一段对话：

> “乜五”。乙宝说。
> “耷个?”
> “那好象是”。乙宝说。
> “哪搞?”
> “象是”。
> “哪么不是!”乜五说。乜五是他爹。①

这是地道的公安方言。公安这个地方曾经出现过许多的文人，最有名的是“三袁”了。传统文化以原生态的语言形式保存下来，她的土语带着古音，而且简洁明了。西方的现代化或者城市化的影响势微。然而陈应松毕竟是走出了故乡的现代作家，现代人的焦虑、孤独甚至荒谬的情感心理他感同身受。他的水乡系列小说，即那些内河上漂流的

① 陈应松：《九月的故事》。

“黑艄楼”上的水手，就是他现代精神的写照。在表现水手复杂的带着现代成分的心理世界的时候，铺陈的是欧化长句，连标点符号都用得很少。

> 你想你究竟做错了什么或者他们做错了什么呢？你找不出任何道理被只身搁弃在荒野而又似乎是命中皆然……你并没有舞文弄墨向他们谈高贵者高贵的故事如居里夫人的梵高割耳朵的爱情，你首尾紧缩可怜巴巴。虽然如果在海轮上你后世的背脊绷着海魂衫斜靠船舷，肯定能与嚼槟榔的异国少女发生一次绵绵情意的爱情经历而毫不丢脸，在这条船上你既没有追逐过船工家属的女儿也没有与船妇通奸他们却为什么对你耿耿于怀？①

冗长激愤的欧化长句表现出的是一个具有知识分子思想的船工心态。仍然在这篇小说里，还有一种语言形态，先引用原文：

> 我在海滩上拼命追赶船，追赶着黑艄楼。我砸一个跟头起来骂一句，我用脚劈杀冬夜无情的水。我骂得充满了灵感，我拖着我自己绝望的尾音象一个无家可归的游魂，那样快活地在荒凉的河滩上空嗟之、歌之、舞之、蹈之象玩一根如水的绸带……②

这是激情而又保留了些许文言的痕迹言说，我把它称为诗化的语言。陈应松小说试图接近中国古代诗论中揭橥的“全美”境界，其形态丰富，表现复杂，它是否达到了“全美”的目标，现在下断语还为时过早。然而语言毕竟具备文化功能和审美功能，影响或者制约了小说的艺术表达，方言化、欧化、诗化这三种形态开/合的有机组织，势必增添作品的艺术表现力。

我这里的开放/闭合具有生命的意味。站在生命的视角以复杂的眼光理解“开放”的本义，它应该“是对随机的、胎盘的、养育的、敌

① 陈应松：《狂犬事件》，武汉出版社2006年版，第138—139页。

② 同上书，第139页。

意的、凶险的环境又进又出的双重开放，是与环境经常性的多样交换，是与这一交换相联系的生成现象的内、外部组织活动，是生态依赖，是个体存在的自主性，是生命”。① 也就是说，开放是主体与环境对象经常性的交换活动；它包括对内和对外的双重性质；纯粹的“又进又出”即输出/输入显然是不够的，只有将输入的因素与原来封闭的整体或者部分组织起来，暂时形成封闭的状态，使开放同时又呈现封闭的状态——形成一个回环的运动，这才是实现了生命意味的开放。从这个意义上说，电脑的开放是被动的，它需要借助外力（人的操作）的控制才能完成。因此不属于生命意义上的开放；细菌虽然简单，它的开放却是主动的，带有生存的和本体的性，具备生命的特征。

以小说创作为例，作家所面对是过去、现在和将来；本国、外国还有个我的文学经验。三维时间与三维空间的关系是复杂的、相对的，从过程上看，要将开放的外国文学经验闭合在本土和个我的文学经验之中互动，才能生成具有自组织特性的艺术世界。

这里所谓的“互动”按生物学的理解，就是使在场的或者在影响范围内的对象、因素、现象相互改变对方的行为和性质。运动着的双边或多边相互改变了对方的行为和性质，同时转化生成了新型的关系。因为对方的存在而改变了：自己原有的生成方式、存在形态甚至是运动形态，并不是自顾自的、孤立的运动。

陈应松的小说之所以比一般的技巧实验来得丰富而深邃，从理论上讲，首先是开放的全方位性，其次是开放与闭合并存，显示了复杂的自组织的倾向。这里的组织也是生命意义上的，“是一种相对封闭的现象，具有抵抗随机环境并自我保护的功能；组织还有着自己的强制性和稳定性，有时它非常稳定（例如某些原子核），有时又非常灵活，让多种多样的组合（原子通过电子的作用合成分子）或交换（生物的新陈代谢）得以实现”②。因为组织的作用，陈应松的小说的开放才既具有实在性，又具有自主性。一方面避免只开不合带来的亦步亦趋模仿外国

① ［法］埃德加·莫兰：《方法：天然之天性》，吴泓缈等译，北京大学出版社2002年版，第10页。

② 同上书，第68页。

的“主义”而丧失自己艺术个性的弊端；另一方面也避免了只合不开而产生的僵化与缺乏生机！这其中最为重要的是开放中外文学的时候仍然坚守个我的立场和艺术体验，包括阅读的和创作的。

陈应松不止一次地表示，他接受了魔幻现实主义、法国自然主义的影响。热爱法国作家让·吉奥诺的作品，从《人世之歌》和《庞神三步曲》里，陈应松感受到让·吉奥诺自然主义中蕴含的强烈浪漫主义和强烈的诗意。这两个“强烈”恐怕是最富有创新意味的误读。陈应松喜欢读志书，尤其是地处北纬30度的公安这个神秘地方的“祥异记事”，他赞叹我国明代“三袁”“独抒性灵”的主张，惊羡他们语言的笔飞语烫，如虎出涧。创作中也有意接受了“公安派”的影响，使自己的小说具备浓郁的地域特色甚至是楚风色彩。这里，“公安派”、楚风色彩、自然主义、魔幻现实主义还有他自己的文学经验“互为主观”“互为语境”“互为参照”，在开/合互动的“组织”里“相互照亮”着并闪耀着生命的灵光。

陈应松的小说不管是精神品质还是艺术风格都既带有外国文学尤其是魔幻现实主义和自然主义的影响，同时也蕴含了我们中国古代小说比如志人志怪、唐传奇的意味。因写实而具备了独特的地域性，因虚幻或者魔幻也使小说具备象征色彩和某些超然品位。与中国或者外国的文学经验比较，最根本的仍然是他自己对生命的独特体验，换一句话说他是在用心力去组织所面对的一切。当有的人一味模仿西方现代主义的时候，他也在接受影响并同时回到我们的文学传统，回到了那块神秘的地方（黄金口或者神龙架），回到了自己的内心深处……组织小说使其成为富有生机的循环系统，生生不息，闪耀着生命的光芒！比如他的故事人物、叙事手法；他的小说语言都显示了成熟开放的胸襟和闭合组织的魔力，从而避免了只开不合，在模仿中迷失了自我的言说；也避免了只合不开的闭关自守由此带来的贫乏与僵化。这种于开/合的“组织”之中显示的魅力是小说艺术的生命力之所在，其价值却又是可以超越小说艺术的，有关文学或者理论生命力的发生发展的过程莫非如此。

先锋与殉道：追忆姜天民

一

老江汉大学原址在汉口赵家条，现在是统建大江园高层住宅小区，离武汉作家协会很近。20世纪80年代后期，江汉大学副校长张维麟教授和中文系副主任邱胜威教授，一个主治文艺学，一个专攻当代文学；中文系教师中，平反“右派”教师好多都是中国作家协会或者武汉作家协会会员，如左介贻、刘树勋、杨江柱、陈泽群、卢世谟、姜弘、周涉白等先生。“武汉作家研究”成为中文系当时的重要科研方向就是再自然不过的事。也曾经在《江汉大学学报》开辟《武汉作家研究》专栏；邀请诗人曾卓、报告文学作家祖慰、小说家池莉、刘醒龙、陈应松等到江汉大学做文学讲座；召开武汉作家作品研讨会、专访相关作家等，这些活动，提升了江汉大学武汉作家研究之成果，也拓展了武汉作家研究之学术影响力。

江汉大学曾于1989年6月15日主办“姜天民新作讨论会”。来自湖北省社科院文学研究所、武汉市文联和武汉作家协会、长江文艺出版社、《芳草》编辑部、《金潮》编辑部、武汉大学、华中师范大学、湖北大学、黄冈师专、武汉电视台等单位的四十余名作家、评论家、编辑、教授等，在亲切、坦诚的气氛中，就姜天民新作《自门楼印象》的探索意义及美学价值等问题，展开了热烈讨论。①

---

① 江宗闻：《“姜天民作品讨论会”在我校召开》，《江汉大学学报》（社会科学版）1989年第2期。

半年以后，姜天民日记有这样的记载：

> 一九九〇年一月九日
>
> 上午阴，温度正常，不太冷。下午四点以后，天晴得秀嫩，光洁，瑰丽，清朗，令人心悦。早晨睡至十点，起来吃早饭，江汉大学学报的吴艳来访，闲话到十二点，刘华下班回来。吴艳是江汉大学教文学的老师，写过我的评论文章。原来江汉大学学报准备发表六篇评论文章，现因大气候不允许，决定撤销。我亦无言。①

姜天民家住汉口三眼桥，离老江汉大学很近。我这次去他家，不是第一次。第一次拜访姜天民是与邱胜威先生还有几位年轻教师，应该是在1989年6月“姜天民新作讨论会”之前。记得姜天民开门后就忙着打开冰箱，取出盒装饮料给我们解渴……谈文学创作，还谈及做良臣、良医不成，而只能做良民——他言之凿凿，满怀义愤和不甘。

1990年1月9日去姜天民家，只我一个人。带去《江汉大学学报》编辑部对稿件的意见，使他误以为我在《江汉大学学报》兼任编辑。也带了我自己的《白门楼印象》评论稿，姜天民看后说“没有你发言时说的精彩”。《江汉大学学报》1990年第1期还是发表了两篇评论文章，一是邱胜威先生的《话说姜天民——在“姜天民新作讨论会”上的发言》②，二是於可训先生的《浪漫原型：姜天民新作散论》。③ 我的论文没有在《江汉大学学报》上发表，等到江汉大学青年教师范步淹在《小说评论》1990年第5期上发表《红·白·黑——〈白门楼印象〉的主题意象》，姜天民已经到了天堂，在天堂里继续编织他的文学美梦。我自己，1990年9月，到北京大学进修。随后，学术关注点发生变化，再回到武汉作家研究这个专题时，已经是2007年。

2015年4月19日，《姜天民文集》出版座谈会在武昌举行。这套4卷本文集，收录了姜天民小说、散文、诗歌、评论作品，共计150余万

---

① 陈明刚：《苍天的花朵——传说姜天民》，《芳草》2007年第3期。

② 邱胜威：《话说姜天民——在“姜天民新作讨论会”上的发言》，《江汉大学学报》1990年第1期。

③ 於可训：《浪漫原型：姜天民新作散论》，《江汉大学学报》1990年第1期。

字，由姜天民好友刘醒龙策划、作家出版社于2005年1月出版。参加座谈会的有来自北京、上海和我省的作家、评论家、姜天民生前好友和家人。大家追忆姜天民，感怀于他在文学创作方面显现出的献身精神、过人才华和突出成绩……

座谈会上，有学者说姜天民是当代文学一个很好的“标本”。的确，姜天民年近不惑而文风大变，其代表作就是《白门楼印象》系列小说。由写实到先锋，在武汉作家中少有，与他同时代先锋作家也不尽相同。《白门楼印象》系列小说，已发表的中短篇共13篇，这次出版的文集还刊发了1个短篇和两个长篇，其中的长篇小说明显带有未完成印迹。姜天民38岁英年早逝，结合他逝前日记与一贯的拼命三郎作风，文学殉道者形象呼之即出。在这个座谈会上，我以先锋与殉道为关键词追忆姜天民。以为先锋与殉道似乎存在某些联系，于是继续追问：姜天民文风的变化与先锋、殉道之间的联系如何？是否具有普泛意义？

法国著名作家安德烈·纪德（Andre Gide，1869—1951），1947年荣获诺贝尔文学奖。在所有诺贝尔文学奖得主中，纪德是最有争议作家之一，文坛上他也一向是受人争论的作家。为什么？因为他的善变。纪德发表处女作时才21岁，等到获诺贝尔文学奖已是78岁老人。纪德作品的重要性为何要等到半个世纪以后才被评委会所认可？当年，瑞典学院常任秘书安德斯·奥斯特林解释道：“纪德毫无疑问是这样一个作家，其真正的价值要放到长远的览望中才可以评估，需要一段空间，才可以让辩证法的三个阶段有回旋的余地……他是一个善变的普鲁斯特，他的态度永远在变，不竭不休的从对立一端来启示，以便激出火花，这乃是为什么他的作品看似不断对话，而其中的信仰一直跟着怀疑奋斗，禁欲一直跟着对生命的爱奋斗，纪律也一直跟着自由的渴望奋斗。”①

今天，我们追忆姜天民，也需要在览望中发现他文风变化的原因及其价值，从姜天民写实到先锋的创作轨迹，重新发现和定位他在武汉作家乃至当代文学中的独特意味。

---

① ［意］安德斯·奥斯特林：《颁奖词》，陈映真主编《诺贝尔文学奖全集》第26卷，远景出版事业公司1981年版，第3—4页。

二

作家姜天民（1952年3月2日—1990年5月14日）1978年开始发表文学作品。那时，他在湖北英山县文化馆工作，其作品包括故事、诗歌、快板书和小戏曲。调任武汉市文联专业作家后的1982年，他的小说《第九个售货亭》荣获全国优秀短篇小说奖，《青春》文学奖，《小说选刊》1982年第10期选刊，入选《中国新文学大系——1976—1982短篇小说集（下卷）》（中国文联出版公司1986年6月出版）。从此，姜天民在文坛声名鹊起。后来他到鲁迅文学院、北京大学作家班学习并毕业。虽然我们说作家是无法定制培养的，但鲁迅文学院、北京大学作家班的学习经历，使姜天民得以进入当时知名学者和作家圈（后者有的成为他的老师），与自己年龄相仿、创作势头极好的相关作家成为同学。师生间和同学间的相互学习、相互激励和碰撞，提升了姜天民的创作天赋和热情。

1982年后，姜天民继续沿着《第九个售货亭》奠定的风格而写作，发表了《小城里的年轻人》（《青春》1983/02）、《失落在小镇上的童话》（《北京文学》1984/12）、《我心爱的三弦琴》（《十月》增刊1985/01）、《佛子》（《十月》1986/05，1987年2月收入《39种世界——鲁迅文学院第八期毕业作品小说集二》，漓江出版社）等作品。这之前，姜天民所发表的作品绝大多数是在湖北武汉的刊物上，1982年以后，连续4年，他都能够在全国有影响的文学期刊上发表小说。这4年，除了小说，姜天民还发表了一些杂文和少量的报告文学。题材和风格基本没有突破《第九个售货亭》格局，直到1986年在《十月》上发表《佛子》。姜天民所关注的对象不再只是与他相仿的年轻人。到1987年，他几乎沉寂了，没有发表小说，只发表两篇杂文。从1988年开始，姜天民推出他的系列小说“白门楼印象”。先是在《长江文艺》1988年11期上发表3篇，同时在《武汉青年报》和《芳草》上各发一篇。1989年在《天津文学》第一期上发表3篇，紧接着在《天津文学》第二期上又发表3篇。同年，在大型文学刊物《长江》上发表1篇。1990年，在《作家》第6期上发表了1篇。共13篇，可谓一发而不可收拾。

《姜天民文集》第二集为《白门楼印象集》，共16篇，除了上面记载已经发表的13篇，补发的三篇作品是小短篇《闹新房》，还有长篇小说未定稿《蛮荒》和《马铁炉传奇》。

1986年，在姜天民发表《佛子》之前，中国当代先锋小说的前行者莫言、残雪和马原已经在文坛风声鹤起，为“后起的先锋派铺平了最初的道路”①。1987年，《人民文学》破天荒以第一、二期合刊方式，登载了不少前卫性作品，如马原、莫言，还有当时还是无名小卒的孙甘露、北村、叶曙明、姚霏、乐毅和杨争光的作品。同年底，《收获》第五、六期合刊，也摆出一个先锋派的阵容，主力有苏童、余华、格非等作家，他们的作品比年初《人民文学》的那些要纯正成熟一些。1988年，《收获》第六期再次推出一组先锋小说，有马原的《死亡的诗意》、苏童的《罂粟之家》、余华的《难逃劫数》、格非的《青黄》、孙甘露的《请女人猜谜》。同年《收获》第五期，还发表余华《往事如烟》。1989年，《人民文学》第三期再次刊登了一组先锋小说。但1989年，先锋小说作家们似乎放低了冲刺的姿态，小说叙事也显得更加平实和流畅。也就是说，1989年以后，“先锋派放低了形式主义的姿态，或者说形式主义的小说叙事已经为人们所习惯，新发现的形式外表被褪下，那些历史情境逐渐浮现，讲述’历史颓败’的故事成为1989年之后先锋派的一个显著动向。”② 其代表作家是苏童、叶兆言和格非。

《长江文艺》1988年和《天津文学》1989年间集中发表姜天民“白门楼印象”系列小说，应该是学习和呼应了《人民文学》《收获》做法，客观上也展示和推动了先锋小说的创作。与《人民文学》《收获》不同，《长江文艺》和《天津文学》是集中推出姜天民这一位作家，长处是集中力量凸显一位作家的创作成果，而且还是《人民文学》和《收获》没有提及的先锋作家。但也因为如此，其声势和阵容都不及《人民文学》和《收获》，加上刊物影响力本来也低于《人民文学》和《收获》，时间的节点又是在先锋文学思潮的下行阶段。在“各领风

① 陈晓明：《中国当代文学主潮》，北京大学出版社2013年版，第348页。

② 同上书，第349—356页。

骚三五年”的文坛，姜天民的《白门楼印象》系列小说自然就没有产生可能或者应有的影响。尽管时任《天津文学》主编的蒋子龙命名《白门楼印象》系列小说为“新意念小说”，尽管江汉大学召开了“姜天民新作讨论会”……如果假以时日，也许有学者会跟进研究，但天妒英才，姜天民还没有来得及完善他的先锋实验，尤其是还来不及巩固他在先锋小说创作方面的成绩，不幸而成为千古文章未尽才！

在湖北武汉，姜天民造先锋小说声势之前的1987年，方方和池莉的“新写实主义”的《风景》《烦恼人生》已经在全国范围内产生重要影响。湖北当代文学主流是现实主义创作类型，虽然方方、池莉的“新写实主义”已经完全不同于传统的现实主义，尤其是在小说类型和表现形态方面。方方《风景》在冷静的不动声色的叙事中，把生活事实和盘托出；以一个亡灵人物的视角叙说故事等，都是传统现实主义所缺乏的。池莉《烦扰人生》以平实的手笔写出平实生活，其刻骨的真实，仍然让人震惊！然而，在文学与现实社会的关系上，在对真实性、客观性的追求上，“新写实主义”与现实主义传统还是一脉相承。也可以这么说，1987年以后，中国的当代文坛，是先锋与写实的并驾齐驱，湖北文坛几乎就是这种趋势的一个缩影。

姜天民“白门楼印象”系列小说就是在这样的背景下登场的。中国当代先锋小说已由鼎盛转向势头减弱，因而，“白门楼印象”系列小说可以被看成是20世纪80年代先锋小说之余续。姜天民的先锋小说在语言形式上还带有刻意先锋的痕迹，但在小说意味方面，已经进入讲述“历史颓败”故事的先锋行列，其对人性复杂性的了悟与抒写，并不亚于当时的许多先锋小说。姜天民1990年的离世，对研究他的创作造成负面影响，故现有的当代文学史甚至湖北文学史（当代文学卷）里，姜天民都是缺席的。《姜天民文集》的出版，可能会改写当代湖北文学史，抑或中国当代文学史，那是后话。

历史无情，但历史给予的时空背景，足以使我们能够充分地俯瞰与览望。1—2年的时间，真所谓弹指一挥间。作家作品的价值，本身就有一个不断解读、不断发现和不断阐释的过程。况且已经有了《姜天民文集》作为坚实的文本基础。

三

格非曾经说过“对于一个年轻的写作者来说，先锋性是必须具备的。你想想看，前面有那么多前辈和陈规旧俗，你的阅历不够深，读的书也不够多，你拿什么资本跟前辈们较劲？年轻人如果老气横秋，就别写了。”“先锋性是一直需要的，写作者需要一直挑战，哪怕写出了非常出色的作品，也不能保证下一部作品还很成功。”[①] 这是作家的经验之谈。年轻作家必须具备先锋性，是说年轻人需要运用新异的造势策略；作家一直需要先锋性，是从创作需要不断创新的角度立论，这里的先锋性，指写作姿态上对陈规的突破和革新，强调的是敢于否定已经存在的审美规范而不断创新的先锋精神。

与姜天民年龄相仿即1950年后出生的作家，如莫言（1955）、马原（1953）、残雪（1953），早在1986年以前，他们就发表先锋小说的代表作，等到苏童（1963）、格非（1964）、余华（1960）这一拨先锋小说家集体登场，并形成蔚为大观的先锋文学思潮，也比姜天民发表先锋小说的时间要早，这时的先锋文学生力军都是1960年后出生的更为年轻的作家。姜天民年近不惑而文风大变，由写实到先锋，需要极大的勇气和自信。姜天民的敢于变化，应了格非的后一种说法，“先锋性是一直需要的”，也应了纪德所言：“人的内心越是丰盛，可能性越是多样，就越是易于改变，越是不愿让他的未来被过去所决定。那被人捧做我们的模范的人，所提供的往往是石化的土地，无法垦植文化”。[②] 从这个意义上，我们需要重新认知姜天民由写实到先锋的一般意味！

“先锋”即是“前卫”，先锋艺术的本质是新异而领先潮流。根据“不断创新”原则，打破公认的规范和传统，不断创造新的艺术形式和风格。这就使先锋文学在本质上总是带有铤而走险的色彩。推而广之，文学史上哪一次的变革不是带有铤而走险的性质呢？唐诗之后的宋诗，

---

① 格非：《格非，先锋性是一直需要的》，《南方日报》2014年8月22日。

② ［法］纪德：《伪币制造者》，陈映真主编《诺贝尔文学奖全集》第26卷，远景出版事业公司1981年版，第335页。

以文为诗——以文字为诗、以议论为诗、以才学为诗，不也是在唐诗的巅峰过后，在唐诗的巨大阴影下的铤而走险的决绝的先锋实验么？从这个意义上我们可以说，先锋与铤而走险性，与知其不可而为之，甚至与殉道是联系在一起的。既然是铤而走险，就存在失败的可能，就存在被跌得粉身碎骨的可能。但是，信念、信仰的力量，簇拥着、裹挟着这个人，义无反顾，勇往直前！这个人，愿意为他的信念、理想而献身！这就是殉道！“生命是一个参不透的奥秘。因为，它虽然不断耗蚀着、不断地在摧毁着自己，可是却是一代代延绵不绝地传衍下去。生命就像德里纳河之桥一样，坚决顽强地支撑着。”“不管是个人，或是集体，都唯有透过殉道方能显现其意义及正值。殉道是人对多变生命的一项胜利，是人的一项创造性的自我肯定。”[①] 由此可见殉道的价值和力量！

今天，我们慨叹姜天民以38岁之生命殉了文学之道，这是不错的。在文学创作方面，姜天民以拼命三郎著称，他真的是搭上了自己宝贵的生命！往深处说，当姜天民一改写实风格而尝试先锋小说创作的时候，就已经蕴含殉道意味！姜天民实在“不愿让他的未来被过去所决定”，这需要何等的决绝与气魄！不惜以肉身做代价，不惜以文学生命为抵押，除了创造，一切都在所不惜！

也许，我们在解读姜天民“白门楼印象”系列小说时，习惯将他与当时的先锋小说比较，感叹其中的某些元素难分伯仲；也许，姜天民先锋小说里的人物和意象还残留着马尔克斯的印记，甚至存在我们似曾相识的博尔赫斯语言迷宫和叙事圈套，但是，姜天民先锋小说内隐的现代主义气息，重构的历史故事，以及对当下社会的另类表达，对人性复杂性的戡破与体悟，则是宝贵的创作实绩。也许这些创新元素还没有来得及被彰显，甚至仁者见仁智者见智，但是，弥漫其中的先锋气派和决绝的殉道精神，则是我们所缺乏并理应发扬光大的，这大概也是追忆姜天民的应有之义吧。

---

① ［南斯拉夫］佛拉狄米尔·远第德：《安德里奇及其作品》，陈映真主编《诺贝尔文学奖全集》第37卷，远景出版事业公司1981年版，第105页。

在天边牧云的人

——以《徐鲁研究资料汇编》为例

收集在这里的约70万字的徐鲁研究资料，有关徐鲁创作的研究资料却不及20%，余下都是徐鲁自己的创作谈和文艺评论，其中有文论也兼及画论，以书评形式为主。徐鲁的身份是湖北长江出版传媒集团海豚传媒公司策划总监，湖北省作家协会副主席，北京“冰心奖”评委会副主席。他的作品曾获全国优秀儿童文学奖、中国图书奖、冰心儿童图书奖、国家图书奖、台湾“好书大家读”年度好书奖、陈伯吹儿童文学奖、湖北省文艺明星奖、湖北省金凤青年文艺奖、湖北文学奖等。徐鲁的部分作品还被译介到丹麦、英国、美国、韩国和日本等国家。已出版诗集《我们这个年纪的梦》《散步的小树》《世界早安》等，散文集《对星星的诺言》《青梅竹马时节》《青春的玫瑰》《看芦花飞舞，听蟋蟀唱歌》《剑桥的书香》《画布上的激情》《黄叶村读书记》《时光练习曲》《翡冷翠的薄暮》《重返经典阅读之乡》等四十余种，长篇小说《为了地久天长》，长篇传记《普希金传》《音乐巨人贝多芬》以及《沉默的沙漏·徐鲁自选集》《徐鲁青春文学精选》等选集多种。

徐鲁的文学成就在湖北乃至全国都颇具影响，按照我们收集研究资料的原则，是以互联网如知网等为主要对象，其结果就是在这70万字的徐鲁研究资料里，不及20%的是有关徐鲁创作评论。徐鲁创作所受到的关注程度与所取得创作成就极不相称。徐鲁自己为人低调，犹如在天边牧云的人，站在高处，悠悠地、真诚而持之以恒地创作着，把成群的思维、感情、观察、语言技巧都赶到天空的特定角落，让这些东西集合成云朵，云朵漫漫，飘游变形。徐鲁自己也乐意做这“牧云”① 的人。徐鲁的创作多半为儿童文学，在一般评论者眼里，儿童文学的分量似乎就轻一些。然而，这些云朵即文学作品弥漫出来的文采、诗思、对美的追寻和向往，却是独特的，它们优美而温暖。徐鲁是儿童文学作家，也是书评人、编辑和出版人。他在出版社工作达30年之久，像意大利的伊塔罗·卡尔维诺那样，“把更多的时间用在和别人的书打交道上”“而不后悔”，坚信“为群体的文明和睦相处而做的每一件有益的事，都不会是浪费精力。”② 徐鲁在为人处世和文学创作和日常工作方面都以卡尔维诺为楷模。

一 温暖优美的儿童文学作家

徐鲁的儿童文学作品包括诗歌、散文和小说。其内容也非常丰富，回忆童年、感悟成长、怀念乡村、珍惜亲情、享受自然、亲近阅读、热爱艺术、追求理想等，不管是何种文体，抒写何种对象，都是温暖而优美的。

这种优美，既是文辞的美，也是内在意味的美好。徐鲁是“美文作家”，是一位“美的寻求者”。创作上深受巴乌斯托夫斯基散文的影响，他的诗歌、散文作品单纯、明净、柔和，有着淡淡的诗意，闪烁着理想主义的光芒，总能带给小读者一些清新、淡雅的书卷气息和纯正、优美的经典色泽，带给小读者一些阳光、温暖、信心和真善美的启示。他的作品，也是献给小读者的一朵朵“金蔷薇”③。

“徐鲁的校园诗曾经吸引和打动过许多少年读者，因为它们清新、真挚、纯美，贴近中学生的生活，写出了他们的憧憬、向往、烦恼和困

① 柳漾：《在天边放牧云朵——读徐鲁童话诗》，《文学报》网站：http://www.chinawriter.com.cn。

② 武小森：《博尔赫斯·卡尔维诺·孤岛·徐鲁——记〈星月书坊文丛〉基调之几种》，《出版广角》2005年第11期，第31页。

③ 黄艾艾：《呵护孩子的纯美世界》，中国江苏网：www.jschina.com.cn。

惑。"[①]"他作品的文字风格——舒缓、淡泊、优雅，如诗歌如音乐"。[②]"在徐鲁的童话诗作里，他将他的想象力用童趣的笔调表现得淋漓尽致，在许多篇章中，随处都能发现一串串语言珍珠，读来让人爱不释手……"[③]

徐鲁不仅是一位"美文作家"和"美的寻求者"，还是一个理想主义者。这种理想通过文学创作信念熔铸在他的美文里，使他的美文不仅温暖了读者小朋友，也温暖了读者大朋友。

徐鲁坚信，"所有为儿童写作的人，其实都已经做好了准备，那就是，从一开始，直到白发苍苍，忍受想像世界与现实世界之间的落差所带来的折磨与痛苦。"[④] 他说："我追求这样的写作，渴望成为这样的作家：他是一位伟大的人道主义者。他是一位仿佛对整个世界都怀有感激之情的作家。他对周围所有的人都富有善心和好奇心。他到处寻求那种能够使人类提高内心境界，并且把幸福和爱情给予人类的灵感和力量。他热爱生活和生命。他是一个美的寻求者与追逐者。"[⑤]

怀抱这样的文学理想和信念，在《徐鲁青春文学精选》里，他"几乎把自己童年和少年生活中对其产生重大影响的人物写了个遍：历尽沧桑的祖父，苦命的祖母和母亲，血气方刚的伯父，善良的'老哥哥'，可怜的雪儿，社生联中的大哥哥，风雪路上的立槐大叔，美丽薄命的春燕姐等；他眷爱自己的故乡，尽情地把胶东农村的风物写了个遍：山魂，外婆的大海，心上的河流，金色的草垛，童年的草哨，故乡的新月，新月下的老磨房，旷野上的茅棚，小路上的水洼，村边的老水井，井边的老槐树，风雪大洼地，绿阴与红墙等等；他还饱含人文激情地探寻与描述了一些作家与书、音乐家与乐曲、画家与画的故事，其中

---

① 刘玉玲：《真情总动人——读〈与十六岁对话〉》，《科学出版》1998 年第 2 期，第 61 页。

② 胡榴明：《美在寂静中流泻——读徐鲁散文〈沉默的沙漏〉》，博客：http：huliuming. blog. tianya. cn。

③ 柳漾：《在天边放牧云朵——读徐鲁童话诗》，《文学报》网站：http：//www. chinawriter. com. cn。

④ 徐鲁：《忍受童话的痛苦》，《中华读书报》2006 年 10 月 18 日。

⑤ 徐鲁：《写作的热情何在》，徐鲁的博客：http：//blog. sina. com. cn/csj。

包括发生在作家、艺术家与孩子们之间的动人的小故事。"①

所有这些内容是"超越了一般意义上的儿童文学的。但正因为如此，他便更加地属于了丰富了真正的儿童文学。"② 在这一点上，有些像安徒生的童话，也适合成年人阅读。"事实上，徐鲁的《小拇指童话诗》是一种间性文本，即具有儿童诗与成人诗、童话诗与生态诗的间性特征的文本。"③ 这里所谓间性，是强调宇宙万物具有的密不可分的关系属性，强调主体间"你中有我，我中有你"的关系。在徐鲁笔下是儿童与成人、童话诗和成人诗融合一体。徐鲁的青春写作，还"总是带着点淡淡的'少年维特式'的忧郁情调"④。

评家从不同视角阐释徐鲁儿童文学和青春写作的风格，其中都强调了其写作的温暖和优美。温暖是基调，源于徐鲁对儿童文学、对世界人生的信念，在温暖的基调里，又常常弥漫着淡淡的忧郁情调，抑或融入单纯、明净的稚嫩童趣，使作品具备审美的多重韵味，感动儿童也感悟成年读者。

二　知性率真的书评人

对徐鲁而言，"喜欢读书，已经是选择了一条通向幸福之路了"。很显然，徐鲁是在努力以他自己的存在方式传达这样一种富有诗意的文明理念：生活从阅读开始。⑤ 徐鲁喜欢读书，他将自己的爱好变成谋生的职业和终生的事业。阅读、写书、编书和出版书，为了在作者、读者和出版商之间搭建沟通的桥梁，他乐此不疲地写作书评，不是止于凸显信息、中介和导读功能的一般书评，而是文人书话，是可以独立存在的

① 王金禾：《写作本身就是一种最大的幸福——评〈徐鲁青春文学精选〉》，《中国图书评论》。

② 董宏猷：《新月与春水》，荆楚网：http：//k. cnhubei. com/。

③ 苏文清：《倾听大地言说自然——论徐鲁的"小拇指童话"》，《兵团教育学院学报》2010 年第 6 期。

④ 徐鲁、黄艾艾：《影印忧伤的成长——有关〈徐鲁青春文学精选〉的对话》，《中国教育报》2002 年 12 月 19 日。

⑤ 栗原桑子：《生活从阅读开始——读〈重返经典阅读之乡〉》，《中国保险报》2002 年 1 月 25 日。

美文，是对被评书籍了悟的升华，是率真而艺术的再创造。

徐鲁的“书话文章不夸张、不浮躁、不惊乍、不矫情，总是给人以清新自然、朴素平实、收放有度和见解新颖之感。”① 这当然得力于他自身丰富的社会阅历和优秀的文学素养，还有他自己也是作家的缘故。

徐鲁的书评篇幅不长，但言之有物，生动活泼而较少拘束，见解独到，常常又一语中的。

一般说来，作家在散文里用寥寥数语刻画人物形象特征，尤其是描摹“复杂”的名人，是很困难的。所以，看到温源宁用英文写成，诗人南星译成中文的小书《人物剪形十七幅——一知半解》为其“生动传神”勾勒笔法慨叹不已。徐鲁评价温源宁这本小书“每位人物长则写3000字，短则只有千字，干净利落，而又生动传神。而温源宁却很会运用独特的角度，出之于自己机智而又切实的感受，举重若轻，入情入理，一针见血。而且在文字表达上力进侃俗，生动而俏皮，不枝不吏，一派简练的英国小品风格。这仅有学识是不够的，还要有一种真正的懂得如何‘经营’散文的才华。”②

“譬如他写胡适：‘胡博士每礼拜日会客，无论何人，概不拒之门外。不管来客是学生或共产主义者，是商人或强盗，他都衬心倾听，耐心叙谈。穷困的人们，他援助。求职的人，他给写介绍信。有人在学术问题上求教，他尽全力予以启发。也有人只是去问候他，他便报以零零碎碎的闲谈。客人辞别后，都有不度此行之感。’”③

徐鲁写书评，就像写小说，联想丰富，也非常生动传神，使读者能够获得阅读乐趣。你看他如何评介《我讨厌读书》的。

> 维克多·雨果，是一个脸上长着雀斑、头发总是乱糟糟的小男孩。就像大多数小学生一样，他喜欢玩滑板，喜欢捕捉昆虫，喜欢

① 栗原桑子：《生活从阅读开始——读〈重返经典阅读之乡〉》，《中国保险报》2002年1月25日。

② 徐鲁：《一本可读的妙书》，《中国图书评论》1994年第5期。中国知网：www.cnki.com.cn。

③ 同上。

体育、数学和科学，喜欢上网，喜欢扮酷，喜欢做白日梦，喜欢他的宠物小狗……可是，就是不喜欢读书。

“我讨厌读书!”“我讨厌故事!”这是他经常挂在嘴边的话。他喜欢做所有被爸爸妈妈和老师禁止的事，可是就是不喜欢读书……他的家人想尽办法来帮助他。妈妈给他做“字母汤”，爸爸给他买来全套56册的《大英百科全书》……大家试了一次又一次，可他还是老样子……

书和故事，不知不觉地带给他许许多多的东西。书和故事，不知不觉地把他带到了另一个世界。

例如，当他小心翼翼地翻到某一页时，一只滑溜溜的青蛙从书中跳了出来，呱呱地告诉他说：“请读这一页——读了这一页我就能变回王子，亲吻我的睡美人了。要知道，她已经沉睡了一百年了。”维克多不知不觉地愿意继续读下去了。

他甚至还觉得，这个睡美人，怎么那么像自己班上的那个刚刚邀请他参加了她的生日聚会的女生……看，书和故事的魅力，就这样不知不觉地显现出来了……而且，维克多第一次想到了一个十分严重的问题：“如果他们各自的故事都没有了，那会变成什么样啊?”

——至此，我们看到，《我讨厌读书!》这本图画书里的小主人公，已经从一个讨厌读书、讨厌故事的小男孩，不知不觉地变成了一个小“书迷”了。

在续篇《我还是讨厌书!》里，小男孩维克多·雨果已经从三年级升入四年级了。

重要的是，他已经很喜欢读书了。他喜欢把自己反锁在房间里，和他那些伙伴——兔子、鳄鱼、鹦鹉、田鼠、小鸟一起玩到深夜，去周游书的世界，去经历各种冒险……只不过，这是属于他个人的秘密。他不愿意让爸爸妈妈还有妹妹知道。而且自己明明已经喜欢读书了，可表面上还要装成一副很讨厌读书的样子。我们说过，维克多喜欢扮酷，不愿意像他的妹妹那样守规矩，做一个乖小孩。所有这个年龄的小男孩都喜欢扮酷，都喜欢故意和大人作对。

这用不着大惊小怪。一个恣肆、烂漫、健康和快乐的童年，就应该是这样。①

我抄了这么多，实在是太传神，太有趣，让人忍俊不禁！读了这样的书评，不管是做父母的还是孩子本人，都会急不可待地找来《我讨厌读书!》阅读的吧。

徐鲁写书评，常常融入自己对生活和艺术的新发现，不溢美，不避短。有话则长，无话则短。

1996年，徐鲁策划了一套《鸽子树丛书》。邀请了方方、蒋韵、迟子建、毕淑敏、蒋子丹、竹林、赵玫、林白和唐敏这9位当代著名女作家加盟，以每篇12万—15万字的长篇小说，从女性和母性视角，展示儿童文学应有的健康、清新、开阔、独立的品位和格调。方方交的作业就是她的第一个长篇小说《有个小孩叫冬冬》。徐鲁评介这部长篇“以轻松、诙谐的笔调，讲述了发生在一个名叫冬冬的小男孩身上的一段奇特的生活经历。”“本书也采用了一些‘新写实’手法。无论叙述故事还是刻画人物，都显得从容不迫，举重若轻。可以说是一部揭示当下中国城市儿童生存现状的，相当真实好看的小说。”“不足之处是有些细节过于‘写实’和过于呈‘原生态’，因而显得琐碎和平铺直叙，这对于一部儿童小说来说，应该是一种弱点。其次，由于作家强调行文的个性化，而忽略了儿童文学语言应有的规范与精确，有时用词遣句显得有点粗糙和稍欠规范。好在，发稿之前，作者和责编对此都做了适当的修改和润饰。”②

这样的不溢美、不避短文字，平和而客观，入情入理，在当下书评里是不多见的。徐鲁也有一些书评，敢于亮剑，爱憎分明、旗帜鲜明，一副绝不肯流俗、雷霆不倒的样子，虎生生的山东汉子形象并且坚不可摧。

---

① 徐鲁：《假如世界没有了故事，没有了书》，《中国图书商报》2011年11月22日。

② 徐鲁：《〈鸽子树丛书〉编辑手记》，《出版科学》2001年第1期，第66页。

“我不太相信那种‘只有看透死，才会更加热爱生活’的说法。在我看来，死是丑陋和可怕的，死是惨酷、阴冷、神秘和不可知。让那些活得好好的、而且非常热爱生活珍视生命的人去认识‘看透’死亡，这不是什么‘人文关怀’，而是一种残忍，是对生者的为难与‘霸权’。”是“对所有活生生的人的轻视与慢待”①。敢于亮剑，爱憎分明、旗帜鲜明，这样的义愤填膺，在徐鲁的书评里也是少有的，更多的书评显示出的仍然是温暖和儒雅的风格。

好的书评，如同创作，布局谋篇十分讲究，不能雷同，包括重复自己的写作。有话则长，无话则短。徐鲁写书评就如同创作散文，用心尽力却不露痕迹。

> 暮春时节，收到刘绪源君惠赠的两本新书：《该中国哲学登场了·李泽厚2010年谈话录》和《今文渊源》。这两本书我都很喜欢，断断续续读到了现在，不觉已近中秋了。
>
> “谈话录”一书，尽管也是“谈话风”的美文，处处有“诗与真”的闪光，可是其中的学问广博精深，如我等不学者，实在是不敢置喙。我读这本书最大的收获和感想就是：如果当代有更多的学者，都能够把自己的学术著作写成这等亲切、清丽和萧散的散文风格，而且在篇幅上也能像这本书一样简约和节制，不使人望而生畏，不拒人千里之外，那么对于我等读者来说，就真是有福了。

对《该中国哲学登场了·李泽厚2010年谈话录》就只写了这六行，170余字。而对《今文渊源》，却洋洋洒洒，近2000字，一气呵成。② 书评应该是文学评论的一种，好的书评也是文学的二度创作，在写法和体制上都比较灵活。要写好书评，仅靠学识是不够的，还要具备真正的文学创作的才华。徐鲁的书评两者兼备，读者可以像散文或小说一样品评和欣赏。

---

① 徐鲁：《对活着的人的一种轻慢》，《文学自由谈》2001年第1期，第93、94页。

② 徐鲁：《对散文和散文家的爱与知》，《中华读书报》2011年10月19日。

三 推崇个性的出版人

徐鲁在出版界工作已达30年之久，做过湖北少儿出版社对外部主任，海豚传媒公司策划总监。在这些岗位上，他也做得风生水起，个性十足。他比一般出版人勤勉，出国访问、策划项目、编辑书籍，之前有思路，之中有作为，之后有记录——变成书评和散文。这后一条是大多数出版人都难以做到的。

出版社对外部主任，其主要职责是对外的开放和学习，其对象包括西方发达国家的出版业，也包括中国著名的出版家，尤其是与儿童文学相关的出版家。

徐鲁的《在作者与读者之间——巴黎出版人轶事》，向我们评介他精选的三家出版社。第一家是法国巴黎的百年老店——弗拉马里恩（Flammarion）出版社。发展初期，以出版实用性图书和科普读物为主，后来也出版包括“娱乐”作家、讽喻作家在内的许多风格别致的原创作品。百余年过去，仍然保持原有的实用性图书和科普图书这个强项，还在医学、文学、教科书、儿童读物等方面，开辟了广阔天地。从1931年开始出版的儿童读物，更是成为它的一大特色，以至于弗拉马里恩几乎就是法国儿童图书和连环画的代名词。第二家出版社是法亚尔（Fayard）出版社，第三家是子夜（Mimuit）出版社。前者创造了“都德活页”和“袖珍书”。后者是“培养现代作家的摇篮”。① 用心的读者可以从中获取许多启示。

徐鲁曾在法兰克福听过德国 Moritz Verlag 少儿出版社社长马库斯·韦伯（Markus Weber）的一次讲座，这给他留下了非常深刻的印象。韦伯是出版社唯一的出版人，另外只有一位女员工做他的助手。后来徐鲁再次见到韦伯，他的出版社仍然只有他和助手两个人。但是，他拿出来的 Moritz 年度图书目录却琳琅满目，图书品种抵得过国内许多中型少儿社的规模。徐鲁问他有没有想过把自己的出版社再扩大一点规模，韦伯却反问：“为什么要扩大？有人问我：看到畅销书排行榜上的那些书目

① 徐鲁：《在作者与读者之间——巴黎出版人轶事》，《出版科学》1997年第3期。

会有什么感想？我就回答：让那些大的出版社去做好了，我做他们不愿意做和不能做的书。”他的独立性和自信心，令徐鲁肃然起敬。①

徐鲁说过，他有幸为徐迟、曾卓、严文井、绿原、柯岩、宗璞、葛翠琳、李心田等老作家编选过各种文集，在与这些老作家、老前辈的交往过程中，他学到了很多从同辈人身上看不到也学不到的东西。

他写作追忆陈伯吹、徐迟、叶至善的文章，也多是从编辑出版的视角切入。

前面说过，徐鲁在为人处世和文学创作及日常工作方面都以卡尔维诺为楷模，那是国外的榜样，在国内，他学习和敬仰的大师则主要是陈伯吹、徐迟、叶至善等同行前辈。

徐鲁对我国童书出版市场的太急功近利、太缺少个性深表忧虑。他主张童书出版要推崇个性，并身体力行。在出版策划上有所突破。成为《中国图书商报》“中国书业实力版图案例推介”。如海豚绘本花园：让绘本的阳光照耀更多孩子的童年；桥梁书：为孩子搭起一座阅读与成长之桥；儿童文学：繁星永照，春水长流。

“海豚绘本花园”迄今已引进出版了近200本国际绘本大师的杰作、适合中国家庭教育和亲子阅读的经典绘本，以及国外近些年出版的各种主题的绘本新书。“桥梁书”从阅读图画书走向阅读文字书。“桥梁书”的内容，也多半是从贴近儿童生活的幽默故事、学校故事或家庭生活故事出发，再陆续拓展到现实世界之外的魔法、想象、奇幻和冒险故事。引进法国巴亚出版社的“桥梁书”《我爱阅读丛书》（60册）。这套丛书以故事篇幅的长短、词汇难易程度为基准，分为三个级别，分别适合学龄前、小学、中学各阶段的阅读，为孩子们提供一座斜坡式的进阶桥梁，打造了一个快乐阅读的无障碍空间。

儿童文学一直是海豚童书的“主打产品”。无论是经典童书、原创作品，还是引进版童书。如《冰心奖获奖作家书系》，不仅向读者呈现了中国当代儿童文学题材宽泛、风格多元、异彩纷呈的气象，展示了二十年来四代儿童文学作家严肃、真诚的原创实绩，同时也为中国当代儿童文学原创童书出版平添了一抹异彩。

---

① 戴园园：《心系童书一生无悔》，《出版商务周报》2012年4月17日。

《小恐龙的故事》系列（11 册）是海豚传媒去年从德国引进的一套动物小说。是联邦德国功勋奖章获得者、著名儿童文学家马克斯·克鲁塞创作的一套超级畅销童书。这套书在全球的销售量已超过 500 万册，拥有 30 多种不同语言的版本。①

算起来，徐鲁是我国 1949 年以来的第三代出版人，由新时期最早的两三届大学毕业生（所谓“新三届”）组成的主力军。第三代出版人的共性是经受过历史的磨难，懂得社会懂得人生，富有新知富有年华，具备群体意识、改革意识、开创意识。作为编辑、出版人，更重视出版策划的文化功能，突破“编辑人”或“编辑匠”的局限，成为文化的直接参与者和创造者。将“为人作嫁”和“为己立传”合二而一，使编辑工作不仅仅是一种“艰辛的劳作”，而是一种“欢乐的旅程”。②

在“欢乐的旅程”之后，徐鲁写下编辑札记、出版史话、寻访随笔和与编辑出版相关的所思所感……如同他的儿童文学创作和书评，仍然是站在高处，悠悠地、真诚而持之以恒地，把成群的思维、感情、观察、语言技巧都赶到天空的特定角落，让这些东西集合成云朵，云朵漫漫，飘游变形。变成一篇篇耐看和好看的集趣味性、知识性为一体的散文。

① 徐鲁：《爱孩子，就教孩子学会阅读——海豚传媒 2009 年阅读类重点图书巡礼》，《中国图书商报》2009 年 4 月 3 日。

② 徐鲁：《文化的坚守与传承——读王建辉〈新编辑观的追求〉》，《中国出版》1998 年第 7 期。

马竹：在飞跃的临界点上腾起

"谈湖北都市文学，就不能不讲马竹。马竹也许不是湖北作家中很出风头的一个，严格来讲，他磨砺小说的刻苦程度，使他不算一个多产的作家，但总是有那么几篇停留在读者的阅读视野中，使人们能够长久地思考和回味"①，这是肖敏2001年给马竹的定位。时隔8年，有评论者感叹，"马竹是武汉作家群的代表作家之一，他近期发表了《芦苇花》《荷花赋》《一路茅草花》等作品，被《小说选刊》《小说月报》《小说精选》等权威杂志转载，在全国文坛引起了较大的反映，但评论界对他的关注不够。"② 其实，评论界对马竹还是比较关注的，2001年就有袁苏宁对马竹小说总体状况的评文。后来倒是沉寂了一段时间，直到2008年马竹中篇小说《父亲不哭》再度引起评论界的瞩目。近年马竹写小说十分苛刻，常常是完全推倒重来，显得越来越有自己的个性，可以说马竹正处在超越自己的临界点上，准确地说他已经腾空而起，以后的作品将不断证明，在小说创作的世界里他能够飞得很高很高……

一　马竹的身份与成果

马竹的身份有三个聚焦点，1963年生人，1985年毕业于武汉大学中文系，湖北电视剧制作中心编导部副主任，国家二级编剧。马竹文学

---

① 肖敏：《都市知识者的"乡怨"体验——马竹小说创作论》，《唐山学院学报》2006年第4期，第34页。

② 杨彬：《楚地水乡的精魂和图腾——论马竹的小说〈芦苇花〉的深层意韵》，http://www.hbzjw.net.cn/wxejddetail.jsp?id=20090610154934003 8。

写作涉及五个方面，诗歌、散文、小说、文艺理论与文学批评。各种文体的起止年如次：中短篇小说为1983年至今，诗歌为1984—2000年；散文为1986—2006年，文学理论与文学批评的写作均晚于他的文学创作。可见中短篇小说创作贯穿始终，也正是凭借着中短篇小说，马竹由一位在湖北省内有影响的作家跨越到让自己的小说在全国产生影响，其标志有三：一是在《小说选刊》《小说月报》《北京文学》《新华文摘》等刊物上发表或转载作品；二是中篇小说《荷花赋》被列入2000年中国年度最佳中篇小说；三是中篇小说《父亲不哭》2008年进入中国中篇小说排行榜，同年分别被《北京文学》《小说选刊》《新华文摘》全文转载，并获得长江文艺奖、湖北文学奖、屈原文艺奖等。

1992年马竹与人合作4集电视剧《山那边是高坪》，获国家首届电视剧主题歌曲创作奖、中南地区电视剧金帆奖。独立创作电视剧《汈汊湖风暴》（改编，4集），与人合作主创12集电视连续剧《行客女书》、30集电视连续剧《大汉口家族》等。1995年独立创作12集电视连续剧《红土情》。还写有研究影视作品和理论论文，在《中国电影报》《中国广播电视报》上发表。

马竹以为最能代表作家个性的是小说创作，但“小说艺术要汲取戏剧精髓”①，这基于他的判断：“至少在十九世纪以前的那些小说家们，多数都有从事戏剧写作的重要经历。更早以前的作家，甚至以戏剧创作为主要生存手段。”这是马竹源于文学史知识谱系的思考结果；从个人体验出发，马竹更加坚定了他的判断，他说“年少时根本不怎么在意的一些传统戏曲和经典戏剧，忽然在年岁有所增加时从内心深处涌现出来”，他将这种体验上升到“人类文化现象和规律，视为潜藏在灵魂里面的文化种子，迟早是要生根开花结果的”。进而推论“一切与故事有关系的文学艺术创作形式都有其相通相似性”，小说创作可以向戏剧学习“许多技巧，比如一个故事、两条线索、三个人物、四个高潮等小窍门，其实也都基本源自传统戏剧艺术的创作方法。”当然主要的还有文化传统的。“一切对传统戏剧艺术几乎没有过接触的小说写作，

① 马竹：《小说艺术要汲取戏剧精髓》，马竹博客：http：//hi. baidu. com/mz1963/blog/item/5a1831f7f49c172f730eec73. html。

注定是速朽或平庸的。”这些“虽是一家之言，但也是阅读文学经典之心得”，马竹说。

可以这么说：马竹的文学创作虽然涉及诗歌、散文、小说、文艺理论与文学批评这五个方面，但他的最好成果还是在中短篇小说；马竹有自己的坚守，他追求“表述的美，人性的美，以及思想的美”①，尤其注重向戏剧学习。

二 对马竹小说的总论与分论

从期刊网上收集材料，马竹小说总论有三篇，以袁苏宁论文《个人写作时代的症候——对马竹成熟艺术个性的期待》最有分量。论文以“成熟艺术个性”为标杆，表现出对马竹“实力和潜质”的“期待”。其中对马竹作品细读别致而深入，对马竹创作成果的定位也比较公允。

袁文有三个小标题，“丰富与芜杂：个性化生成的艰难”，“都市与乡村：走不出的文化梦魇”“幻境与现实：永无终结的语言游戏”，可见论文的批评视角。其中第一部分历时性的作品解读与作品定位更好一些。

袁苏宁认为马竹小说处女作《荒地》“明显带有《红高粱》的风情和印迹”，但“只是马竹一次个人的讲述与阐释，不具备那种生气贯注统照文本的文化精神”，《荒地》也“有格非式的对历史偶然性的追述”，“还杂有余华式的对暴力的超然叙事，但缺乏那种冷彻骨髓烛照人性的强力。”

《天无绝人之路》是对“现实主义冲击波”的回应。类似的还有《遍地高楼》和《荷花赋》。而《墙上的森林》则“具有先锋叙事的意味，是一部带有实验性的作品。《芦苇花》却又走上了通俗传奇的路子，令人警觉的是马竹近来似乎愈来愈热衷此类写作，显示出走向市场的急切。马竹如此频繁地变换他写作的路数，既显示其试图多方借鉴艺术经验的丰富性，更展露出个性化生存的艰难性。”袁苏宁判定在这个

① 马竹：《我想那是带血的流泪》，《长江文艺》2008 年第 1 期。

时段，真正属于马竹“独特个性的东西并不多”。

《红尘三米》和《墙上的森林》是都市题材小说，是“对乡愁的诗意抒写和对都市峻激的文化审视。而马竹只是这个时代文化的流浪儿，既无法回归诗意而破败的乡村，又无力走出丑恶凶险而又闪光流丽的都市。”“马竹所持的文化立场仍陷入中国传统的道德批判和西方现代人文学者的文化批判模式，未能体现属于当代性的东西……马竹的都市与乡村间的精神漂泊，仍徘徊在文化前贤的阴影里。”但《墙上的森林》同时又显示了“某种转机和发展”，“那种粘滞客体物象的叙事开始转向主体审美意象的构筑，充盈的主体意念使叙事具有了某种形而上的意蕴，具有鲜明的先锋写作色彩。”

袁苏宁的研究证明，10 年前的马竹，一方面留有向当时名作家“看齐”所受的“影响”；另一方面又“并不是肤浅地追逐文学时尚”，在先锋文学已呈跌落之势的 90 年代中后期表现出“对先锋的超越与解构”。这表明马竹已经具备较强的创新意识。

近 10 年，有两篇马竹小说总论值得注意，一是商红的《做一个有头脑的写作者》，二是肖敏《都市知识者的“乡怨”体验——马竹小说创作论》。商红论文短小，给我们传达了两个信息：“马竹把灵魂这碗饭做得那么好”① 缘于他有自己的艺术追求；同时与他平时的阅读分不开。肖敏论文的主要价值是对马竹“乡怨”情结的审美方式及其缺失的分析。她认为，马竹“习惯于在对城市的正面描写中塑造某种乡土情韵，并借此反映出城市文化的异质性”，“这是由于武汉的地理位置和文化性质决定的”，“马竹的创作显然是有着文化背景和历史机缘的”。但“在马竹的小说中，我们还不能够体察到复杂多变的城市生存土壤和生存于这块现代土壤的人们的复杂心灵。”②

对马竹小说总论并不是很多，尤其是有分量的评论还比较缺乏，相对说来，对马竹获奖小说《父亲不哭》的评论比较充分。有 9 篇对《父亲不哭》的评论，其中 6 篇发表在相关博客上，两篇在《长江文

---

① 袁苏宁：《个人写作时代的症候——对马竹成熟艺术个性的期待》，《长江文艺》2001 年第 8 期。

② 肖敏：《都市知识者的“乡怨”体验——马竹小说创作论》，《唐山学院学报》2006 年第 4 期，第 73 页。

艺》上发表，一篇收录在《武汉作家论丛》第二辑里。博客上的文章是传统的读者批评借助博客而发表，不是严格意义上的网络在线批评。

鲍风在博客上发表的《说一说马竹的新作〈父亲不哭〉》篇幅短小，却不乏新见，他认为“当代小说在讲究叙事张力的同时，把一些生活细节放大，这有点类似新闻的思维方法，这样做的结果，往往使小说的故事很单薄，叙事人的感受却得到了强化，在丰富读者的内心体验方面，有着不可取代的作用。马竹的这部中篇，其价值在于将细节放大的同时，又将其固有的意识张力进行了艺术变形，这种变形造成的陌生化效果，增添了其小说作为语言艺术的修辞张力。”①

李鲁平《走出对亲人的道德自责——评马竹的〈父亲不哭〉》从文化角度细读文本，认为《父亲不哭》提出了两个尖锐的问题：一个是主人公季冬如何面对和承担父亲即将病亡这一严酷的现实，另一个是季冬如何能从道德上解脱自己。前一个问题是一个既痛苦又需要智慧的难题。毫无疑问，在我们的文化传统中，成年的儿子对父母是负有责任的。就如儿子幼年时，父母亲对儿子负有责任一样。儿子应该尽其所能让父母享受天伦之乐，感受到抚育子女最终的回报、幸福。这是一种道德义务。季冬必须找到一个理由说服自己摆脱这一自责状态。季冬的最后觉悟才是季冬真正的成熟，即突然意识到该自己给他人建立一种安全和可靠感了。到这里，季冬才最终真正从父亲的去世中解脱出来②。

吴艳的论文从聚焦叙述、“父亲不哭”中“不”字含义的考辨入手，通过细致的文本解读，阐释了父亲形象的独特意义：父亲是坚强的、强势的，父亲是老人，是骨癌患者，更是一位在精神上打不垮的铮铮汉子。论文进一步“追问的是，在我们原初被感动的背后，是否还存在始料不及的多重意蕴？是否还存在一些困扰我们或者被我们忽略的问题？”③

---

① 鲍风：《说一说马竹的新作〈父亲不哭〉》，鲍风新浪博客：http：//blog. sina. com. cn/s/blog_ 4a0e680901008m9b. html。

② 参见李鲁平《走出对亲人的道德自责——评马竹的〈父亲不哭〉》，《长江文艺》2008 年第 10 期。

③ 吴艳：《一个精神上打不垮的汉子——论马竹小说〈父亲不哭中的父亲形象〉》，吕幼安、吴艳主编《武汉作家论丛》第二辑，武汉出版社 2010 年版。

晏雨瞳在博客上发表的《马竹〈父亲不哭〉的心结》一文，也属于用传统写法发表在博客上的文章，但以4个关键词“梦”“脸面”“命”“话语权”为小标题，别致而含有文化解读深度。①

杨彬《楚地水乡的精魂和图腾——论马竹的小说〈芦苇花〉的深层意韵》从《芦苇花》的文本叙述、自然描写、文化内涵、意象意韵等方面探究其深层意韵，揭示《芦苇花》蕴含的浓郁的楚地水乡特色及其文化意韵。其中的“传奇故事传奇人物”“自然——楚地水乡的主角和精魂”“自然成为角色和主人公”“芦苇花——楚地水乡的精魂”的解读充满地域文化意味，也是一篇值得关注的文章。②

三　马竹的评论与艺术追求

创作谈和作家本人所写的文学批评文字，能直接凸显作家的艺术观。《马竹研究资料汇编》里，除了谈及“小说艺术要汲取戏剧精髓”，文学创作要追求“表述的美，人性的美，以及思想的美”以外，还有几个值得关注的地方。他提出“密度的美”；他对几位作家的热心推荐；他的文学批评实践。

马竹以为：“密度有时很美。”“当你随心所欲轻松把握并深入了这个密度以后，你会发现你开创了一条全新的迷人的道路。”“你所要做的就是发现和思考所谓的历史当中那些被人忽略的真实部分，即便那些部分是滑铁卢战争中的有些残渣。”③

在《几个经典作家的非常性格》里马竹选择了如下人物。

“米兰·昆德拉，关键词：玩笑、流亡、低调、冷静”
“川端康成，关键词：孤独、忧郁、自怜、唯美、自杀”

---

① 晏雨瞳：《马竹〈父亲不哭〉的心结》，晏小狼新浪博客：http://blog.sina.com.cn/s/blog_4843758601008qmc.html。

② 杨彬：《楚地水乡的精魂和图腾——论马竹的小说〈芦苇花〉的深层意韵》，http://www.hbzjw.net.cn/wxejddetail.jsp?id=200906101549340038。

③ 马竹：《被撕裂的帷幕》，马竹新浪博客：http://hi.baidu.com/mz1963/blog/item/5a1831f7f49c172f730eec73.html。

> “斯蒂芬·茨威格，关键词：猎手、想象、流亡、自杀”
>
> “陀思妥耶夫斯基，关键词：病态、癫痫、贫困、流放、宗教”
>
> “海明威，关键词：冒险、疯狂、贪色、好斗、自杀”①

这几位作家都生活在20世纪，只有米兰·昆德拉是跨世纪的。自杀、流亡、病态占关键词总量的60%，关键词选择十分准确。这些都表明马竹对经典的、现代意识强烈的作家的偏好，也显露了他对人物个性的准确把握——是小说家的独特本领，在这里我们可以把上述作家看成是马竹笔下的人物。

《说故事可以影响人生》是马竹对台湾作家刘中薇的新著《说故事了没》的简评。在简评之前是关于刘中薇的个人魅力的描述。

> 中薇既是作家、编剧，还是大学兼职讲师，同时也是一个不折不扣的行者，兴致涌来立即背起行囊出游，有时一年之内可以游历最多五个国家……学生评价说刘中薇具有“无以伦比的美丽”和“无以名状的吸引力”，因此刘中薇被推荐为七星级的明星老师。她的个性，她的人格，她的才华，她的气质，是她拥有暖气场的根源。
>
> 尤其令人兴奋的是，《说故事了没》全书有很多非常经典的句子与段落，阅读时你也许会忍不住拿出有色笔划杠杠，忍不住摘抄然后张贴在你每天可以重温的上方，给你每天带来信心与活力、希望与惊喜。总之，阅读刘中薇的《说故事了没》，一定能够让身心里外都有焕然一新的感觉。这感觉是如此的美妙，让人幡然清醒并且立即振奋，进而不致年华虚度，像刘中薇那样成功连年。②

马竹这样评论王晓世《相约在异乡》，“朴素和诚实贯穿在她全部

① 马竹：《几个经典作家的非常性格》，马竹新浪博客：http：//hi. baidu. com/mz1963/blog/item/5a1831f7f49c172f730eec73. html。

② 马竹：《说故事可以影响人生》，马竹新浪博客：http：//hi. baidu. com/mz1963/blog/item/5a1831f7f49c172f730eec73. html。

的生活与写作里，有时甚至给人一种单纯和稚气的美感……使笔者感叹一个具有简约美感的女性作家对生活的真情发现与讴歌，进而看到她对人世的朴素之情和诚实品格……”“人到中年的王晓世身心似乎没有那种沧桑感，不像有些女性作家那样一脸苍老或满纸苍黄，到如今她还有时像个可爱的小女孩，一脸单纯地微笑着，满怀善心地微笑着，以致我们十分容易从她的新著里阅读到她化深刻为简单、化繁复为简约、化平常为感动的信息，然后阅读到一个出生于上个世纪50年代的女性作家令人感佩的心灵简史。”①

这就是马竹的文学评论，其特点是先写人再评文，写人生动形象，评文准确深刻！这样的作家评论有时可以使职业评论者泄气吧。

马竹的《湖北作家与武汉高校诗歌》一文可以当作地域诗歌断代史来阅读。由亲历者到地域诗史的评判者，亲切而又不乏理性而公允的判断。

马竹提出“密度的美”、对20世纪国外经典作家性格的分析以及他的文学批评实践，都向世人展示了他是一个有思想、有担当、有艺术追求的作家。对马竹小说的研究有总论有文本解读，其中文化的、地域的、乡村/都市的、语言的等是比较多见的批评视角。一般来说，杰出作家都有自己的精神恋地；在十八般武艺里能够舞出自己的独招来。马竹的精神恋地徘徊在城乡之间，他的武艺已经凸显在几个招式里，有时突然舞出的动作，会让人惊叹，比如他的《父亲不哭》。他已经在飞跃的临界点上起跳，假以时日，他会飞得很高很高吧！

① 马竹：《王晓世的心灵简史》，马竹新浪博客：http：//hi. baidu. com/mz1963/blog/item/5a1831f7f49c172f730eec73. html。

让小说变得“好看”

——谈吕幼安小说的艺术追求

艺术作品当然要有吸引人的地方，否则受众就不可能停下来欣赏，或者即便是停下来，因为不好看，会立即改弦更张——换找别的对象。“好看”可以宽泛理解为作品的艺术感染力，一种可以使人“日常意识垂直中断”的审美吸引。小说要让谁觉得“好看”，关系到作家的潜在读者：是小众还是大众。比如大诗人艾略特，他的《荒原》对许多读者来说都是不好看的，《荒原》的先锋实验艺术曾经使圈内人士都感到“不解”和“惊愕”，虽然艺术本身是对所有陈规的不懈挑战。艾略特及其《荒原》是一种形态：作家的潜在读者是小众的；其艺术富有实验性或者先锋性。如果作家的潜在读者是大众的，那路数就完全不一样。吕幼安曾经明确表示，他小说的读者是大多数、是普通人。事实上大多数读者都很喜欢他的小说，他的小说在网络上的点击率不低；被《小说选刊》《小说月报》《中篇小说选刊》转载；被改编成电视连续剧都是很好的证明。吕幼安善于讲“正在”发生的故事，能够把故事讲得流畅、吸引人；他的故事常常带有悬念，这样就造成阅读的紧张感；在紧张、愿意阅读的心理驱使之下，读者往往可以体味着流淌在字里行间的脉脉温情以及些许的生活感悟，这大概是吕幼安小说“好看”的重要元素。

时态与悬念

吕幼安是一位讲故事的能手，他的小说的故事时态为“现在进行时”，是普通大众正在亲历的生活，这里的大众包括工人、失业者、普通教师、小商人、小公务员、大学生……选材贴近现实生活，使他的小说在艺术上是现实主义的。现实题材容易引起读者的兴趣，这是一定的，接下来的问题是如何让读者保持阅读兴趣。

吕幼安有编故事的才能，他的故事流畅又多线索缠绕。流畅缘于他干净朴实的语言风格，多线索缠绕则显现了在叙事上的驾轻就熟。有流畅的叙事和多线索缠绕结构，加上悬念的设置，使故事发展过程变得紧张；故事结果却出乎人的意料之外，充分显示作为小说家的艺术智慧！

《给点阳光就灿烂》是一个大学生三角恋爱的故事，一共写了十一节，胡珉爱上老乡白凡，在与情敌的交锋中她是取胜方，出乎意料的是作家在第二节就让她完成了“爱情活动”，胡岷与白凡结婚生子。可惜的是胡岷生下来的是死婴，可疑的是胡岷当初以怎样的心情将这结果告诉了她的情敌高倩，高倩会如何接受或者利用这个结果。胡珉与高倩为什么能够结盟一致对付白凡……一连串悬念，在挑战读者的智慧，同时也激发了读者阅读的兴趣和耐心。故事的结局出乎人的意料之外，白凡既离开了胡珉，也疏远了高倩。

《星期六的故事》《我没有错》前者写高校生活，后者写发生在外企的一个普通工人的故事。都与《给点阳光就灿烂》一样，叙事中埋藏着悬念的成分。悬念的设置，能够让读者兴奋起来，愿意将作品一口气读完，这就增强了作品的可读性。但是吕幼安小说的悬念又不同于一般的侦破推理小说。

著名导演“悬念大师”希区柯克曾经这样解释悬念：如果你要表现一群人围着一张桌子玩牌，然后突然一声爆炸，那么你便只能拍到一个十分呆板的炸后一惊的场面。另外，虽然你是表现这同一场面，但是在打牌开始之前，先表现桌子下面的定时炸弹，那么你就造成了悬念，并牵动观众的心。悬念的作用就是为了“牵动观众的心”，这是一定的。作为文学作品的中篇小说，它的故事悬念一般有总体性的和局部性的分别。前者在小说开头设置悬念，直到结尾之前才揭开谜底；后者在每一个章节或者情节之中设置悬念，在故事推进过程中不断设置，不断解决悬念，就是通常说的“一波未平，一波又起”。局部悬念是总悬念的延伸和发展，二者相辅相成。

吕幼安写的不是侦破推理小说，他的悬念基础是现实生活偶然性事件的神奇力量、是人性中对爱的期许和追求、是人性的复杂性。因此作家并没有刻意追求是总体或者局部性的悬念，他关注的是因为事件的偶然以及人性复杂性造成故事情节的新颖、奇特或者巧妙，以及由此带来的悬而未决。虽然与一般侦破推理小说不一样，其解决悬念的方法却是相同的：合乎生活逻辑的发展，其艺术效果也是一样的，就是让读者为小说主人公的处境担忧起来，总想尽早知道结局，总希望主人公能摆脱困境；使读者憋在心里的一口气直到小说的结尾才能够吐出来。在这个意义上我们可以说，正是有了对故事“现在进行时态”的选择和对故事悬念的埋藏与解决，吕幼安的小说才变得“好看”和耐看。

紧张与温情

选择现在时态的题材即普通大众正在亲历的生活作为小说的故事对象，带给读者阅读意愿，悬念的设置则可以吸引读者或者情不自禁被悬念带着去完成阅读的过程。悬念能够使读者紧张，但如果一路紧张下去，读者也承受不了，于是在叙事上就要求张弛有度，急缓相间，就像贝多芬的《命运》交响曲中的第一主题与第二主题的交替出现。由命运敲门式的动机发展出惊惶不安的第一主题，它激昂有力，具有勇往直前的气势，表达了激烈愤慨和向命运挑战的坚强意志。第二主题则是充满温柔、抒情、优美的乐章。它抒发对幸福、美好生活的渴望和追求……这是常识。几乎所有的艺术都要求疏密相间，缓急相随。

吕幼安小说悬念的设置一方面造成叙事节奏的急迫，另一方面也带来阅读心理的紧张。如何舒缓节奏、避免过度的紧张心理？吕幼安运用的是脉脉温情，一种字里行间蕴含的作家包容宽容的处事态度！如果说选择时态和设置悬念还只是技巧的运用，那么，“脉脉温情”则属于意蕴层面的问题。用温情将急迫的节奏舒缓下来，这温情是一种达观的为人处事，是一种被诗化的生活哲学。

仍然以小说《给点阳光就灿烂》为例，这里的达观就随处可见，比如对真诚、对生活中的祸与福、对人性复杂性的了然于心。作家认为，人的通情达理或者识大体的基础是真诚，这里的真诚包括“真诚的”“自尊的”“美好的”和“良知的”诸多方面。矛盾冲突中的人与事，假如不缺少这个基础，就没有必要非争斗到你死我活。“生活是一个接一个翻跟头”，假如我们把高尚的头颅视为阳光普照的方向，我们的人生就是不断地“往下翻”或者“往上翻”“跟头”的过程。“翻跟头”的花样不同，方向不同，速度不同，难度系数也不一样，让人眼花缭乱。生活中的丰富色彩、人生况味的酸甜苦辣都蕴含在这些过程里。阳光的施动者是我们自己！如果我们每一个人赋予自己心灵的阳光，再传递给别人，这样就可以达成相互温暖的灿烂境界……

这类达观诗意的生活哲学，在吕幼安的小说里十分显见，它们通过故事本身、通过人物的为人处事凸显出来。如《我没有错》中的刘奎，在遭遇了一系列不顺利之后，他尴尬过、无奈过，但他有自己的尊严，在整个的负面际遇过程里，他始终“没有错”，始终没有为坚守自己的价值而后悔。

在小说里体现出一种达观的为人处事，一种被诗化的生活哲学，好像并不是吕幼安的刻意追求，他认为普通人也自有其生活的乐趣与理趣。作家也是最普通的人，他的不同只在于发现、体味普通人的喜怒哀乐，用好看的艺术形式表达他的发现过程和结果。在这一点上，吕幼安的想法与方方类似，就是要用自己的文学作品去发现和表达普通人在生活中所显示的人性力量和人生哲学。

让小说回归故事，让故事变得好看，是吕幼安的创作追求。他以选择现在时态的故事；在故事中设置悬念；在急迫的节奏里充满脉脉温情达成他的目标。问题是，在追求故事情节的好看、耐看的时候，小说的人物塑造是否受到影响？情节好看与人物塑造之间本没有矛盾，关键是作家在让故事变得好看的同时，也要重视精心打磨笔下的人物，因为说到底文学是人学，小说的最高境界仍然是追求塑造独一无二的人物形象，或者说是丰满而又个性鲜明的人物。比较而言，吕幼安对笔下人物形象的塑造有时就显得不是那么的精心，因此他的小说人物尤其是次要人物就显得有些粗糙，这大概也是他追求让故事变得好看带来的负面结果，也是摆在作家面前的难题。我们相信作家会尽力去解决这个难题，在好看的故事与鲜明的人物之间寻找新的平衡，我们真切地期待着！

镜心互映在诗间

——品读袁利荣《湖田诗文集》

借用艾布拉姆斯“镜与灯”的说法，表达笔者品读袁利荣诗歌的审美感受，大抵是贴切和受用的。现实主义的镜像，能照见生活的真实和客观，浪漫主义则犹如一盏心灯，是作者主观情感的宣泄和表达。袁利荣的诗，带有自传性，其诗歌镜像照见他的过往生活，空间跳跃，时光荏苒，人生际遇……很难说他的诗歌都是现实主义的，即便纪实性很强的篇章，我们也能感受到炽烈的浪漫情怀——尽管在理论上袁利荣主张和拥戴现实主义。

袁利荣20世纪70年代末开始诗歌创作，他下过乡当过知青，恢复高考后1977年他考入南京航空航天大学，毕业后在地处景德镇湖田的航空工业单位工作了二十余年。他的大多数诗篇是在湖田工作期间创作的。作者以“湖田诗文集”① 结集不同文体的创作成果，是想借北宋中期景德镇所独创的湖田影青瓷的“仙气”，表达他对诗歌独创性和自然流畅境界的执意追求。

有评家说袁利荣是狂飙诗人，说他的诗“有火的炽热，也有火的飘逸”。评家所说的火的炽热与飘逸，就是同一事物的两极，如大海的暴烈和温柔一样。两极距离越大，其艺术的张力也越强烈。袁利荣深谙其中意味，不仅觉悟到同一对象隐藏的两极，也体察到所谓浪漫的与现

---

① 袁利荣《湖田诗文集》第4—7册，武汉出版社2014年版，分别为《湖田杂咏诗集》《湖田感悟诗集》《湖田寓言、随笔、评论集》《湖田小短诗集》。是继2003年推出前三册后，诗人对其文学创作的总结。

实的创作方法，看似两极，实则存在更为高级的那个“一”，即对现实的不满。不满现实是所有艺术家共通的“一”，所有的艺术都是对现实的“修改”和“反叛”，尽管修改反叛的方法千差万别。不同创作方法之间并非存在壁垒森严的界限，艺术家的创造力往往表现在对不同创作方法圆通和恰当的运用。浪漫的狂飙突进与抒写现实，或者现实的冷峻清澈与炽烈诗情，表面上看似两极，但如果穿行其间，就可形成可贵的艺术张力——正是在这点上，袁利荣的诗既张扬了浪漫豪情，也抒写了现实感悟。它们特立独行如天马行空；又紧贴大地，表现出智慧和诗意的现世情怀。

《乌云》是袁利荣“生命三部曲”的第一部，在《湖田抒情诗集》里也排在第一篇。“一缕轻轻的风来自遥远的天边/——向蓝天发出合作的请柬/——向太阳射出挑战的翎箭……”但“蓝天拒收第一封请柬/太阳用狂放的大笑回答翎箭/——一缕轻轻的风轻轻地窒息/一朵飘飘的云飘飘地消散”。“天边从遥远的地平线上站起/带着最初的恐怖缓缓地站起/——先是放飞一万只云的气球/——接着放飞两万只风的雄鹰”……“一万只气球加两万只雄鹰/霎时间化成了浓重的云”。于是“蓝天和太阳的联盟开始动摇”，“太阳不再做无谓的反抗/蓝天载入命运的怀抱”。“啊！乌云——/你这大地母亲的赤子/你这天庭帝王的叛逆！快——/快扑入大地母亲敞开的胸怀！”……乌云渴望着“释放和喷涌”，也承载了“诽谤”和“诅咒”，但乌云强忍着，并形成一次“庄严的俯冲”！“哦，我听到了！乌云——/听到了你恳切的祈祷——/听到了你沙哑的呼吁/你在呼吁着远方的——风！”乌云、轻风、蓝天、太阳、大地，这些自然景物的惯常形象，在《乌云》里被颠覆了，乌云叛逆与赤子的双重形象，耐人寻味。《乌云》是袁利荣浪漫的狂飙突进的代表作，也是他现实的冷峻清澈的上好诗章。

与乌云、暴风雨、城堡、命运心象对应的是现实的“知青岁月”“大学生活”“多彩都市”等日常生活际遇的镜像。他的《大上海采撷的诗行》（组诗）荣获首届“谷雨文学奖”（江西省最高文学奖），他经历骨巨细胞瘤切除手术，留下了组诗《骨巨细胞瘤》。在《一个跛行者的誓言》中诗人写道：“从此，这个世界之于我/再也不会有——/平坦的路”。“在剩下的人生里，我发誓——/我要用夯砣一般结实的脚步/将漫漫不平的路/砸成坦途!”没有顾影自怜，有的仍然是排山倒海的力量。《127次车西行写意》，名为写意，实则也在叙事：“早晨，太阳从东方升起/我向西航行/沿着两条铁轨”。“眼看太阳在追/越追越高/渐渐爬到了我的头顶。”我们一般习惯说人在追赶太阳，这里变成太阳追赶列车上的人！这镜像看似客观叙事，叙事里仍旧饱含了烈火般的激情。直到知天命之年，袁利荣的诗看似平和了一些，但平和里仍然流露出剑气！在《致某老诗人》里他说“不应拒绝生命的深度连同背景/如同您不能拒绝岁月与年龄”！赤子之心与浩然之气并存!

有评家担心，我们这个时代是否还需要浪漫率真的诗人；也有评家盛赞，袁利荣的诗复活了英雄主义。不管怎么说，诗人袁利荣以其独特的诗风，带给人们不一样的阅读体验，这在当下的文字世界里，是何等的珍贵与美好。

苏瓷瓷：沟通意愿犹如一盏心灯

苏瓷瓷，湖北的一位“80后”作家，由写诗到写小说，先在网络后在纸质刊物上发表系列小说，所抒写的几乎全是精神病人或是精神病院发生的故事。一个简单理由是苏瓷瓷卫校毕业以后，曾经在精神病院当了近六年的护士。在她看来，精神病院是无比真实的世界，可以看到最原始的人性。在这个人类最隐秘的精神角落，她接触的是被遗忘、被排斥、被忽视、被侮辱与被损害的人，也更多感悟到人与人之间的虚伪，以及由此形成的巨大虚无感。她要反抗！开始她选择非常偏执的自杀方式，屡次自杀都未成功，其实是有些牵挂让她割舍不下，她渴望与人沟通，渴望找到对抗世界、对抗虚无的方式，于是她向院长递交了辞职信。从医院辞职出来，为了生活，她做过餐厅服务员、做过迪厅领舞。生活自由了，但她还是迷惘直到开始“疯狂”地写作，写她在精神病院的所见所闻所感。写作使她变得平和，写作也拯救了苏瓷瓷本人！她说：“我不是为了写作才去写，现在，我必须做这个事情，这是我活下去的意义。”

在我国现代文学作品中，鲁迅小说与疾病关系密切，所关注的是作为一种隐喻和形象化的疾病，如以狂人、疯子象征旧的封建专制文化的叛逆者，以肺结核患者与革命者构成悖论性关系，以身体畸形象征千疮百孔的病态社会，用中医指代中国传统文化的捍卫者。鲁迅作品疾病意象的设置在中国现代文学史上具有很强的典型性和指导性。

苏联作家，诺贝尔文学奖得主索尔仁尼琴的长篇小说《癌病房》在外国文学中是最有代表性的作品之一。小说描写了一群癌症患者的不幸遭遇，意在揭示生长在苏联社会机体上的“毒瘤”，它们是极“左”

路线对人性的深度摧残，是斯大林个人迷信时期的种种社会现象的投射：肃反扩大化；知识分子问题；人治代替法制等。

苏瓷瓷小说基本上不具备鲜明的政论色彩和强烈的辨析力量，她似乎只是想将所看到、所经验的生活尤其是一般人认为或者被某些迷信所遮蔽的幽暗处境表现出来，使它们变得透明，于透明中，细心的读者既可宣泄自己的情感，也可思考相关的问题。也可以说苏瓷瓷追求的不是像鲁迅、索尔仁尼琴的社会效果，她的视野更多地停留在个人体验范围。她首先提出问题，作为个体的人，我们与精神病患者有无相同的地方；同时又形象地说明，一个人实际上有两个或多个自我的存在，其中某一个就是另一个的隐喻，或者一个人就是另一个人的隐喻，前者为自我隐喻，后者为他者隐喻，苏瓷瓷的小说重点描述的是他者隐喻。

一个“为我”存在的他者形象，寄托着主人公自我的欲望与追求，如《亲爱的弟弟，我爱你》里的弟弟，他明朗、健康、快乐，姐姐叶绿阴郁、病态、沉寂，弟弟实际上是叶绿所追求的另一个自我的隐喻；《伴娘》里主人公唐凄凄从小到大都摆脱不掉好友马蘅强烈的控制欲望，而马蘅少女时代的疯狂、叛逆，成长后对平凡人生的追寻，其实都是唐凄凄自我追求的隐喻。《不存在的斑马》里健康活泼的体校男生实际上是“我”（哮喘病人）的生命意识的隐喻。《杀死柏拉图》里病人图图实际上是心理医生沈郁的隐喻，所谓正常的人都有着不正常的内心。《左右》里肖苒和死去女孩儿之间互为隐喻，女孩儿是肖苒内心的隐喻，而肖苒成了女孩儿的外在隐喻。《第九夜》里精神病人吴风林是丁小非的个体隐喻。最具有代表性的是《李丽妮，快跑!》，李丽妮和精神病人“王某”都是长跑能手，跑的愿望是共同的也都是被压抑的。“王某”实际上是李丽妮的个体隐喻，而最后正常人背着精神病人逃离病房、自由奔跑，个体自我与隐喻对象实现融合，喻体与自我顿然消融……

疾病与隐喻在苏瓷瓷这里是一个人与自己或者另一个人的问题。所谓的“精神不正常”，是被经验断定为不符合社会常态的“异端日常生活行为”，这样的人我们或者敬而远之，或者鄙视甚至嘲弄他们的存在，社会是用精神病院集中处置癫狂者，精神病院像监狱一样，成为一种社会控制和惩戒的手段。问题是我们自己可能就是另一个人的隐喻，或者反过来另一个人可能就是我自己的隐喻，而且，这个人就是我们通常以为的那个“精神不正常”的人。明白了这一点，我们不禁胆战心惊……我们平时认为的不正常，是不是不能那么肯定呢？我们对那些“精神不正常”人的态度是不是也存在问题呢？让幽暗的“精神不正常”人的生活和意识透明起来，让自认为正常的读者看到他者隐喻以及与喻体的合二为一的事实，这大概是苏瓷瓷小说的独特价值。

苏瓷瓷的经历，使她能够把我们带到精神病院，带到那些幽暗的意识层面。她假定我们也渴望沟通，渴望理解，渴望被当作人来对待。这种意愿犹如一盏心灯，照亮我们探险的路程，凭借着苏瓷瓷的心灵之桥，我们这些处在社会中心的正常人可以从桥的这一头（中心）望到桥的另一头（边缘），或者更多的情形是从桥的另一头望到我们这一头。前者使我们理解了另一头的人们，后者让我们质疑原以为十分自然的存在和它先验的合理性。桥的这一头象征我们社会中正常、强大、健康的属于社会中心的一切，桥的另一头则是异常、贫弱、病患处于社会边缘的弱势群体。苏瓷瓷小说的出发点或者说叙事角度一直是边缘的弱势群体。我们理解苏瓷瓷小说中的人物，就如同理解鲁迅笔下的阿Q。

苏瓷瓷以一种半梦半醒的、自残的、神秘的、颓废的方式告诉读者，我们究竟置身于一个怎样荒谬的世界里。她自己也因为“凭借诗性的语言以及深刻的感受，在常态与非常态之间，表现出渴望沟通与理解的健康意愿”（“春天文学奖”的获奖评语）于2006年获得“春天文学奖”；与邢荣勤、郑小琼、韩寒等一同入围“2007中国‘80后’作家实力榜”；2007年她代表湖北省青年作家赴北京参加全国第六届青年作家创作会议；2009年出版中短篇小说集《第九夜》（重庆出版社），2010年出版随笔集《一个人的医院》（中国少年儿童出版社）。苏瓷瓷的自画像却仍然是“大量时间发呆，少量时间写字，写字于我而言，只是记录消亡的过程，不交友，懒言谈，善走极端”。苏瓷瓷小说的独特视角以及生命力度，在整个“80后”作家中都是少有的，应该说，苏瓷瓷“将一个时代的孤独和荒凉呈现在了我们眼前”（李修文），这种艺术创作本身就透露了渴望沟通、渴望理解的健康意愿，这健康意愿犹如一盏心灯，是苏瓷瓷的，也是我们读者的。盏盏心灯，让我们在幽暗、尖厉的故事里能够一同感受光的温暖。

宋小词：清亮而温润的歌

认识宋小词，是在湖北省作家协会主办的迎春茶话会上，她上台清唱传统京剧三家店选段，那嗓门，高亢、亮丽、干净而又水润，有板有眼，让人叫绝，当时看她也就二十多岁。后来，方方主编“我们爱读书会”青年女作家长篇小说丛书，宋小词的《所有梦想都开花》入选并出版，那是2011年。再后来笔者知道，宋小词是武汉作家协会第八届签约作家，跻身于“湖北省新锐作家”行列，按年龄算也是一位“80后”作家。

如今的“80后”作家，有的已与“而立之年”擦肩而过了，有的正在接近这“而立”之境界，是年龄的，也是作品风格的。20世纪80年代，方方、池莉发表新写实主义成名作的时候，也都在30岁左右。从这个角度说，关注湖北新锐作家尤其是“80后”作家，是很有必要的。宋小词的小说像许多“80后”作家一样，多半叙述个人成长故事，从大学生活一路写来，但绝少另类行径，“80后”较为平实的爱情婚姻和家庭人伦故事，却也写得跌宕起伏，栩栩如生。主人公多半是女性，带有一些自传性。如近三年的中篇小说《天使的颜色》（2010年）、《铁骨铮铮》（2012年）、《路遥遥的心事》（2013），长篇小说《所有梦想都开花》和《声声慢》（2012年）。

宋小词的长篇小说《声声慢》让她在湖北新锐作家乃至全国“80后”作家里傲然而立，作者第一次将目光定格在“奶奶”辈人物身上，第一次讲述一个家族故事，这在“80后”作家中并不多见。宋小词仍然关注人，关注人性和女性，她以出生于“80后”的“我”作为叙事视角，通过对奶奶传奇一生的抒写，展示了一段鲜为人知的民间秘史。

其中“奶奶”和“母亲”形象超越了她以前的作品。《声声慢》经由奶奶而展示的三代人（奶奶、母亲和我）的彼此纠缠和自我坚守，展示了在“‘家’的伦理框架下，个体生存的丰富性和血缘内在的复杂性，以及这种丰富性和复杂性在当下现实中的具体表现，尤其是对于‘80后’一代的潜在影响”（綦珊）。

民间与传统文化，家族与代际冲突，审视长辈与自我反思，都融入到小说感人的故事情节，都通过孙女“我”叛逆、俏皮而又带着温情的话语讲述出来，如清亮而温润的歌，一声声清丽，一阵阵哀婉，一缕缕柔情，彼此呼应，凸显了小说叙事节奏的张力，也映衬了作家对人性复杂性的体验和觉悟。

与莫言《红高粱》讲述“我爷爷”和“我奶奶”的故事不同，宋小词是从女性视角打量家族历史和奶奶的传奇人生。“女人最大的本事就是不能在婚姻里活成个怨妇”（《路遥遥的心事》），这句话看似传统，却也带有女性的独立意识和自信意识，“我奶奶”“我母亲”包括“我”自己就是如此，其中“我奶奶”最为突出。

“我奶奶”是当地富豪“雷十三家”中第十三家的长女，又是雷姓“第一家”和族长的干女儿，从小养成大小姐脾气，任性而骄横跋扈，但她因为识文断字和天性善良，不仅没有让自己成为怨妇，反而几近成为一名悍妇，对父母、对子女、对儿媳包括对孙女，总是“以坚硬的方式来显示自己的更强大”，有时坚硬得不近情理。

这位奶奶是“凌厉的、跋扈的、嚣张的、不近人情的、贪图享受的奶奶”，在家乃至在全村又辈分最高，年龄最长。孙女“我”则也“是家里的混世魔王，连一家之主的父亲也奈何不了我”。初中时“我”还发现了自家成员关系的“生物链”，那就是奶奶怕哥哥，哥哥怕爸爸，爸爸怕女儿，女儿怕母亲，母亲怕奶奶。仅这家的祖孙俩，该要生出多少是是非非，更何况还有其他的家庭成员，还有1949年以前日本人的入侵中国、国共两党的合作与内战……但随着故事的发展，奶奶“渐渐趋向一个坚强的、自立的、自尊的、深明大义的、睿智聪慧的奶奶形象”。而笔者也最终理解了“所有的生命各有各的活法”，“同时也开始同情大姑小姑，尊重二爹，钦佩奶奶”。其实，奶奶还是那个奶奶，转变的是主人公“我”自己。对人生、对人性和女性的体悟及其结果，使“我”成长为一个敏感、孝顺的知性女子。

“我”的小姨如花似玉的年龄，因命运不公而投河自尽，外公骂小姨是“不孝的东西”，还鞭挞尸体，“老子李家天能容地能容，就是容不得寻短见的。”“越长大我便越能体会外公当时的心境，他的狠恰是他最大的善，不然，他何以保全他余下的六个儿女。”“身体发肤受之父母，倘若不好好珍惜，使白发人送黑发人，却是为最大的不孝。”

从民间生活和传统文化里汲取养分，与家族繁衍进程共同成长；代际冲突这个难题，因为有了对长辈的审视和对自我的反思，最终在苦难的冲击下走向融合。“我”看到，奶奶虽然天天和母亲剑拔弩张，却暗地里炫耀自己媳妇懂事，坚强，把她当作靠山，寸步不离；“我”和奶奶亦从水火不容，到成年懂事后，也学着陪伴她、照顾她，为她的去世悲痛不已。

像这样的体认与觉醒，在宋小词的其他小说中也不少见，如《路遥遥的心事》这段话：“对于父亲对母亲发脾气的时候，儿女们都不怎么阻拦。允许父亲的发泄，也是一种人道，这种人道也是一种孝顺。这是她和哥哥的理解。除非父亲的话语到了特别难听的时候，他们才会阻止。毕竟母亲患的是中风，不是痴傻，她的心里是很明亮的。”还有《天使的颜色》里女主人公因父亲罹患癌症时的急切与焦虑，“她还是想明确地知道父亲在世上还有多少日子，她要反哺于他，她要跟时间赛跑，将 20 多年的养育恩情以大踏步向前的速度归还于他。”

所有这些都关乎善恶，关乎人道、孝道、孝顺、感恩这些复杂情感或人生难题，读者会伴随着小说人物去感悟，去辨识。原来，善恶有时不那么泾渭分明；原来，看似传统的孝道和孝顺也是我们常常挂在嘴边的人道。生活的偶然性与不确定性决定人物命运的无常或有常，血缘内在的复杂性，使家族中的每一个体都可以彰显生命的丰富性和独特性。这些都是宋小词的小说告诉我们的。

宋小词有比较强的叙事能力，比如《声声慢》开头写道：“记得奶奶生前坐在大门边滚叶烟时，自言自语说过一句话，我是没人写，要写，我这辈子也能写出一本书来。那时我正坐在屋檐下的马扎上，咬着笔头为一篇作文急得跳脚。心想，得亏我不会写，会写我也不会写你，哼！”

“我母亲说，莺妮子又不是我偷人养汉生出来的，您怎么就这么嫌她。奶奶脸色一暗、身子一旋说，我就嫌她，你能把我怎么地？我母亲顿时胸间作梗。母亲原以为奶奶会喊声冤枉，毕竟孙女儿一天大一天，心太偏了，恐记恨。可她压根就不在乎。”读者首次见到的婆媳对话，个性分明，充满浓浓的火药味。可见作者的能耐了，她很善于抓住读者的心。

下　编

细读文学文本

方言书写的多重韵味

——解读方方中篇小说《出门寻死》[①]

一位从事社会语言学研究的学者指出：目前，使用普通话的人群中文化程度高的、城市的人比文化程度低的农村人要多一些[②]。理由是城市推广普通话的力度大；受教育的时间越长，说普通话的要求越高，机会也越多。与普通话相对应的是各地方言，使用方言的人群正好相反，是那些文化程度相对低一些的、底层的民众。如果我们继续推论，将方言等同底层人的语言，说明作家要表现底层人的生活最好用方言，那就将复杂的问题简单化了，也不利于国家推广普通话。方方成名小说《风景》书写底层人生活，没有用方言，仍然很成功。在距离《风景》发表20余年后的2004年，方方中篇小说《出门寻死》在《人民文学》[③]上发表，《出门寻死》表现的仍然是底层民众的生活，却一反常态，运用了方言，同样也非常成功。我们的问题是，《出门寻死》中的方言写作是偶一为之，还是向我们传达了更多的信息？

一

毫无疑问，方言写作与表现底层生活关系密切；武汉方言与《出门寻死》中主人公的性格塑造关系密切；从语言本体角度分析，方言

① 本文作者：吴艳、胡九思。

② 王立，江汉大学人文学院教授。

③ 原载于《人民文学》2004年第12期。

与主人公赖以生存的文化关系更加密切，甚至可以说，方言是言说者不可或缺的文化之根。

本来，方言只是一种语言中跟标准语有区别的、只在一个地区使用的话语形态，它是口语的也可以是文字的。我国幅员辽阔，方言语系复杂，其中在语音、文字方面存在较大差距，以至于有的外国人在学习汉语的时候，误将我们方言间的差别理解为语种的差别。对长期使用方言的人来说，方言的价值接近于母语的价值，这种现象是存在的。比如，老舍笔下人物所说的北京话；赵树理"将方言化入普通话"等，都较贴切表现了地域色彩，符合人物性格，同时还传达了方言所蕴含的文化气息。

母语同言说者的关系，比我们想象的要复杂、深刻得多，母语与作家的关系是能够制约作家的"感觉方式"和"言说方式"，1978 年诺贝尔文学奖得主辛格如是说。

辛格是出生在波兰的犹太人，在波兰生活时用意第绪语写作，1935 年因移居美国而面临写作危机，"从一个国家移民到另外一个国家，可以说是经历一种危机。我当时觉得我的语言是丢失了。我的一些形象不再存在……我丧失了我的语言，也丧失了我对周围事物的感觉。"① 辛格告诉我们，母语同作家熟悉的形象相随，母语是作家感知世界的独特方式；辛格还感叹，母语的文学文本因为翻译而失落了许多最本质的东西，比如我们所说的神韵、风格等。

对那些工作和生活用语都使用武汉方言的人来说，这个方言的意义就有些类似于母语的意义。对在武汉生活了半个世纪的方方来说，武汉方言不仅是她笔下底层人物文化的象征，也是武汉地域文化重要的载体和象征，同时，还影响着作家感悟对象的方式，影响了作品中人物形象的塑造。方方的作品除了少部分是描写知识分子外，大部分小说都是写都市的下层民众，她对下层民众似乎有着天然的亲和力。方方曾落入社会的最底层，当过四年的装卸工。四年在她这个出身书香世家的知识分子一生中只能算一瞬间，但却又明显地影响了她的一生和她的写作。正

① 崔道怡等编：《"冰山理论"对话与潜对话》（上），中国工人出版社 1987 年版，第 115 页。

如她自己所说的："我不管离他们有多远，但我始终留下了一份情感在他们那里"①。这份情感的书写有时候是直抒胸臆，有时候则是借助笔下的人物传达。方方采取的不是那种居高临下、恩赐式的立场，而是将自己情感融进所描写对象的命运之中，揭示底层民众的生活状态、人生态度，发现那些美的元素，展示那些旁人容易忽略的带有普适性人生难题中的生存智慧。

写作小说《出门寻死》的最初契机，是作家买菜时听到的两个卖菜妇女的牢骚话。"一个妇女说，真是活得发烦啦，不如去死他算了。另一个说，死有么事难，可是你说死哪里死得成？前一个妇女说，我么样死不成？我活不成未必还死不成？后一个妇女又说，你死了你的伢么办？你公公婆婆么办？你娘屋里一屋人么办？……都跟着去死……你一死我一死，我两个屋里的天就都塌了。这个妇女说着笑了起来，前一个说想死的妇女也大笑起来。"②

这听来的牢骚话是原汁原味的武汉方言，让作家"十分惊异"和"十分的感动"，方方说，"其实我自己也是这样。"我们又何尝不是这样？累呀，烦呀，没有地方诉说呀，我们会说：活着有什么意义，不如死了算了。但想死就能死么？如果不死，我们活下去的理由又是什么呢？哈姆雷特著名的台词"生，还是死，这是一个问题"是不是永远困扰着我们每一个人，无论男女老少，无论其地位高低……那些生活在底层的劳动妇女，那些说着武汉方言的嫂子们就是我们的同类。

"底层写作"在最近两年重新、有规模地回到了作家视野。"底层"的提法，强调的是作为知识分子的学者、作家对于特定社会阶层的一种人道主义关注。值得注意的是，在当今文学商品化势头的强劲冲击下，"底层"也易成为一种文化消费的符号而被滥用。"直面底层生活"的口号被反复强调的同时，底层写作也易走向另一个极端：底层写作成为"倒霉蛋的悲惨故事"的套路一版再版，部分作家刻意追求描写底层人物的悲惨生活，却忽视了对于底层人物的生存思考和道德关怀，更谈不上以平视或者仰视的目光去发现底层民众的生存智慧。

---

① 方方：《春天来到昙花林》，作家出版社2007年版，第279页。

② 同上书，第277页。

方方不是这样，她不仅要揭示底层民众的生活状态、人生态度，还要把自己变成“何汉晴”们，随着她们过日子，用她们的言语说话，用她们的脑子想问题，感受她们在人生难题中的痛苦和为解除这些痛苦所作出的努力。

小说《出门寻死》中的人物虽然是“城里人”，但他们的境遇却并不怎么好，主角是下岗女工何汉晴，还有何汉晴的丈夫，也同为下岗工人的刘建桥、何汉晴小妹的同学，一起糊过纸盒子的文三花等。用“何汉晴”们的言语方式说话，用她们的行为方式行事，方言叙事就成为必然。

武汉方言属于北方方言语系，音调高，语速快，时不时还夹杂了一些粗硬的语词。武汉方言的高音调，有些像河南话；它的快语速，却是像吴越侬语的；它粗硬的词汇，有人说是残留了些许码头文化的成分。小说的标题《出门寻死》中用的“寻死”就是方言，找死，即自杀的意思。“寻死”与“自杀”比较，前者是口语，硬邦邦；后者是书面语，文绉绉的。

小说的主人公何汉晴心肠好，胆子大，乐于助人，脾气耿直，做事“刷拉”（武汉方言，形容做事干净利索，不拖泥带水）。这些性格，用方言表达更为传神。小说写何汉晴“出门寻死”，一路想，一路行，天黑了，决定在武昌南站候车室躺一晚再说。在这里，遇到非礼女大学生的小流氓。

> 何汉晴想都没想，拔腿跑了过去，她三下两下扯开那俩男人，定睛一看，也不过两个小年轻。何汉晴说，小小年龄不学好，当个么事流氓呀！
>
> 一个略胖点的年轻人说，太婆，你硬不是个省油的灯咧！
>
> 何汉晴说，晓得我是太婆就好！少跟我油里巴唧的，我用油点灯的时候，你还不晓得娘胎在哪个方向。
>
> 瘦一点的年轻人说，闭嘴，你莫惹烦了老子。
>
> 何汉晴说，好大个老子！惹烦了又么样咧？
>
> 胖一点的对瘦一点的说，怎么冒出这么个夹生货呀？
>
> 瘦一点的说，我哪里晓得，看样子她是活得不耐烦了。

何汉晴说，你硬是说对了，我就是活得不耐烦了。

胖一点的年轻人说，莫跟她扯野棉花。

瘦一点的年轻人从口袋里摸出一把刀，横着眼，用刀在何汉晴面前耍了一下，然后说，识相的话就一边睡你的去。不识相的话，刀子今天就要好好会个餐咧。

女孩子惊叫了一声，吓得往何汉晴身后一靠。

何汉晴鄙视道，就这点小刀？拿大一点的不更痛快？实话跟你两个小杂种讲，老子一个人不带行李不拿包地出门，就是出来寻死的。老子早就不想活了，正在想用个么法子去死。你们两个来杀鳌，老子死也死成了，还当回烈士，又登报纸又上电视。现在的警察几高明！捉你两个分分钟！老子死了棺材底下还有你两个垫底，这还不说，你两个屋里还得赔我钱。老子这样个死法真是有得赚！姑娘你赶紧躲开些，让他们来杀我。

何汉晴说完，迎着那瘦子手上的刀贴过去。何汉晴说，来来来，来杀我！①

这段话中的“油里巴唧”“夹生货”“扯野棉花”等都是正宗的武汉方言，方言土语的灵活运用使得这段文字具有很强的阅读趣味，同时也表现出何汉晴的个性特点。一句“好大的老子”不无嘲讽地指向“两个小年轻”，表现出何汉晴的机智幽默，而后排山倒海般一连串武汉方言，高音调，快语速，气势恢宏。那些粗硬的口语，借着逻辑的力量，不仅吓走了两个小混混，还让人读后不得不佩服这位太婆急困中的智慧。

你看何汉晴，她说自己本就是想死，所以不怕死；流氓的出现正好可以帮她完成求死的愿望；流氓不仅成全了她，还让她的死有“两个垫底”的，临死还大赚了一笔：当烈士、上电视……何汉晴的话层层递进，幽默有力，一个勇敢机智武汉大嫂形象跃然纸上。

这里，我们看到了作家用方言书写的第一层韵味：生动活泼、贴切丰富地塑造了人物形象，增添了小说的地域色彩和文化趣味。何汉晴在

---

① 方方：《春天来到昙花林》，作家出版社 2007 年版，第 95—96 页。

急困中显示出的过人智慧，不仅让小混混也让读者肃然起敬，因为这样的智慧与文化水平无关，与所处社会地位无关，却是我们人生中非常宝贵、不可或缺的。

二

《出门寻死》的主人公何汉晴具有如此智慧，为什么要“寻死”自杀呢？

小说最开始是文三花想死，表面的原因是受不了丈夫在外边找女人，何汉晴是劝说人。

> 文三花说，何姐，再有这种事，你莫救我。我迟早是个死。
>
> 何汉晴说，图个吉利呀，莫总讲死不死的话。我教你个法子，你老公要是再到外面搞女人，你就去搞个男将，扯平他。要不我们妇女翻身还不白翻了？
>
> 文三花苦苦一笑，说何姐，我不是为这。他在外头睡一个女人跟睡一百个女人又有么事差别？我只不过觉得活得蛮累人，心里烦。①

从此以后这“蛮累人”“心里烦”就像一个挥之不去的梦魇，时常回荡在何汉晴耳边，让何汉晴遇上不顺心的时候，就会想“蛮累人”“心里烦”不如死了的好。“蛮累人”是容易看见的生活压力；“心里烦”则是心情的不愉快，没有幸福感。文三花的生活能力不是很强，比如她带孩子、做家务都不是很内行，她丈夫以此为由，在外边找别的女人。但她不缺钱，会赚钱的丈夫每月交她不少钱。带孩子、做家务是可以花钱请人做的，文三花如果想不到，热心肠的何汉晴会替她想到的。剩下的是“心里烦”，没有幸福感。文三花的幸福什么？我们先不去探究，还是先回到主人公何汉晴这里。

应该说，生活中的何汉晴是不怕累的，每天，她不仅忙了一家老小

---

① 方方：《春天来到昙花林》，作家出版社2007年版，第53页。

共6个人的衣食起居，还在街坊邻居里岔些活儿：对外边的人，事无巨细，有求必应。出家门，她是很受人尊敬的嫂子。她烦什么呢？烦没有人理解，没有人诉说。公婆是一副距人以千里之外的架势；小姑子要忙自己的生计；丈夫是孝子，平时就是一个闷坨子，下岗在家，靠雕麻将车模打发光阴；儿子读大学，顾不了老妈的心情……何汉晴的能干，使她能够应对生活中的那些看得见的一切杂活，她很累了，一旦退回到自己的心里，就觉得烦……于是，她想找人排遣烦闷的情绪，在家她居然就找不着一个合适的人，不仅如此，在家庭矛盾中，还遭到丈夫的恶拳……何汉晴被再次逼回到自己的心里：活着有什么意义，不如死了算了。

何汉晴向来做事有决断。她从不喜欢拖泥带水。一旦认定自己活不如死，心里反倒变得踏实。她想，好，你们都嫌我。好，你们都瞧不起我。好，你们都嘲笑我。好，你刘建桥还这样打我。那我就去死！我死了，看哪个给你们做饭，看哪个给你们洗衣，看哪个给你们拖地抹桌子，看哪个楼上楼下陪你们看病，看哪个为你们满街买药，看哪个给你们换煤气，看哪个坐汽车帮你们抢座位，看哪个替你们打米买菜，看哪个换季的时候给你们晒被子刷棉袄，看哪个帮你们倒洗澡水，看哪个帮你们剃头修发，看哪个替你们剪脚指甲，看哪个吃你们的剩菜，看哪个招呼你们的亲戚，看哪个引你们去江滩看焰火，看哪个陪你们秋天去公园看菊花，看哪个在你们被人欺的时候替你们出恶气，看哪个下雪天为你们扫门口的雪，看哪个起早床给你们买早点。还有，这个顶重要，水壶叫了，看你们再等哪个来关火，看哪个会憋着大手不解，先来给你们灌水瓶。①

4个“好”，21个“看哪个”的方言排比句，酣畅淋漓，不仅显示了何汉晴的决断“刷拉”，还进一步凸显了一位劳动妇女的艰辛与愁苦，“看哪个”是“看你”的意思，看你怎样怎样，预设对象是她的家人，主要是她的丈夫。

---

① 方方：《春天来到昙花林》，作家出版社2007年版，第65页。

“我活不成未必还死不成?”但想死就真能死么?激越的情绪没有让何汉晴得出清晰的答案,在出门的一刹那她抛弃了对生存意义的思考,只是将自己的“寻死”作为对家人的报复,对苦闷生活的本能反抗。出门之后的一连串事件最终告诉她:自己的命,实质上是“归蛮多人所有”,个体的生命存在,已经不是个体意识所能操纵的。

寻死路上,何汉晴得到一个早点铺子女老板的劝说:我们每一个人的生命,实质上“归蛮多人所有”,“日子就这个样子,吃苦受累是一天二十四小时,吃香喝辣也是一天二十四小时,穷人笑起来是打哈哈,富人笑起来也是打哈哈,穷人屙尼尼是臭的,富人屙尼尼还不是一样臭?嫂子,你是没有想透,想透了,一滴眼泪都掉不出来。”①

何汉晴后来就是用这样的道理解救了寻死的文三花:“说三花,你死不得,你的伢才四岁,他太小,离不得娘呀。你千不看,万不看,得看细伢的面子。为你屋里细伢,你天大的委屈都得忍。这世上,随便哪个没得你,都能过。可是细伢要是没得你,他这辈子吃的苦受的罪,会让你死了一百年都不安神呀!你未必能指望他的后娘对他好?他的爹忙女人都忙不过来,你未必指望他会过细照看伢?”②

朴素、激越,响当当。方方在方言和底层的“基垫”上升腾与寻求着哲学的问题,显示出现代小说的一种特殊意味。生命是属于自己还是属于他人?何汉晴的思考,让思考过这个问题的人不可小看,甚至让许多人自愧不如。

“生命是属于自己还是属于他人?”假如生命只是自己的,完全可以由自己摆弄甚至丢弃,就像扔掉一件衣服那么简单,但生命只有一次,扔掉了就永远没有了;假如生命属于相关的人,有一个“生命链”存在,我们每一个人都只是这个生命链上的一环,你的这一环非正常断裂,势必会影响到这条链上的所有人。是不是因为这两点,但定要让自杀的人下地狱呢?

我们的社会仍然是一个等级社会,有什么可以摆平各自的地位呢?是时间!时间最公平,每天二十四小时,对谁都一样。绝对公平的时间

① 方方:《春天来到昙花林》,作家出版社2007年版,第100页。

② 同上书,第65页。

和个体生命“归蛮多人所有”，成为何汉晴活下去的坚实理由。

方言的使用为《出门寻死》塑造人物形象、丰富人物性格、增添小说阅读趣味提供了保障，这是显现的作用，但我以为更重要的是缩短了作家自己与表现对象的距离，方方是想尽可能把自己变成“何汉晴”们，随她们过日子，用她们的言语说话，用她们的脑子想问题，用她们的心灵感受周遭的一切！在设身处地的方言语境中，展示底层民众的喜怒哀乐，发现他们的人性力量和人生哲学，这就超出了一般只将“底层”描写为“倒霉蛋的悲惨故事”的层面。

其实“底层写作”不是今天才有，远的不说，我国现代文学时期就有大批作家表现过底层民众的生活，仅写当时中国农民的作家就不在少数，其中成为经典作家的也大有人在，如鲁迅、沈从文和赵树理……鲁迅先生站在启蒙主义立场，以“国民性批判”为己任，所以，他笔下的阿Q、华老栓、祥林嫂等农民形象，都是愚昧、病态和麻木的，但在另一些作品如《社戏》《故乡》（少年闰土）的表达中，乡村的质朴、悠远和诗意又跃然纸上，它几乎就是一首韵味无穷的古老歌谣。鲁迅的犹疑和不确定增强了作品的艺术张力。赵树理被认为是一个地地道道的“农民作家”，真正是以一双农民的眼睛看世界，以农民的思维方式来观察和思考社会，把从来没有语言的农民的痛苦、欢乐和社会憧憬用大众的语言表达出来。沈从文则是在与现代都市的对抗中，以其“野蛮”“纯朴”和健康明朗的生命力呈现为一种特殊的价值形态。其意义在于以他的都市体验拯救了乡土世界的价值，重新发现了乡土世界的美和意义。①

在这样的语境下我们看方方的《出门寻死》，可以说她使用方言写作，其艺术效果是接近于赵树理的：她使自己变成了“何汉晴”们，随她们过日子，用她们的言语说话！所不同的是前者的方言写作只是手段，其目的是文艺的“民族化”和“大众化”，后者的方言写作本身已经渗透了作家的语言意识。同时方方的小说也没有赵树理传奇中的劝谕意味，因为她自己也有些犹豫。生活中的方方是一个乐观主义者，写作时，她心里却“有一个无底的洞，总也沉不到底”，我们个体生命

① 周文、旷新年：《沈从文三种传奇的意义》，《读书》2008年第7期。

的归宿到底在哪里？仍然是一个哈姆雷特似的问题。何汉晴“出门寻死”而没有死成，是不是悲剧呢？相信聪明的读者自己可以判断。

《出门寻死》中用方言写作，似乎还在于矫正或者对抗某种知识分子高高在上所造成的错觉：以为底层就是低级、粗俗、没文化等的代名词，与智慧无缘，与哲理无关。在这一点上，方方与沈从文的追求相同：沈从文是重新发现了乡土世界的美和意义，方方重新发现的是城市底层民众的人性力量和人生哲学，这与她自《风景》以来的大部分小说一脉相承，不同的是，沈从文是在与现代都市的对抗中，以其“野蛮”“纯朴”和健康明朗的生命力呈现为一种特殊的价值形态。方方是在方言和底层的基石上，对抗某种知识分子高高在上所造成的错觉。

我们可以说：在底层写作中，方方有鲁迅的犹豫，有赵树理的视角，还有沈从文的重新发现！方方用方言写作成全她的审美视角，用方言展示她的重新发现，同样是用方言突出笔下人物的不彻底性：个体生命“归蛮多人所有”，生命属于相关的人，有一个“生命链”存在，每个人的生死都关系到在这个生命链上的每一个人。在等级社会里，只有时间最公平，每天二十四小时，对谁都一样。这样的信念真的可以成为何汉晴们活下去的坚实理由？小说没有将何汉晴的故事继续讲下去，我们不得而知。何汉晴“出门寻死”而没有死成，回家以后会怎么样呢？这也仍然是一个问题。回到我们开始的疑惑中：《出门寻死》的方言写作是偶一为之还是向我们传达了更多的信息？方言写作与方方并不是偶一为之，她的中篇小说集《春天来到昙花林》收入了4篇小说，除了《武昌城》写辛亥革命时期的故事，其他3篇是《出门寻死》《春天来到昙花林》和《中北路空无一人》，都是写底层民众生活的，也都运用了方言，其中以《出门寻死》方言书写多层韵味表现得最为突出。《出门寻死》的方言书写不仅生动活泼、贴切丰富地塑造了人物形象，增添了小说的地域色彩和文化趣味；同时还成全了作家审美视角与感受对象的融合，避免居高临下讲故事所带来的尴尬，对抗某种知识分子高高在上所造成的错觉而有利于作家发现底层民众的人性力量和人生哲学。方方是在方言和底层的“基垫”上升腾与寻求着哲学的问题，显示出现代小说的一种特殊意味。笔者以为在方言和底层的元素上，方方追寻的是鲁迅、沈从文、赵树理这些经典作家的成就，这也是不容忽略的可喜韵味。

暴力循环下的选择*

——刘醒龙《圣天门口》的叙事结构与主题

2005年，刘醒龙推出了耗时六年的百万字长篇力作《圣天门口》，立刻受到读者与评论家们的高度关注。陈美兰、黄曼君、樊星等著名学者都肯定了《圣天门口》在历史、文化与地域风情的结合中成功的创新与探索，同时认为这是我国近年来现实主义创作的一部重要作品。

从20世纪80年代末开始，小说界就兴起了文化寻根的热潮，产生了一大批优秀的文学作品，如《白鹿原》《尘埃落定》《马桥词典》等。同样作为极具地域文化与民间立场的现实主义作品，同样是用一个小小的村镇变迁折射出中国传统文化多面性和历史的偶然与必然，《圣天门口》究竟有什么不同，能够从思想上和艺术上吸引当今越来越挑剔的读者呢？笔者以为，主要源于小说新颖的结构和更开放的文化立场。作者的视野不仅观照到了植根于传统文化中的民族心理，更将基督教文化引入小说并使之与本土文化形成对照，并努力促成两者的融合。莫言的《丰乳肥臀》等作品虽然也提到了传教士和教民等人物，但是，他还没有将基督教的宗教思想作为一种重要的异质文化带入作品，并与传统文化形成强烈的对照。《圣天门口》也不同于《心灵史》等作品，一味宣扬宗教精神，它表现出的是对基督教的思想和中国传统思想都抱有的一种宏观而复杂的态度。《圣天门口》独特的情节和文化结构，使得作品具有了独特的架构和表现力，能够在天门口这个有限的地域里将

---

* 本文为我指导曾令佳同学的本科毕业论文（2007年），曾获湖北省优秀本科毕业论文三等奖。收入此书，已征得曾令佳的同意。文后参考书目也沿用当年毕业论文格式。

历史与现实、国际与国内的联系与矛盾充分地表现出来，具有强烈的艺术和思想张力。这让《圣天门口》在众多的现实主义题材作品中个性鲜明。或者可以说，《圣天门口》仍然是要追寻一种精神之根，它不仅仅是民族的，更是跨越了种族，文明和时空的人类精神之根。从这种层面上来说，它超越了寻根的文化思想，成为了寻根途上的异路人。本文从《圣天门口》独特的情节和叙事结构入手，阐释在平行召唤结构和圆形循环结构叠加的架构中，小说表现出的“暴力循环与反抗”的主题。

一 《圣天门口》的结构：循环与召唤的结合

《圣天门口》的结构是循环与召唤的结合，它体现在表层的情节结构和深层的文化历史结构之中。我们首先分析它的情节结构。

圣天门口的情节主要由三个部分组成：说书词，召唤者和主体情节。如图所示：

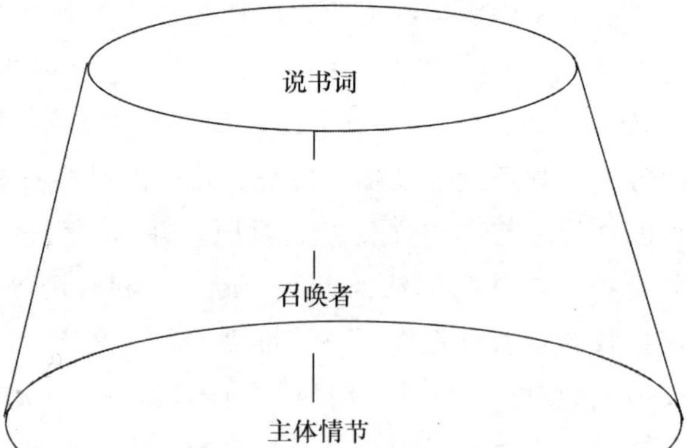

说书词：《圣天门口》的说书词贯穿整个作品的始终，在每一个章节中都多次出现，与情节相互照应，起到推波助澜的作用。但是，说书

词又是一个独立存在的主体。它由上古神话混沌开天说起，跨越了整个中华五千年文明，直到孙中山建立民国结束。这恰好是天门口主体情节叙述时间以前的历史时期，它自成一体，具有一定的独立性和封闭性。五千年的文明史，虽然时间不断演进，但暴力、阴谋、杀戮却弥漫于历史的时空中，没有丝毫改变，大部分章节都是杀戮与杀戮的重复，这就构成了一个暴力的循环圈，即圆形循环结构。该结构虽然跨越的时空较长，但从总体上来说篇幅短，在作品中处在从属地位，因而是一个较小的循环结构。

主体情节：《圣天门口》的主体情节时间，自民国伊始到“文化大革命”后期。讲的是雪家、杭家和马家几代人的恩怨情仇。杭家是天门口的豪强，以硝狗皮和绑票为生，崇尚强力，对以经商为生、世代读书的雪家抱有天然的敌意，同时也反对掌管当地的马家，希望改变现状，后追随共产党，加入革命行列。马家是国民政府派驻到天门口的地方政权的执行者和管理者，努力维持雪、杭两家的均势，一旦有人起来反抗就毫不留情地镇压。雪家是当地的富商，有着令人羡慕的家财以及地位，与人为善却总是招来杭家的报复和马家的压迫。这三家是天门口最有影响力的代表。作品的主体情节和说书词形成了一个平行的对照，每一段说书词，都对应了一段类似的主体情节，仍然是暴力和杀戮。从杭家老二之死开始，雪家、杭家和马家就陷入了仇恨和暴力的怪圈，永远不得解脱。直到“文革”后期，以雪荭和一县的死而结束。这又形成了一个暴力与杀戮的循环圈。这个循环圈虽然跨越的时间较说书词短，却构成了小说的主体，所占篇幅也最长，因而成为一个大的循环圈，和说书词相互照应，处于一种平行地位。

召唤者：《圣天门口》的说书词和主体情节并不是决然分离的，而是一种相互投射、相互照应的关系。必然存在一个纽带即召唤者，依据说书词召唤出相应的情节发展，同时也应情节的推动召唤出必要的书帽。这个召唤者就是说书人和作者。其中的说书人承担了主要的作用。在作品中说书人有两个——董重里和常天亮。他们具备了双重的身份：一方面是作品中的主要人物之一，与雪家、杭家、马家等人物共同构成了大循环圈、另一方面承担着联系两大循环圈、相互召唤的作用。这主要表现在每到情节发展的适当时候，他们会带出一段前后相继的说书词，借以反照当前与往后的情节发展。说书人负担了大部分的说书词，是一个显性的召唤者。但是，仅仅是说书人仍不足以完全承担两大循环圈的联系和召唤作用，这是由说书人所处的双重地位所决定的。说书人作为作品里的人物，必须与作品的情节发展相一致，这使得他们召唤作用受到情节的限制，不可能完全满足结构联系的需要。因此，在人物无法承担召唤作用的时候，潜藏于人物背后的作者就不得不站出来承担起召唤者的任务。因此，作者也就成为了作品里的第二个召唤者。作为召唤者的作者总是在某一章的开头或中间神秘地出现，突然留下一段惊心动魄的书帽，然后就是情节的继续演进。说书人没有出现，此处的说书词，就成为作者潜在联系两大循环圈的结构意图的证据。作者，无疑是《圣天门口》的隐性召唤者。

说书词，主体情节（杭家、雪家、马家的几代恩怨）构成的两个平行循环圈，由召唤者（说书人和作者）联系起来，构成了平行循环与召唤相结合的结构，这就是《圣天门口》的基本情节结构。这种情节结构在现实主义作品中本来就十分新颖，但是，仅仅如此还不足以将《圣天门口》和其他作品区分开来。作品不仅仅是要揭示一种历史的必然的暴力循环，更是在寻找一种反抗此种怪圈的力量。因此，就必须有一种异质的力量介入作品之中，来抵御暴力对生命和心灵的侵蚀，这种力量，从情节上看，就是梅外婆对雪家的介入。梅外婆的思想来源于西方基督教的宗教思想，倡导隐忍苦难，爱自己的敌人，以此来反对任何形式的暴力。这就使得梅外婆（梅家）以外来异质力量的身份介入了两个循环圈。如果说作为召唤者而存在的说书人和作者主要起联系的作用，那么，梅家则是起到了反抗的作用，这是以往的现实主义作品所极少引入的新元素。

再看《圣天门口》表层结构下蕴含的历史文化结构。

《圣天门口》蕴含了丰富的文化意义，同样通过平行循环与召唤结构的结合显现出来。

如图所示：

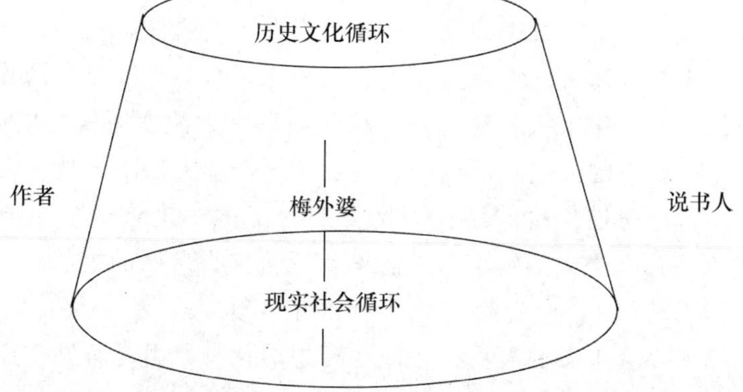

在文化层面上，原有结构发生了相应的转化。说书词是一个文明的循环，更是一种暴力文化在时间上的循环。由它所召唤出的天门口的时代变迁，就是再现于现实层面上的一种暴力循环。

天门口的雪家、杭家、马家，分别代表了面对暴力传统的不同立场。杭家选择的是暴力革命，这一点主要从杭九枫的身上体现出来。他带着对雪家和马家的仇恨加入了革命，理想非常简单，就是要将雪家和马家彻底打垮，既报公仇也雪私怨。因此，他带领着天门口独立大队，和嗜杀成性的马鹞子对抗，保卫革命果实；他同样带领着军队，对手无寸铁的雪大爹进行镇压。这就将暴力革命从一种方法演变成了目的，使无辜的对象受害。马家选择的是暴力统治的立场。马家是国民政府在地方政权的维护者，后来演变成了军阀，这以马鹞子为代表。马鹞子甚至连理想都没有，他也被仇恨蒙蔽了眼睛，为追杀杭九枫等革命者大开杀戒，谁敢忤逆他，就会遭到无情的镇压。即使是善良的梅外婆，也曾遭到马鹞子的监禁和恐吓。雪家则不同，他们受到了具有基督教仁爱思想的梅外婆的影响，虽然身处圈中，却成为反抗暴力的一种力量。以梅外婆、雪柠为代表的雪家人，怀着宗教的仁爱之心，对外来的暴力压迫并不用暴力反抗，而是默默地隐忍下来，用忍耐和宽容来感化世人。她们并没有参与到暴力的循环之中，因而受到了来自杭家和马家的双重压迫。

身处暴力圈中的人们，面对暴力和杀戮的威胁时，必须作出选择：反抗或者隐忍。雪家、杭家和马家都作出了自己的选择。杭家、马家选择了用暴力来对抗暴力，雪家选择用隐忍来化解暴力。以暴抗暴的人陷入了暴力的怪圈，在杀戮—复仇—杀戮的循环中无法摆脱暴力的阴影。用隐忍来化解暴力的人们并使他们远离了仇恨，却无法阻止被暴力所压迫的命运。隐忍还是反抗，这成为暴力阴影下的一个难题。《圣天门口》正是直面人类暴力的灾难，将隐忍与反抗作为自己的主题。

《圣天门口》中，作为隐忍思想代表的雪家人（梅外婆、雪柠），是作品中几乎完全正面的人物，是作者理想的化身。由此可见，作者更倾向于隐忍的态度，希望对暴力的隐忍能够根本化解暴力的威胁。最能代表作者这种思想的是说书人这个角色。说书人的双重身份使他们身兼情节与结构的双重作用，因而成为作品中思想最敏锐、最具有前瞻性的人物。在天门口，两位说书人都受到过中国传统文化的洗礼（说书），都参加过革命运动，但最终，他们接受了梅外婆的隐忍仁爱思想。作者似乎有意识地让这些预示情节发展的人物经历各种思想的洗礼和考验，进行历史性的思考和选择。因此，他们最终对梅外婆的皈依，也可以看作是作者对隐忍思想的最后选择。同时，作品中的多数主要人物，无论是历经革命洗礼的阿彩、傅朗西，还是怀有民族仇恨的小岛和子，最终都选择了隐忍的立场（如阿彩放弃整治二老板，傅朗西在批斗会上的忏悔，小岛和子不再复仇）。用宗教的隐忍来消解暴力，似乎成为作者的理想策略。

二　循环结构的封闭性与隐忍/反抗主题的犹豫不决

从古今中外的许多作品中，我们都可以发现这样一个现象：作者创作目的与作品主题呈现的错位。这种错位往往将解读导向多义的空间。如《红楼梦》，由于作者深厚的文学修养以及对世态炎凉的深入思考，使得这样一部巨著蕴含丰富，呈现出多义的解读可能，而作者的真正目的虽然未能掩盖，却陷入了思想的汪洋中，只能任后人揣测。或者可以这样说，作品虽然是作者创作的产物，但它的丰富性不仅能够超越时代，更能够超越作者本身的局限，表现为一种复杂的思想形态，《圣天门口》就是如此。

作者为了完成对隐忍/反抗主题的表达，在构筑两大循环圈的同时，刻意设置了反抗暴力循环的力量——以梅外婆为代表的雪家人。同时，作为联系两大循环的召唤者——作者和说书人的选择也是主题的有力显现。在这里，我们看到了以隐忍/反抗为主题的封闭循环结构，一切都是以表达主题而运转。如果仅仅是这样，《圣天门口》的魅力将不会如此强烈。作者丰富的人生经历，对现实与历史的深入思考以及理想与现实的碰撞和游移，所有这些都造成了作品结构的开放性，直接造成了作品中隐忍/反抗主题表现的犹豫不决，使作品的解读呈现多向发展的可能。其中雪家人和说书人的形象最能体现作者的这种犹豫与复杂心态。

作为反抗暴力循环的力量，梅外婆与雪柠一家无疑是理想的化身。他们寄托着作者消除暴力的希望。梅外婆在作品中几乎是一个完美的人：慈祥、善良、对宗教理想无比虔诚，对暴力的压迫坚强而独立，具有强烈的内在美和外在美。但是，梅外婆和雪家女儿的过度完美却对人物自身产生了一种虚化的效果。梅外婆无论在何种状态下都能保持着一种冷静与睿智，举止始终优雅而大方，甚至是在受到了残害的时候。这当然有助于表现梅外婆的美好，可是这无疑增强了她的神性，而削弱了她作为一个人，一个女人的性格特点。她对各种力量不分敌我，都努力救治他们，宽容并隐忍他们对雪家的伤害。这在某种意义上已经接近于圣母的形象，而不是一个具有宗教情怀的女性。随着情节的加强，梅外婆在天门口的威望的加深，她的神性表现越来越强烈。除了一省出生时梅外婆的号啕大哭，几乎看不到她的失态。这使雪家人少了几分人性的复杂，多了点不食人间烟火的情态。梅外婆的逝世加强了这种神性，甚至带有神话的性质。她开始如风影一般在天门口人的眼前飘飞，也会不时走进天门口人的梦境。更神奇的是她身后留下的信件，竟然与每年发生的时事如此吻合，这几乎完全将梅外婆变成了一个预知未来的神明，而作为人的人性的一面反而变得模糊，产生了一种虚化的效果。同样，雪家的其他女性，如雪柠、雪蓝和雪荭，她们永远是恬静、高雅、美丽、淡泊名利，甘于承受苦难而极少具有自己的性格特点。相对于泼辣的阿彩、自私的荷花、精明的圆表妹，雪家女性的性格特征非常统一，甚至可以看作是一个人——梅外婆的延续。这很自然地造成了雪家人的虚化，即过于理想，而显得不真实。理想人物的虚化使反抗暴力的力量注入了神性和虚幻性。

同时，在作品中反复出现的福音，一直没有一个公认的解释。毫无疑问，雪家人是作品中福音的创造者和传播者。福音的流传也似乎印证了隐忍/反抗的实现。但是，雪柠在作品最后对福音的解释几乎推翻了福音的理想，“当年梅外婆没教，我也是才明白的，福音之福不是幸福，而是光天化日之下睁大眼睛做出来的黄粱美梦”①。这是一种近乎无奈的态度。在作品的最后，雪柠时时都表现出这样的无奈：生到这个家里，注定了是这样的命运。雪家人对理想的追求是坚定执着的，她们付出了沉重的代价，却永不放弃。但到最后，我们看到坚强的雪家人也累了。她们怎么会不累呢？她们的力量实在太小，面对的敌人太强大。她们的隐忍思想在中国传统文化意识中式微殆尽。中国主流文化是内圣外王，承袭法家思想较多，相信强权和暴力。当人民处于暴力的压制时，忍耐只是被迫的举动。正如杭家人，在掌握武力以前，虽然选择了忍耐，却常常教育子孙要记仇。一旦掌握了暴力，结局不过是你方唱罢我登场，永远是前一出戏的翻演。雪家人是主动选择隐忍，彻底放弃暴力。她们自觉地将自己放在了传统势力的对立面，平静面对中国乃至人类共有的暴力意识。于是，我们看到了雪家的悲惨。杭家人来了，她们是杭家人的敌人；马鹞子来了，她们是马鹞子的敌人；阿彩来了，她们是阿彩的敌人；日本人来了，她们是日本人的敌人……她们的美丽，只会引起占有的欲望；她们的智慧，只会引起人们的恐惧；她们的高雅，只会引起女人的妒忌。她们试图和人们共处，用善良和博爱来感化人们；人们却将她们当成碍眼的钉子，时时想要拔除。在这场无声的战斗中，没有胜利者。作者为了表现雪家人对天门口的巨大影响，着力塑造了傅朗西、阿彩和杭九枫等人的转变，以及天门口风俗的潜移默化。然而，我们发现，他们的结局大多都是死亡，而且是被另一派暴力所扑

① 刘醒龙：《圣天门口》下册，人民文学出版社2006年版，第1088页。

杀。作品最后，杭九枫、雪柠的和好留下了希望。隐忍的理想真的可以反抗如此强大而顽固的暴力吗？作者正视现实，就不得不面对理想在现实所遭遇的残酷结局，选择理想还是忠于现实成为一个永远解不开的死结。

作者和说书人的选择也表现出自我否定的倾向。作者本人在作品中并未出现，但是他是设置和联系两大循环的关键人物。为了完善结构，作者会在说书人不在场的情况下自引一段说书词，也是作者在重要人物梅外婆去世后，利用梅外婆的信来联系解放前后的结构，并作出评论。梅外婆的每一封信都对应了相应的事件，如三反五反、“大跃进”等。随着时间的推移，信的内容从开始时的具体明晰变得简短抽象，评论也从具体的事件回归于梅外婆自身。这似乎说明从现实到理想的回归，从现实返回到精神。尤其是最后一封信：“爱是人一生中最不轻易做的一件事，我很高兴曾经爱过你们，所以，我也为自己高兴，这辈子做成了一件最了不起的事。”① 对时局的评论演化到对自我的评价，这或者可以看作是在现实挤压下对自我怀疑的反驳，是对自身信念的坚守。但同时证明了对自我的否定。

说书人的选择指向似乎更能说明这一点。董重里和常天亮是负担着情节和结构双重作用，同时也是作品中最接近梅外婆思想的天门口人。董重里说书起家，继承了中国传统文化思想；他参加过革命，接受了暴力革命思想。但是，面对现实，他只是说了三声：“我很失望。”最终，他选择接受梅外婆的隐忍思想，做出了一些在一般人看来匪夷所思的事，如带领独立大队投降、担任伪县长等。但是，他的选择没能让他在暴力圈中生存下去，他最终靠装疯逃过一劫。对于逃亡，雪家人虽然没有选择，却有明显的支持态度。常天亮是个盲人，常年和雪家人在一起，可以说是最先接受隐忍思想的人。他与世无争，崇尚和平宁静的生活，也没有杀过人。但最后，他对残忍的欧阳大姐并不隐忍，而是直接用暴力反抗，希望杀死她。这本身就是对隐忍的背叛，他也没能在暴力的圈中生存下来，而是被暴力所吞噬。

梅外婆和雪家人形象的虚化，福音的意义不明，作者和说书人的自

---

① 刘醒龙：《圣天门口》下册，人民文学出版社 2006 年版，第 1077 页。

我否定，这些矛盾带来的是作者思想中挥之不去的困局。一方面，作者希望为身处暴力圈内的人找到一条光明的道路；另一方面，作者对中国现实的深刻思考，深深地感到这条拯救之路和中国的文化本质以及人性的残酷之间难以弥合的矛盾。理想固然美好，但要付诸实践就需要面对现实。作者身为一个现实主义的作家，必然要立足于现实，解决现实的问题。于是，作品的主题就出现了复杂的导向。隐忍尽管在作品中是通向天堂的理想道路，但总能很轻易地被现实中的暴力所摧毁，而反抗在有意无意间总是无可奈何地成为解决争端的途径。作者在这里陷入了困惑的境地：没有杀戮的世界固然美好，但是隐忍的力量真的能够抵御暴力，真正建立美好的社会吗？暴力的力量如此强大，崇尚暴力的思想如此顽固，难道就这样在杀戮的循环中沉沦吗？作者在理想与现实的困境中徘徊，目光最终从现实社会回到了个人的内心世界，从历史变革回到了精神信仰，这不得不说是作者面对两难境地的无奈选择。在这里，作者探寻救世之路的思想历程——抗争、不屈、坚持、挫折、伤痛、无奈以及哀挽，都完全展现在读者的眼前。由此，我们看到了循环封闭结构的不稳定，也看到了作者在隐忍/反抗主题上的游移不决。我们可以把它看成是作者对现实和自我的深入剖析，是他思想的追求与挣扎的反映。它使得作品的主题变得更加开放和深厚，使我们能够对自我和历史的关系进行更深刻的思考，也为批评家们开拓了更为广阔的研究空间。

《圣天门口》的循环召唤结构丰富了现实主义小说的表现手法。同时，在对隐忍/反抗主题的阐释中，作者深厚的生活积淀和深刻的思考将人类共同面临的生存困惑展现在人们面前，拓展了作品的内涵，使作品更有可读性和研究价值。

参考文献

［1］郑敏：《结构—解构视角·语言·文化·评论》，清华大学出版社 1998 年版。

［2］蒋述卓等：《文化视野中的文艺存在》，中国社会科学出版社 2003 年版。

［3］金元浦：《文艺心理学》，中国人民大学出版社 2003 年版。

［4］程世洲：《血脉在乡村一侧：刘醒龙论》，湖北人民出版社 2000 年版。

［5］李师东：《刘醒龙的意义》，《中国青年报》1992 年 9 月 23 日。

[6] 丁帆:《湖北有个刘醒龙》,《长江》1993 年第 3 期。

[7] 彭韵倩:《从迷的追寻到人的写真:评刘醒龙的小说创作》,《文学评论》1993 年第 5 期。

[8] 阎春来:《乡村情感的温馨回忆:谈谈刘醒龙的小说创作》,《人民日报》1991 年 11 月 3 日。

[9] 丁帆、刘醒龙、徐兆淮:《刘醒龙长篇新作研究专辑》,《小说评论》1997 年第 3 期。

[10] 李贯通、陶纯:《充盈之美——刘醒龙印象点滴》,《当代作家评论》1997 年第 5 期。

[11] 童庆炳:《文学理论教程》,高等教育出版社 1992 年版。

[12] [美] 梯利:《西方哲学史》,商务印书馆 1995 年版。

小说故事与经典

——读毕飞宇的《推拿》

一　经典与路径

根据中国现代文学文本经典化过程，可归纳当代文学经典化的可能路径，我以为大致有四条：写入文学史；收入重要文学选本；著名批评家独特的阐释和定位；获重要的文学奖项。

本来，经典文学文本是经过历史选择出来的“最有价值”的文学作品，我国古代文论在进行作品评判时一般“不录存者”——避免阐释者因人情影响判断。但文学批评在20世纪发生极大变化：批评家地位提高了，大批评家取得与大文学理论家和大作家平起平坐的地位；文学批评呈现理论化或文学理论批评化特点。文学理论、文学批评和文学作品的当下关系从来没有像20世纪这么密切，这就形成对当下作品的批评判断不仅先于“历史选择”，而且有力推动了该文学文本经典化进程。从这个意义上我们可以说，文学经典是阐释者与被阐释者文本之间互动的产物。

以周作人评论郁达夫小说《沉沦》为例。1921年10月，25岁的郁达夫出版《沉沦》以后引起国内文坛强烈震动，其浪漫主义表现手法以及大胆真实的人性描写受到许多读者，特别是青年读者的欢迎。与此同时，文坛也出现打击和讥嘲《沉沦》的言论，说《沉沦》是“诲淫”作品，出版《沉沦》大逆不道，是文学史上的耻辱。周作人针对社会上流行的种种论调，于1922年3月的《晨报副镌》上发表《“沉沦”》一文，说“《沉沦》是一件艺术作品，但他是受戒者的文学，而非一般人的读物。在已经受过人生的密戒，有他的光与影的性的生活的人，自能从这些书里得到稀有的力，但是对于正需要性的教育的儿童们却是极不适合的。还有那些不知道人生的严肃的人们也没有诵读的资格。他们会把鸦片去当饭吃的。”① 由于周作人的一锤定音，文坛接受了郁达夫的创作，并给予《沉沦》一定的文学地位。可见文学批评对作家尤其是文学文本经典地位的影响。

重要选本对文学经典化的贡献，以1942年上海良友复兴图书印刷公司出版的《中国新文学大系》（以下简称《大系》）为代表。10卷本《大系》卷都有权威的《导言》。蔡元培写总序，其后有胡适《建设理论集导言》，郑振铎《文学论争集导言》、茅盾《小说一集导言》、鲁迅《小说二集导言》、郑伯奇《小说三集导言》、周作人《散文一集导言》、郁达夫《散文二集导言》、朱自清《诗集导言》和洪深《戏剧集导言》。这些导言凸显入选作品的原创性，也使被选作品释放其艺术魅力，入选作品凭《大系》选本优势顺利进入经典化历程。

荣获重要文学奖是文学经典化又一条重要途径，重要的文学奖一般都是专家评委遴选的结果。尽管要做到客观公正不是很容易，且对于作品的解读见仁见智，但重要文学奖评选程序的合理性基本上能够淘汰次等作品，让具备原创性的作品脱颖而出，比如世界性的诺贝尔文学奖、国内的鲁迅文学奖和茅盾文学奖等。

相对而言，进入文学史的作品应该是最具典范性和权威性的文学文本。文学史强调通观，不像文学批评多重在个人品位。文学史是历史上那些具备新元素的作品按相关标准组成的一个整体，像艾略特所说，“对于过去的时代，我们不但觉得它已过去，而且要觉得它的影响至今犹存。具有这种眼光的作家……他将从荷马迄今的欧洲文学视为一个整体，其本国的文学，无分古今，在此整体里面同时并存，而且形成一个同时并存的秩序。”② 艾略特也告诫我们，“今古之间的关系并不只是片面的依从。一件崭新的艺术品一旦问世以后，它就使我们改变了对过去

---

① 周作人：《“沉沦”》，《晨报副镌》1922年3月。

② 艾略特：《传统与个人才能》，陈映真编《诺贝尔文学奖全集》第24卷，台北远景出版事业公司1982年版，第106页。

的作品的看法，那也就是说：它所发生的作用同时影响了它以前的一切作品……在新的作品出现以前，现存的秩序是完整无缺的。一旦有新的因素投入其间，为了保持协调与和谐，‘整个’现存秩序必须改变（纵或改变的程度极为微小）。每件艺术品对于那些不朽的巨著所形成的‘整个’秩序，本来就是有某种关系、比例和价值存在，现在这些关系、比例和价值势必因而重新调整。这就是新旧之间的调和。”① 说到现代经典对传统文学史秩序的影响，以巴尔扎克的《驴皮记》为例。巴尔扎克以批判现实主义风格的《人间喜剧》系列小说为经典，但是当西方现代主义风格尤其是荒诞派小说出现时，巴尔扎克的《驴皮记》就成为荒诞派小说的发轫之作。由此看来，当下经典不仅可以进入文学史，而且还可能改变原有文学史秩序。

毕飞宇的《推拿》（2008 年）已获得茅盾文学奖，曾得到当下著名批评家及时而富有创意的阐释。如果要遴选 21 世纪首个 10 年的优秀长篇小说，我相信《推拿》不会被漏掉，但我们还是不能就此判断《推拿》已经成为文学经典。文学经典化的四条路径，可以促进文学文本经典化进程，但这些路径还不是文本经典化的充要条件。所谓充要条件，是说走过这些路径就必然成为经典，不经过这些路径则必定不能成为经典。文学文本要成为经典，最根本的还是要凭借文本的自身水准，比如小说，其故事是否蕴含多重意味，故事中的人物能否站立起来，叙述故事的方法有无独到之处，小说语言是否具备个性特色等。当然，即便已经是经典小说，也很难在这诸多方面做到尽善尽美，能够在某些方面表现突出，就实属不易。

二 故事与母题

《推拿》叙写的是盲人推拿医生的日常生活。毕飞宇对盲人的关注由来已久，大学毕业后，他曾在南京特殊教育师范学校任教 5 年，这是一所为中国特殊小学培养师资的学校。2001 年，毕飞宇因运动过度肌

① 艾略特：《传统与个人才能》，陈映真编《诺贝尔文学奖全集》第 24 卷，台北远景出版事业公司 1982 年版，第 107 页。

肉受伤。在朋友介绍下他去推拿房做理疗，也因此结交了一批盲人朋友。那几年，毕飞宇花很多时间“泡”在推拿房里，不是为了推拿，而是为了找他们玩：嗑瓜子、闲聊、打牌，有时还在那里睡午觉。不过，那时他还没有要把他们写进小说的想法，他的犹豫是出自人文意义上的“害怕”，害怕自己的写作会冒犯盲人朋友。

以往文学作品中，“残疾人”“盲人”形象多半不成功，通常被刻画成三种形象：一种是邪恶的具备超常能力的人，如金庸笔下的梅超风；一种是平庸的小人物、无用者；一种是自强不息终于获得承认的普通人。第三种形象在文学作品中最为常见——“上天不公，造成残疾或先天残废——他并没有心灰意冷垂头丧气向命运屈服，而是克服自身缺陷不懈奋斗——他终于获得成功，他感谢社会、感谢所有帮助过他的人。”① 毕飞宇不想重复塑造这类不尽如人意的形象，迟迟没有去碰盲人题材，直到 2007 年。从害怕碰盲人题材到决定写《推拿》，毕飞宇耗费近 20 年时间。

毕飞宇说过，他的小说不管其外在故事是怎样的，其母题都是在写疼痛。疼痛母题生发的故事能否透出新意来，关键在于叙说“谁在疼痛”，“为何疼痛”。《推拿》里有都红表演钢琴独奏的故事。小说细腻描写都红的失败和尽管失败却赢得观众雷鸣般的掌声！看到这里，我们会感到心疼：都红多么不容易。没有视力，却能弹奏钢琴，只是第一次上台有些紧张，没能发挥在台下的弹奏水平。观众多半也这么想，才可能对失败的表演报以热烈掌声。都红怎么想呢？都红以为“我们”这些“残疾人”和“盲人”，其实是“供健全人宽容、同情”的对象。这里的健全人仅指身体健全的人。这么说来真的让我们这些健全人警醒与反思，我们有时候所表现出来的好心，是否更加伤害了施援对象？这让我想起法国作家纪德，在诺贝尔文学奖获奖作品里的一段话：“我怕埃杜瓦在把小柏利交托阿载斯照顾是不智之举……不用说，他的心是仁慈的，但为了别人着想，我宁愿他为自己的利益，为自己的兴趣做事；因为他那种慷慨的冲动往往只是好奇的陪衬，往往容易变成为残忍……为什么他要相信是为柏利好呢？那淹没孩子的狂流岂可装做是为了给他

① 宋强：《毕飞宇眼中的盲人世界》，《中国图书商报》2008 年 10 月 13 日。

解渴？我不否认世界上有些人行为高贵，慷慨，甚至无私；我只想说，在那善良的动机背后往往隐藏着魔鬼，这魔鬼的聪明足以叫人在自以为跟魔鬼的奋斗中为魔鬼效了力。”① 都红的疼痛与我们开始的疼痛是不一样的。开始我们为都红感到心疼，只因为她是盲人，都红的疼痛让我们看到可能真的是好心地“为魔鬼效了力”，或者好心变成了魔鬼而不自知……

阅读《推拿》我们常常庆幸世界上仍然存在一个本该黑暗得永无尽头的族群，为其中的人物故事所感动，发现这个族群比我们健全人还要健康，是心态和为人尊严的，但这样的感觉没能维持多久就让另外的故事破坏了，粉碎了。为了挣更多钱，盲人推拿师们要给前台（健全人）好处；沙复明因懂得外语而接待外宾，赚了比内宾更多的钱，成功的“外贸生意”没能维系多久，遭到不懂外语的绝大多数推拿师的集体阻碍，原以为的这片净土变得斑驳起来。

盲人开始是以健全人对立面存在的，健全人反而不健康。毕飞宇的《推拿》让我们看到盲人所特有的真诚、乐观、向上……好像我们健全人所缺少的美好品行，在盲人身上应验了，实现了。毕飞宇说过，盲人的乐观是那种平静如水，骨子里的乐观，盲人“永远没有我事先想象的愁苦”。但是，盲人仍然是人，是人就存在人的不足，人性的缺陷。盲人推拿师们给前台好处，沙复明“外贸生意”受阻的故事拆除了我们这些健全人和盲人之间的分界线，人性的盲点凸显出来，这就让我们感到剧烈疼痛。我们一厢情愿地希望盲人们能够保全他们与真善美一致的品行，是我们幼稚了，将复杂人性简单化了。我们的心也因此更加疼痛！

如果说都红弹奏钢琴的故事引发的疼痛源自健全人，是健全人好心帮了魔鬼的忙，那么沙复明“外贸生意”受阻引发的疼痛则源自盲人自己！源于盲人内心的魔鬼所造成的伤害，这更让人心疼。《推拿》曾这样描写疼痛：“‘痛’是一个面积，有他的发散性，是拓展的，很钝，类似于推拿里的‘搓’和‘揉’。‘疼’却是一个点，是集中起来的，

---

① 纪德：《伪币制造者》，陈映真编《诺贝尔文学奖全集》第26卷，台北远景出版事业公司1982年版，第217—218页。

很锐利。它往深处去，越来越尖，是推拿的‘点’。到后来这疼又有了一个小小的变化，变成了‘撕’。”[①] 疼痛如果在面上发散或点上往深处延展，都是要人命的。所谓撕，是疼痛已经到了撕心裂肺程度，《推拿》的疼痛就是这样的。

疼痛一直都是毕飞宇作品持续表现的母题。如短篇小说《哺乳期的女人》（1996 年，获鲁迅文学奖）。小说抒写一个小男孩咬一个“哺乳期的女人”乳房的故事。被咬乳房的疼痛是生理的，众人对小男孩和哺乳期女人无形的精神压迫和伤害却是心理的。中篇小说《青衣》（2000 年）里，筱燕秋心中的那种压抑，那种痛，那种不甘，那种无力回天还挣扎，不到黄河不死心的悲剧故事，仍然延续了疼痛母题……长篇小说《玉米》（2003 年，获第四届英仕曼亚洲文学奖）的主人公玉米的成长经历就让人心疼。玉米是村支书的长女、解放军的恋人，却逃脱不了更有实权的男人的蹂躏，这个男人的妻子得了癌症还住在医院里，他可以轻易开掘玉米这块处女地……

《推拿》（2008 年）的母题还是疼痛。当盲人故事使人心疼时，《推拿》却让我们体味到盲人推拿师的欢乐与明媚，比如金嫣可能如愿以偿的结婚、都红的美丽气质、沙复明的博学和儒雅……当我们惊叹盲人光明、洁净的美好世界时，作家又展示盲人世界斑驳复杂的色调！这种出其不意，是作家对人性复杂性的确认和包容，对人性的敬畏与达观，对疼痛、对人类根性的悲悯与眷顾。《推拿》故事母题也因此转换成故事的主题，疼痛故事也常说常新。

三　故事与创造

自 20 世纪 60 年代诞生了叙事学理论以后，人们更加自觉地从关注故事本身转向如何理解和讲述一个故事，把“如何说”故事，看作是小说艺术是否成熟的重要标志。本来，故事是靠所讲述的事件本身吸引读者，恰当地讲述故事靠的是有技巧地讲述故事以达到吸引人的效果，技巧与效果相得益彰。

---

① 毕飞宇：《推拿》，人民文学出版社 2011 年版，第 38 页。

什么是用恰当的方式讲述故事呢？所谓恰当就是最适合的方式，无所谓是传统还是现代，如同十八般武艺，只要作家得心应手就一定能够舞出独招来。《推拿》是长篇小说，其叙事结构乍看起来是传统的，是短篇的集合，每个短篇集中讲某一个人物的故事，如小说第一章到第六章以人物冠名，分别是王大夫、沙复明、小马、都红、小孔、金嫣和泰来。第七章到第十章，是回过头写前面的不同人物；第十一章到第十三章又是并列的人物，分别是高唯、张宗琪和张一光。第十四章到第十九章还是回过头写前面的不同人物。我把这种布局称为并列回旋式结构。

并列回旋式结构造成叙述时空的不断变化，带有现代叙事多视角和焦点距离的有意追求。人物依次登场，下场后你不知道他到哪里去了，是否还会上台来。粗心的读者可能会忘了这个人物在前面曾经出现过，作家似乎也不太担心出现这种情况，好像有意在吸引人和增加难度之间寻求平衡，在传统和现代叙事方式之间寻找合适的平衡点，让故事变得好看，容易看，而又耐看。

当宏大叙事与长篇小说结盟，毕飞宇却另辟蹊径，于小格局里观大千世界！他说，"我对宏大叙事一点都不反感，甚至有一天我也会宏大叙事，这个我可以预见得到。但是从目前这个阶段，我只想看看长篇小说撇开宏大叙事的可能性是怎样的，包括《平原》，时空关系很简单，故事开阖很简单，到了《推拿》，在这种小格局里面我又推进了一步，格局更小。"① "我现在在做的就是想要看看把我想要表达的核心价值挤压进小格局中会不会成功，对于长篇来说，这很冒险，但是也很吸引我。"②《推拿》在叙事上的冒险是成功的，谁说这不是他在叙事上的创新之举呢？

这样的创举让故事变得好看和耐看，也让故事中的人物鲜活起来，人物之间似乎不存在主角与配角的关系。尽管许多人都认为《推拿》一如既往地以女性人物最为成功，我不反对这种说法，但是，《推拿》里的王大夫和沙复明也是响当当的人物！与小孔、金嫣、都红比较也毫

① 《作家毕飞宇作客新浪访谈实录》，新浪网 2004 年 2 月 26 日，http://book.sina.com.cn/nzt/bifeiyv。

② 同上。

不逊色！王大夫回家应对债主（弟弟亏欠的债），沙复明对都红的单相思，都写得惊心动魄，荡气回肠……用毕飞宇自己的话说，《推拿》中的“人物自己有两条腿两条脚，在作品当中会走路”，即“在虚拟的生活里面有人物自己的举动、行为、内心的变化、内心的耐力、内心的爆发力”①。

我真的不知道是将这份恰当的叙事带来的创新成果归于作家对人性的把握与洞见还是归功于他的写作技巧，包括叙事方式的恰当运用。我只能说，所谓技巧大概不是纯粹的技巧问题，技巧与作家的认知方式和认知水平一起成熟。技巧的最高境界是无技巧。因为艺术技巧，它是艺术家认识和表现生活的多种艺术手段的总和，包括与艺术家思想相联系的内容，也包含与艺术创造相关的形式、较具体的艺术表现手法等。然而，技巧的最高境界却是无技巧。巴金说过：“艺术的最高境界，是真实，是自然，是无技巧。”②

毕飞宇《推拿》的创造性表现在多个方面，首先是用盲人故事继续抒写也是更加深切地展示“疼痛”母题。其次运用恰当方式讲述盲人故事，一种并列回旋式的叙事结构，使故事变得好看也很耐看，也让故事中的人物鲜活起来，让我们体味到作家认知水平与认知方式的成熟。毕飞宇的《推拿》已获得一些重要激奖，它正走在经典化的路径上。我们曾经探讨当代文学经典化的四条路径，毕飞宇的《推拿》已经走在经典化路径上。我们也强调此路径只是经典化的重要条件而非充要条件，文学文本自身的创新性才是其成为经典的充要条件，正是在这点上，毕飞宇的《推拿》给予我们可喜的期待。

---

① 岳巍：《〈推拿〉：我们一起走进没有光的世界》，《华夏时报》2008年11月4日。

② 巴金：《巴金论创作》，上海文艺出版社1983年版，第550页。

让土家历史的“差异性”鲜“活起来”

——读贝锦三夫的《武陵王之白虎啸天》

一

1996 年 10 月，由中国中外文化文艺理论学会、中国社会科学院文学研究所和陕西师范大学联合主办了“中国古代文论的现代转换”国际学术研讨会，这个会议在学术史上的地位不是我现在的言说重点，我要提及的是开幕式的一个环节：由与会代表宣读季羡林先生写给本次会议的贺信——季老说到“三十年河东，三十年河西。下一个世纪将是中国人的世纪。”那年，季老已高寿 86 岁，我们这些年轻一些的学人，听了季老的鼓励和预言，有些半信半疑。季老在贺信里还谈到文化的“差异性”发展问题……现在回想起来，文学的生命力何尝不是依赖差异性而维系的呢？黑格尔说的“这一个”，文学常识强调的“独特性”，其实就是差异性的别称。这种差异性应该包括文学对象的差异性，文学形象、意象、形式和语言等元素的差异性，正是这许许多多的差异性及其差异性的表达，构成文学永恒的审美意味。

贝锦三夫，是原湖北省文联党组书记、中国少数民族知名作家李传锋先生与吴燕山、李诗选先生的合署笔名。源于“贝锦卡”与“毕兹卡”这个“土家人”的汉语音译，在语言习惯上，湘西多用“毕兹卡”，鄂西多用“贝锦卡”，《武陵王之白虎啸天》的三位作者，都是鄂西武陵容美土司人，故合用“贝锦三夫”这样一个笔名，共同叙写土家族先祖的传奇故事。三位先生都是年过花甲的人，尽管积累材料花了很长时间，但具体写作只有短短几年时间，出版 150 万字的《武陵王》

系列小说，实在让人叹服不已。

湖北当代作家写长篇历史小说是有传统的，并且取得骄人成就，如姚雪垠先生的《李自成》，获第一届茅盾文学奖，熊召政的《张居正》，获第六届茅盾文学奖，还有方方的《武昌城》和刘醒龙的《圣天门口》都入围茅盾文学奖，方方的《武昌城》获第十届文学传媒大奖和第二届《人民文学》长篇小说双年奖，刘醒龙的《圣天门口》获得中国小说学会第二届学会奖……贝锦三夫写作《武陵王》系列之前，在湖北乃至于全国，还没有一部长篇系列小说是以土家族历史为叙写对象的，从这个角度，我们可以说，《武陵王》系列在题材上具备填补空白的价值。但小说毕竟是艺术创造，题材的新颖不能决定小说的整体审美价值，否则我们就要陷入题材决定论的窠臼。好在《武陵王之白虎啸天》作者在新颖的题材里，融入了许多鲜活的不同于汉人的差异性元素，也即是艺术创新元素，比如土司形象的塑造、土家的异域风情、土语与普通话的杂糅、小说章回体的运用等，使小说呈现出某些创新和审美趣味。

二

美国作家，诺贝尔文学奖得主福克纳说过：“艺术家的宗旨、无非是要用艺术手段把活动——也即是生活——抓住，使之固定不动，而到一百年以后有陌生人来看时，照样又会活——既然是生活，就会活动。人活百岁终有一死，要永生只有留下不朽的东西——永远会活动，那就是不朽了。”① 追求不朽，大概是人类原初就已存在的“永恒追求”。追求不朽，也是艺术美学价值的原动力之一。“当下”即将过去，历史又常常被史学家叙说得有条不紊、符合逻辑地发展着，历史中的偶然，历史中血与火的场面还有人的精神、情感等一切缺少理性的事物被忽略了，这些恰恰是历史“现场”极其重要的“存在”。作家观照历史、反思“当下”，用小说再现历史，这大概是艺术在哲学和美学上的目的，

① 崔道怡等编：《“冰山”理论：对话与潜对话——外国名作家论现代小说艺术》，中国工人出版社 1987 年版。

福克纳表明了这一点。

《武陵王之白虎啸天》的作者们要让沉睡的土家族历史鲜活起来，其重要的一环就是要塑造鲜活独特的人物形象，其中最成功的就是田世爵这个土司王。

在史书记载里，田世爵是鄂西容美土司里的佼佼者。“土司”，是由封建王朝任命的少数民族大小首领的一种官职，各土司王世袭其官、世长其民、世领其地。元朝以来，在我国云南、贵州、广西、湖南、湖北和四川等省，有二三十个少数民族中实行土司制度。土司在内部自行征收赋役，仅向中央政府进贡少许银物。土司自有法令，对属民的生杀予夺，中央政府不予过问。因而土司制度，实行的是土司的意志，而不是中央的政策。直到清雍正四年（1726），鄂尔泰大力推行改土归流政策，废除自元代以来世袭之土官，而代之以流官（汉官）的统治。这种改革主要在滇、黔、桂、川、湘、鄂六省推行。改汉之后，政府收缴土司印信，设府、厅、州、县，委派有任期的官员进行统治，实施和汉族地区相同的政治制度。改土入流加强了中央对少数民族的统治，有利于少数民族地区社会经济的发展，对中国多民族国家的统一和经济文化的发展具有积极意义。但过程中曾对某些地区进行军事镇压，给若干地区的少数民族带来灾难。

清朝鄂西武陵“容美精兵悍甲诸部”，是容美土司“富强”的一个重要标志。容美土司实行兵农合一、寓兵于农的旗长制度，平时为民，战时为兵。兵丁训练，寓于狩猎、渔猎的生产活动之中，平时养成了不畏强敌、勇于拼搏的精神。加上土兵编队以旗为基础，以部落为单位，父子兄弟同时上阵，前赴后继，格外强悍，在多次的奉调抗倭或“平叛”战斗中，屡战屡捷，多次受中央王朝的嘉奖。

田世爵当政，正是“容美精兵悍甲诸部”时期。《武陵王之白虎啸天》是《武陵王》系列长篇传奇的第一部，写田世爵将容美土司引入中兴，成一代雄杰，作品突出一个“武”字。田世爵土司的形象塑造有几个特点：一是突破了过去“某些观念的制约”；二是土司形象武中有文，丰满生动，三是凸显了土王的某些共性特征。

作者李传锋说过：“过去，受某些观念的制约，历史题材中写农民起义、写穷人革命的较多，写统治者较少。从民国至今仅有过写巾帼英雄秦良玉的小说和戏剧，其他的很少有人写。"[1] 这里的"过去"，指极"左"思潮占统治地位的时期和受极"左"思潮影响思想比较封闭的时期。那时，作家害怕写作统治者，是怕被扣上美化统治者的帽子。改革开放以来，思想解放，写作几乎无禁区，描写统治者，如反映纳西族土司形象的电视剧《木府风云》算是比较成功的，其标志之一，就是人物形象的展示，即人物生长和性格形成的过程，从某种意义上我们可以说，作家塑造人物形象的意义就是要展示这么一个复杂过程。《武陵王之白虎啸天》中的田世爵，自出生、成长、成熟到为王的心路历程，写得如火如荼，跌宕起伏。有兄弟间的祸起萧墙，有长子弑父的血腥；有抵御外患的正义，也有振兴家园的艰辛。小说没有脸谱化和平面化田世爵这个人物，而是极力展示他有血有肉、文武双全、不怕牺牲、果敢善战的土司形象。

土王田世爵全面接受了汉文化，一面把汉文化同容美部落的传统文化融合在一起，一面与当代文坛享有盛誉的汉族文人"同文同伦同轨"，自田世爵"严课诸男，有不嗜学者，叱犬同系同会"始，田氏历代均以"饱读诗书"为荣，"能诗善文"为乐，求知好学成了田氏的家风。田世爵教子读书、为官，都是如此。田世爵的为王经历，也具有武陵土司依附中央政权，善于学习和借鉴汉文化和其他民族文化的特点，所有这些，都贯穿在田世爵日常生活所组成的人物关系、言谈举止和行事风格之中，变成小说的情节和小说的独特环境。比如，崇大人（汉人）[2] 送给田世爵的 8 字箴言"刚柔并济，文武双修"，还有田明高（汉人）赠予田世爵的"治帮之策"即"崇德兴文，尚武强兵，吸纳匠人，发展农耕，勤贡朝廷，和睦友邻"[3]。田世爵都是心悦诚服，身体力行并卓有成效。

三

一部《武陵王之白虎啸天》"以真实的历史事件为线索，以真实的

① 李传锋：《〈武陵王〉用传奇手法书写武陵山历史文化》，www. iwuling. com。

② 贝锦三夫：《武陵王之白虎啸天》，长江文艺出版社 2014 年版，第 230 页。

③ 同上书，第 300 页。

人物为中心，大的历史背景、大的情节事件、包括主要人物都未敢编造，只是用传奇手法来写历史”，以凸显其“史诗性、可读性。”① 小说的史诗性一般从英雄的成长、成熟经历显现出来，在《武陵王之白虎啸天》里则是以田世爵这个土王为代表的人物成长、奋斗过程展示出来。成功的小说人物当然不只田世爵一人，还有百里俾、九霄和盖美媛……土王田世爵形象丰满生动，增强了小说的可读性，另外，作者又融入“生动的民族风景和古邦风俗”，“营造出神秘莫测、瑰丽无比的武陵秘境，诱人进入巫风烈烈、巴俗奇特的时空洞穴之中”②。

在《武陵王之白虎啸天》里，有“巫风烈烈”的蛊毒事件；有声势浩大的“求亲”传奇；还有巴俗奇特的“闹丧”场面和悲喜交加的“团年饭唱哑歌”……所有这些，都是土家历史现场的艺术再现，也是小说传奇故事的再度创造！充满知识性、差异性和可读性的传奇故事，用章回体小说结构起来。章回体小说是我国古代长篇小说的主要结构方式，《武陵王之白虎啸天》运用了章回体结构小说，一方面拉近了外形式与所描写对象的距离，一方面也提示所在章节的故事内容，让读者保持长久的阅读注意力。

《武陵王之白虎啸天》的小说人物说方言土语，也说官话（相当于现在的普通话），人文语言符合人物的身份和性格；叙事人语言则是普通话并夹杂了某些流行词，使土家族传奇故事读起来栩栩如生而没有时空隔阂。只是在个别地方，作者没有注意人物语言和叙事人语言的差异性，以致影响了小说语言的整体质量。

我国是一个多民族国家，某一个少数民族能够独立命名，一定存在其不可替代的差异性，这些差异性从服饰、语言（包括文字）文化和相关习俗中表现出来，这些差异性也是小说人物赖以生存的物质环境和精神恋地。但我们的中国文学史，表现少数民族差异性的文学作品却太少。我们的文学史也常常成为汉民族的文学史，这种缺失在当代，应该得到弥补。从这个意义上我们还可以说，贝锦三夫的《武陵王》系列小说，为丰富中国当代文学史贡献了珍贵的少数民族文学文本。不仅如

① 李传锋：《〈武陵王〉用传奇手法书写武陵山历史文化》，www. iwuling. com。
② 同上。

此，传锋先生已成立“李传锋民族文学工作室”，他将团结一批有志于此的作家，专注农村题材和土家族历史文学的创作。我们期待着贝锦三夫创作《武陵王》的后续篇章，期待着后来的武陵王形象各异，不仅不同于其他民族之王，而且各个土司王也都是形神兼备的“这一个”。

超越时空的“个人体验”

——徐世立《一个孩子的战争》的深层意味

人民文学出版社2012年隆重推出徐世立长篇纪实文学《一个孩子的战争》，这本书确是一本及时的好书！好在“以真实的笔触记录了”一位“90后”的独生子“从一名优秀生成为‘问题生’，之后又在磨炼中感悟生活、重建信心的过程”；其亮点还在于作家从自己与儿子的“个人体验”出发，反思有关独生子女家庭教育、学校教育和社会教育的问题，使作品的意蕴超越一般纪实的局限。聚光灯下的家庭教育，犹如一场看不见硝烟的持久战——其代价何其沉重、其过程何其惨烈！笔者是读了开头，就急着看结尾，“这孩子后来怎么样了？”“他终于考上‘中戏’了！”这才舒了口气，回到开始，与其中的人物一起，经历那屈苦不堪的折磨！现在想来，这折磨是独生子女的，也是他父母祖辈的，连同爱他的老师同学、爱他的姑姑舅舅们。在那纠结、痛苦的日日夜夜，所有这些人的心都被悬吊在半空，任由风雨雷电、烈日冰霜的催生与摧残，最后才得出温和却难以兑现的共识：我们必须与独生子女一起成长！

一　展现“独生子女”的成长陷阱

独生子女本来不用打引号，每个时代都有因战乱、疾病或者父母的自愿而只有一个孩子的家庭，这孩子就是独生子或独生女。《一个孩子的战争》的独生子女则特指近30年来，中国家庭在“计划生育”基本国策下诞生的孩子。现在，最早的“独生子女”多半已经、或者正准备结婚生子，最早的“独生子女”家长许多也已荣升为祖父母。“一对夫妇只生一个孩子”基本国策下的成果，为改革开放甚至为全人类作出的贡献是怎么说也不过分，然而，“独生子女”成长中所付出的代价却超乎人们的想象，影响独生子女成长的陷阱常常被许多人尤其是其父母和祖父母所忽略，这就不可避免爆发由一个孩子带来的、在亲情笼罩之下而又看不见硝烟的“战争”。我们不能只谈“基本国策”带来的“民族大义”，漠视由此带来的“人间大弊”①。如果不能充分认识诸多“人间大弊”，惶谈防患于未然，及时弥补危害，将大弊缩减到最小。

在《一个孩子的战争》里，徐世立向读者展现了这些弊端，犹如孩子成长道路中的一个又一个的陷阱。陷阱可怕，更加可怕的是它们与生俱来，却不为父母们所知晓，等到知晓，又为时已晚。读者或许要问，好端端的一个小孩，品学兼优的学生，12 岁时怎么就厌学了？为何这孩子的叛逆时间长，强度大，还看不到矫正的迹象？是电脑害的？是物质至上害的？还是存有更加深层的原因？作家徐世立花了整整 16 年时间与儿子一起经受磨难，等到他有所反思时那孩子已经 16 岁，这怎么叫人不揪心呢？

平心而论，每个家庭的具体情况不同，每个独生子女的个人禀赋也存有差异，但独生子女在成长过程中所遭遇的陷阱却极其相似，比如父母“超出有益的范围”并“带有神经质”的爱，这种爱使独生子女很可能变成家中真正的暴君和利己主义者；又比如独生子女因为没有兄弟姐妹，其成长过程就“缺少相互适应的经验”，“缺少各种形式的爱和友谊的经验”，缺少学习处理各种类型的人际关系和危机的机会，在今后的生活中一旦遇到挫折就容易变得脆弱，不堪一击！《一个孩子的战争》曾引用苏联教育家马卡连柯关于独生子女的论述：

> 可以肯定的说，教育独生子或独生女要比教育几个孩子困难得多。即使家庭在物质生活上有一定的困难，在这种情况下也不应该仅仅只生一个孩子。独生子女很快成为家庭的中心。集中到这一个孩子身上的父亲和母亲的关怀，往往会超出有益的范围。这种情况

① 徐世立：《一个孩子的战争》，人民文学出版社 2012 年版，第 71 页。

下父母的爱在一定的程度上带有神经质。这个孩子病了或者死了，会给这个家庭带来极大的痛苦，对这种不幸的恐惧总是压在做父母的心头，剥夺了他们应有的平静。独生子女很容易习惯自己的特殊地位，变成家中真正的暴君。做父母的往往很难遏制自己对孩子的爱和关怀，不管他们愿不愿意，他们正在培养利己主义者。

只有在几个孩子的家庭中，父母的关心才可能正常。父母的关怀平均的分配给这些孩子。在大家庭中儿童从幼年期就习惯于集体生活，获得相互联系的经验。如果在家庭中有大孩子和小孩子，在他们之间就会形成各种形式的爱和友谊的经验。这样的家庭生活，为孩子提供了处理各种类型的人际关系的机会。这些孩子在生活中所经历的东西在独生子女的生活经验中是找不到的：爱哥哥和爱弟弟（这是两种很不同的情感）；养成与兄弟姐妹交流的技能，养成同情他们的习惯。且不说在大家庭中孩子的一举一动，甚至在游戏中，都在养成集体生活的习惯。①

问题还在于父母的“溺爱”陷阱已经不容易分辨出来，中国现阶段的家庭还容易被“隔代爱”的弊端所迷惑。本来“‘隔代亲’是一种普遍成长的人类感情，这种亲情最大的特点是可以没有负担地爱。爱其实又是一种责任，老人无须像父母对儿女的爱那样承担责任，无形中，隔代的爱客观上就变成了一种可以不负责的爱。”②

带有神经质的爱和隔代爱，让本该丰富、多元的家庭环境变得强烈而又单一，压迫、扭曲了独生子女自由成长的空间，是我们始料不及，却也是难免的宿命。作家曾冒险将孩子送到“三纵”以强制矫正其行为规范，可回到家里那孩子仍旧“起床难，转班难，穿校服更难”。③作家说“离高二期末考试还有不到一个月的时间，儿子已经坚持不到那个时候……于是干脆休学了”④。“此后 25 天的日子里，儿子彻底颠

---

① ［苏］A. C. 马卡连柯：《家庭和儿童教育》，上海人民出版社 2005 年版，第 22—23 页。

② 徐世立：《一个孩子的战争》，人民文学出版社 2012 年版，第 71 页。

③ 同上书，第 391 页。

④ 同上书，第 440 页。

覆了一个正常人的生活，沉默，压抑，郁闷，焦虑。白天睡觉，可以看不见现实的世界，晚上上电脑，进入一个虚幻的世界。”[1] 显然，这孩子已经陷入自闭的、病态的生活，已经发生“巨大的心理危机和精神危机”[2]，他已经饱受煎熬，痛苦难忍，处在“一瞬间什么事情都可能发生的”危险时刻。所幸的是这家人“相互拯救”，万幸的孩子才得以从崩溃的边缘折转回来……有多少独生子女的父母具有这般警惕，这般能力和这般的爱心与耐心，能够与孩子“相互拯救”？现实生活中反面事例不是很多么？有谁想过，独生子女与生俱来的危机！父辈神经质的爱和祖辈的隔代爱，没有兄弟姐妹的家庭生活，所有这些几乎是与生俱来且潜藏危险与危害。当然，《一个孩子的战争》所展示独生子女成长陷阱还不止这些，细心的读者可以去发现去反思。

二 反思“独生子女”家长的思维定式

徐世立一方面饱含爱心叙述独生子女的成长陷阱，由此带来的亲情、误解、反叛和相互折磨；一方面又常常中断描述转而记录他的反思。孩子厌学、穿奇装异服、不守纪律甚至自暴自弃，通过探究这些具体事件的原委，追问我们到底该“怎样做父亲（母亲）”？这是五四以降的追问也是近百年来的大难题。现在这样的追问显得更加急迫，也更加沉重！如今的独生子女一边是“万千宠爱在一身”，一边又万千“欺压”（期待与压力）在一身。[3] 前者如我们说过的父母“超出有益的范围”并“带有神经质”的爱，同时也造成父辈容易将没有实现的梦想寄托在子辈身上；父母在家庭教育中居高临下，对独生子女过度指导，却漠视对他们的理解与解放。

鲁迅以为，在父子关系上，旧有中国存在许多弊端：父与子“本位应在幼者，却反在长者……自己无力生存，却苛责后者又来专做他的牺牲，毁灭了一切发展本身的能力。”如何实现“幼者本位”的理想，

---

① 徐世立：《一个孩子的战争》，人民文学出版社 2012 年版，第 440 页。

② 同上书，第 441 页。

③ 同上书，第 72 页。

先生开出的处方是“理解”“指导”和“解放”。“长者须是指导者协商者，却不该是命令者”。“子女是即我非我的人，但既已分立，也便是人类中的人。因为即我，所以更应该尽教育的义务，交给他们自立的能力；因为非我，所以也应同时解放，全部为他们自己所有，成一个独立的人。”①

如何理解独生子女？徐世立讲述自己好长时间都不理解儿子为什么穿奇装异服、为什么可以为打篮球、上网而“厌学”甚至放弃学校的学习。

而所谓指导，“长者须是指导者协商者，却不该是命令者”也是不容易做到的。最为困难的还是“解放”，因为这解放是双向的，首先是父母自己思想的解放，其次才有对孩子独立人格的尊重，最终放手让孩子单飞。也就是说为父母的只有自己解放自己，才能最终解放孩子。《一个孩子的战争》里，作家首先打破家长的可怕思维定式，反观自身，反思自己，使自己的认知高度提升了许多。比如“再苦再难孩子我们也要自己带”②，否则孩子容易被“母爱的加倍偿还”③所击倒；孩子的“任性固执、自私冷漠，都能从我们的‘原罪’中找到根源”④；父亲爱孩子，要让孩子感受到，包括必要的肌肤接触如拥抱、亲吻等。没有父母自己的解放思想，要真正理解、指导独生子女是不可能的也是不彻底的。比如孩子在某个阶段特别喜欢穿奇装异服。有社会学家就说这是孩子表现自我意识觉醒的重要形式，他是想以此宣告、证明自己的独立，他与众不同，既不同于比他小的孩童也不同于成年人，而奇装异服就具备一眼看出、近乎标识的功能。

《一个孩子的战争》中的孩子，与奇装异服同时期的爱好还有对篮球的痴迷。这孩子初二时曾荣获三项荣誉——年度优秀共青团员、校篮球队队长和校草（类似于女孩的校花）。三项荣耀中最能凸显个人实力的还是打篮球！只有打篮球更加需要凭借个人水平，可以在众目睽睽之下证明自己的实力！可惜，这孩子的身高击破了他成为篮球明星的美

① 鲁迅：《我们现在怎样做父亲》，《新青年》第6卷第6号，1919年11月1日。

② 徐世立：《一个孩子的战争》，人民文学出版社2012年版，第5页。

③ 同上书，第375页。

④ 同上书，第5页。

梦。他不服气，想通过自己艰苦卓绝的努力改变败局……他"曾长期将砖块和哑铃捆在一起打包吊在脚脖子上，人长久地坐上窗台，试图拉长脚骨。""还到医院注射一种催长素的针剂，一连打了一个月"① ……毫无疑问，这孩子遭遇了平生最大的打击，他转而尝试用新的方式继续宣示他的独立！他走向街舞、早恋、上网……所有这些似乎都没能把他从失败中解救出来，不仅如此，还不断遭受来自父母、老师的批评，结果越是批评他越是叛逆，成长之路陷于迷途。谁家的孩子处在这要命的迷途，家长能不着急呢？如何用理解的方式陪伴孩子渡过困境就成为反思的主要命题！

解放的另一个向度是父母对孩子的。从某种意义上我们可以说父母"对孩子人格最大的尊重，就是尽早将他（她）从自己身边剥离"②，这个问题留待今后再详细解读。在《一个孩子的战争》里，徐世立已经向我们抒写一个孩子艰难而又具备普遍意义的成长历史，这需要何等的勇气与底气呢！

三 支撑作家的勇气与底气

为数不少的家庭曾经遭遇"一个孩子的战争"，"儿子是上帝派来磨练你们的"，"可哪个独生子女又不是上帝派来磨练他们父母的呢？又有几个'特保儿'家庭不曾弥漫一个孩子的战争硝烟？"③ 书市上我们却很难找到直接描述这种战争的书籍，尤其是以当事人身份用纪实手法叙述这种战争的。原因大概有几条：一般家长在遭遇"一个孩子的战争"之后，不愿意再提起这纠结、屈苦的往事；有时还怕招惹展示家庭隐私的嫌疑；更加困难的还是反观自身，反思问题，纪实又文学性地将它们表现出来。强烈的责任心驱使徐世立"不仅仅是为儿子写，也是为与儿子同龄同代的孩子写，为每天都处在'水深火热'之中的几千万中国家庭写。"④ "能否做好独生子女的父母，是中国当代年轻父

① 徐世立：《一个孩子的战争》，人民文学出版社2012年版，第21页。
② 同上书，第431页。
③ 同上书，《代前言》第2页。
④ 同上书，《代前言》第1页。

母必然要面对的一个宿命的难题。"① 徐世立勇敢地触碰这个难题，他抒写了"苦难与黑暗、失误与教训、沉沦与挣扎、拯救与自救、理解与和解；写沦陷之后的浮升，写人和命运，以及人与命运的关系。"② 当然，这不只是凭借勇气和责任心就能实现的写作目标，勇气之外还有底气！这底气就是对当下热点问题的触碰与反思，使作家的"个人体验"超越当下的时间和空间。

徐世立是1969届的知识青年。下乡6年，当工人8年。1984年调到《武汉晚报》当记者又12年，1996年为《芳草》杂志社文学编辑，2000年成为武汉市文联文学院专业作家。他写的报告文学曾被改编为电视剧，或选入武汉市中小学德育教科书。他的中篇小说在《小说月报》上发表，或被《中篇小说选刊》《小说选刊》转载，或入选《中国名主编眼中的优秀中篇小说》。徐世立的长篇小说处女作《儿科医生》获湖北省第四届"屈原文艺奖"；同名电视连续剧获第二十一届"飞天奖"。《儿科医生》叙述"今天的故事"与人物角色的错位，昭示人类根性的不自知和自私的无奈。在一个没有"坏人"的环境里，导演一部"人的悲剧"，在激越的字里行间，透露出悲剧的苍凉，这苍凉由情节层面指向人的根性层面。这大概就是徐世立写作《一个孩子的战争》的根底吧。原来他本就擅长捕捉当下敏感的社会问题，善于将"个人体验"提升到人性层面以观照它们的普泛价值，让自己的反思超越个人与当下。《一个孩子的战争》涉及如何做好独生子女父母的问题，这既是中国当代年轻父母必须面对的难题，同时又是已经荣升或将要荣升祖辈的我们所逃脱不了的宿命。

---

① 徐世立：《一个孩子的战争》，人民文学出版社2012年版，《代前言》第2页。

② 同上书，《代前言》第1页。

小说与戏仿

——读晓苏的《暗恋者》

晓苏是一级作家，中文系教授，《文学教育》杂志主编。他的短篇小说《侯己的汇款单》获首届蒲松龄短篇小说奖，是2004年中宣部批准设立的继鲁迅文学奖、茅盾文学奖之后又一国家级文学大奖。和晓苏一同获奖的共八人，苏童、贾平凹、陈忠实、林斤澜、莫言、叶弥和卢金地。晓苏中短篇的上乘之作连续三届获湖北文学奖，他的长篇小说多是短片连缀而成，以《苦笑记》为代表。晓苏“是继方方、池莉、刘醒龙、邓一光之后出现的又一具有全国性影响的作家”①，是讲故事高手，讲的是一个叫油菜坡的乡间农村和南方某大学发生的故事。油菜坡是晓苏生长的故乡，南方某大学是他求学和工作的单位。

晓苏以为，“从故事到文学的转化策略”是“私人化”“体裁化”和“理性化”。后两个说法比较传统，但“私人化”意味深长。“私人化”不是他的首创，实现“私人化”的三条原则却是深思熟虑后的创见，这三条原则是民间立场、精神关怀和个性语言。② 这些都不是传统小说理论所能涵盖，也不是西方小说理论的简单移植，它是晓苏提升小说创作后的理论诉求。许多针对晓苏的文学批评多半也是从会讲故事、民间立场、幽默语言或荒诞感等视角立论，与晓苏的创作主张不谋而合，与其小说文本也吻合不悖。只是在这个基础上，是否还可以追问，

---

① 何镇邦：《长篇新作〈人性三部曲〉叫响文坛走红书市——文坛凸现“晓苏冲击波”》，《长江日报》2012年5月22日。

② 晓苏：《从故事到文学的转化策略》，《理论与创作》2009年第5期，第26页。

民间立场、精神关怀、个性语言之间是否存在一以贯之的对小说精神的某种主张和坚守？2012年晓苏出版的短篇小说集《暗恋者》为我们提供了一个可供探寻的新文本。

《暗恋者》讲的是大学故事，它巩固和发展了晓苏作品的原有风格。晓苏在《暗恋者》后记里说："在我没有足够把握写出既有意义又有意思这种完美的小说之前，我希望自己能够写出一些有意思的小说来。"① 所谓有意思就是"亲切、轻松、好玩"，"是从情调和趣味出发的"②，"因为现实生活太没意思"，"特别需要有意思的小说"，小说创作就是要"让人们的心灵得到一丝放松与抚慰，从而使没意思的生活变得稍微有意思一些"③。这是经验之谈，也是他对小说创作实践理性提升后的明确主张。问题在于，作家发现、捕捉日常生活中的微妙情调和独特趣味是一回事，用小说传达和彰显他的发现则是另一回事，后者要求小说首先是艺术的，要凸显其独特意味，这就不仅关涉小说技巧风格层面，同时也考验作家对人性和生命的感悟力。从《暗恋者》回溯晓苏的创作，在民间立场、精神关怀和个性语言之间，"戏仿"的统领作用十分明显。戏仿之于晓苏不仅是一种小说创作技巧，同时还具备小说风格意味，也是晓苏诙谐看待世界和文学的方式和结果。这个特点在《暗恋者》里十分突出。具体说来，在戏仿对象、戏仿策略和戏仿意味所蕴含的审美意义诸方面，晓苏都有所实验，有所坚守。成功是显然的，带有晓苏个体创造元素，也有不那么尽如人意的，为晓苏今后的创作提出难题，也为我们这些文学批评者提出新问题，让我们在难题或问题面前继续作出相应的回应与解答。

一　戏仿对象

有关戏仿的概念，最早出现在亚里士多德《诗学》里，在亚里士多德和古罗马时代，戏仿被认为是一种模仿他人诗歌风格的修辞手法，

---

① 晓苏：《暗恋者·后记》，上海文艺出版社2012年7月版，第298页。

② 同上书，第296页。

③ 同上书，第297页。

由此产生了戏拟诗这一诗歌类型。到了文艺复兴时期，戏仿被认为是一种滑稽、拙劣的模仿，是一种低劣的文学形式。直到20世纪初俄国形式主义才真正从现代和艺术本质上揭示戏仿意义，以什克洛夫斯基为代表的俄国形式主义把戏仿作为实现陌生化的重要手段。苏联的巴赫金从文本层面和文化层面突破了对戏仿的认识，巴赫金认为戏仿是一种双层文本的对话；是民间诙谐文化的形式之一，是底层民众反抗思想禁锢的独特方式，是多种话语的狂欢，也是一种诙谐看待世界的方式。结构主义者克里斯蒂娃将巴赫金对话性发展成为互文性——强调文本间的“拼接”“吸收”和“转换”价值，但基本忽略巴赫金对话理论的文化意义。法国学者热奈特进一步分析戏仿与互文的界限，他认为互文性中，甲文本和乙文本同时出现在乙文本中，两个文本是共存、再现的关系。戏仿则是一篇文本从另一篇已经存在的文本中“派生”出来的关系，他将之命名为“超文性”。在这个“超文性”中我们可能找不到明显的模仿痕迹。

詹姆逊把戏仿分为现代主义和后现代主义的，肯定前者而否定后者。认为现代主义的戏仿带有“崇高美学”目的，贯穿着对人生存状况的深刻思考。后现代主义则使戏仿“逐渐由新兴异物‘拼凑’(pastjche)之法所取代，拼凑之作绝不会像戏仿品那样，在表面抄袭的背后隐藏着别的用心，它既欠缺讽刺原作的冲动，也无取笑他人的意向，是一种空心的摹仿——一尊被挖掉眼睛的塑像”。[①] 很明显，在詹姆逊看来，后现代主义的戏仿消解历史深度，个人风格模糊不清，美学意义严重缺失，只是一种无意义的文字游戏。美国文学评论家林达·哈钦与詹姆斯不同，认为戏仿“是一种完美的后现代形式，它既是与它所模仿的东西的合作，又是对它的荒谬的挑战。它促使重新思考起源或者起源性观念”[②]。即后现代主义戏仿隐藏在以往的话语中，从中破坏官方文本、权威话语，在游戏、反讽的同时也带有批判。

梳理了戏仿内涵的动态发展，再细读晓苏文本，发现晓苏至少在戏

① ［美］詹姆逊：《晚期资本主义文化逻辑》，陈清侨等译，北京三联书店1997年版，第453页。

② 林达·哈奇：《后现代主义诗学理论》，转引自王岳川、尚水《后现代主义文化与美学》，北京大学出版社1992年版，第272页。

仿对象、戏仿策略及戏仿意味诸个层面实践着他的创新与创造。晓苏的戏仿是现代主义的，也带有后现代色彩，包含了对某些悖谬存在的了悟，有自嘲也嘲讽了小说所表现的对象，使读者在品味“亲切、轻松、好玩”故事后微笑和释然。

晓苏所戏仿对象有三类：一是民间故事，二是文学经典，三是现实生活。

长篇小说《苦笑记》以99个民间笑话为主线结构成篇，这自然让人联想到阿拉伯文学经典《一千零一夜》，《苦笑记》是仿文本。从结构表层分析，《苦笑记》是对《一千零一夜》的戏仿，但马上我们就发现两者的不同。《一千零一夜》由中东地区市井艺人、文人学士共同收集、提炼、加工而成，由民间口头流传到手抄本再到最后的定型，花了几百年时间。其结构方式是把大小260多个故事镶嵌在一个大故事的框架里，大故事套小故事，大小故事交织，成为一个庞大的故事体系，各部故事人物之间没有联系。《苦笑记》是晓苏的个人创造，一个叫黄牛的小人物贯穿始终。民间故事镶嵌在黄牛的成长故事里，也“再现”了原文本长而不冗、杂而不乱、层次分明、丝丝入扣的艺术魅力。但《苦笑记》是将“当代民间故事”“巧妙地整合进小说的叙事”结构，使当代民间故事具有一般意义上的小说叙事功能，这就与传统的阿里巴巴或者聊斋故事集不同，《苦笑记》“派生”出“具有一种类似于反讽和自嘲的功能”，“同时还另有一种哲学和文学的风格论意味”。因为那些大量流行于民间的当代民间故事“不但成了作品的主人公无奈的生存状态的一种真实写照，而且也是作品的主人公化解人生无奈的一种解脱方式……是在现代社会生存着的小人物反抗强大的生存现实的主要表现形式之一”。① 《苦笑记》对《一千零一夜》是既有“再现”模仿也有“派生”的创造成分，后者提升了《苦笑记》的艺术韵味，并成为当代文学史上的“一种创举。”②

这种对民间故事的戏仿，在《暗恋者》中化为诙谐的标题，如

① 於可训：《晓苏和他的故事体小说》，《文艺报》2001年11月17日。

② 何镇邦：《长篇新作〈人性三部曲〉叫响文坛走红书市——文坛凸现“晓苏冲击波”》，《长江日报》2004年5月22日。

《粉丝》《保卫老师》《吃回头草的老马》《帽儿为什么这样绿》《红杏是怎样出墙的》《天边的情人》《暗恋者》等。在具体行文里，则经常表现出对文学经典的具体戏仿，如《两个研究生》的开头“我写的这两个研究生，一个是我指导的，还有一个也是我指导的。我把他们这样分开说，是借鉴了鲁迅先生的手法，他在《秋夜》中写两株枣树时是这么写的：‘一株是枣树，还有一株也是枣树。’我们这些所谓的学者，无论说话还是写文章，都喜欢引经据典，注明出处，罗列一长串参考文献，以此显示自己有学问，同时吓唬那些没读过书的人。”① 在《天边的情人》里，副教授、诗人也是小说主人公，给自己取笔名“锄禾”，为他天边的情人也是诗歌爱好者和创作者取的笔名是“当午”，诸如此类，极为平常。

对民间故事和文学经典的戏仿，使晓苏的小说作为仿文本与他所戏仿的源文本之间形成互文性，也“派生”出他的小说与原型的复杂关系——相同、相近或者完全相悖的意味。如果说戏仿对象带来的互文性是从横向拓展小说的意义空间，那么，戏仿所蕴含的原型成分则是从纵向延伸小说的意义空间。可贵的是这些纵向或横向意义空间的拓展都在诙谐中完成，没有沉重，没有功利，只有微笑，微笑或者苦笑后的会意与释然。当我们阅读《粉丝》《打捞记》《主席台》时，多半是含泪的笑，但我们仍旧放得下来，为什么？因为此处的诙谐或幽默不只是在技巧、语言层面发挥作用，同时也在认知方式和认知结果层面蕴含了人生大智慧，可引导读者，换一种方式打量周遭以释放压力，从而达成无功利的审美愉悦。

戏仿对象在晓苏的作品里，除了民间故事、文学经典以外，更多的是那些并不局限于具体作品的甚至可能找不到明显模仿痕迹的对象，我把它简称为对现实生活的戏仿。这类作品是对源文本题材、主题或风格的戏仿，而这些“新的参照”被结构到现实题材的故事里，有些超出一般对戏仿对象的理解。本来，戏仿最一般意义是在自己的作品中对其他作品进行借用，以达到调侃、嘲讽、游戏甚至致敬的目的，属于二次创作的一种。晓苏似乎有意拓展戏仿对象，换一句话说，是比较隐蔽地

① 晓苏：《暗恋者》，上海文艺出版社 2012 年版，第 48 页。

借用原作品踪影，直接表现对现实生活的戏仿和“超文性”，达到对现实生活本身调侃、嘲讽、游戏的目的。

一部《暗恋者》结集了18篇小说，写婚外情的就有9篇之多，占半壁江山。与时下“小三”“反腐”报道绝不相同的是，作家能够将事件本身转换成艺术文本，于伤情之中，彰显“芸芸众生的生命状态，在一个个感伤苦涩的人性沉浮的悲剧中，留给了我们关于人性欲望的苏生、焦灼、变异、困惑的无尽的慨叹”。① 晓苏对现实际遇的戏仿与感悟，展示得最充分的还是生命或人性的无限丰富性与多种可能性，尤其是那些纠缠着的剪不断理还乱的情感复杂性。《暗恋者》中的婚外情男主人公多半是大学教授、副教授，女主人公多半是研究生和进修教师。婚外恋情如果真是有情才可能转换成文学文本，如果只有交易呢，又该如何？小说《师娘》和《两个研究生》，一个有情一个有利。将有情的故事写得感人肺腑不难，把个相互利用的故事写得丝丝入扣却不让读者讨厌，这就不简单，关涉小说语言和小说审美层面的策略得当，我将在下文中集中说明。

二　戏仿策略

当我将戏仿作为晓苏创作具备统领特色的时候，至少需要阐释三个问题：晓苏的文本戏仿什么？如何戏仿？他的戏仿具有何种意义？晓苏文本的戏仿对象有民间故事、文学经典和现实生活。晓苏的戏仿策略显示在叙事结构、叙述视角和小说语言诸多方面，其小说不仅具备民间色彩，增强了故事的可读性，同时也突出了他的民间情怀和反思甚至批评基调。晓苏比较注重小说的形式感，他在“没有足够把握写出既有意义又有意思这种完美的小说之前”，要求“能够写出一些有意思的小说来。”② 这里所谓的有意思就是“亲切、轻松、好玩”，即追求小说的情调和趣味。有意思小说的创作方法多种多样，作家在意识或潜意识之

---

① 王泽龙：《俗世的精神与俗世的审美——评〈人生三部曲〉》，《小说评论》2002年第1期，第80页。

② 晓苏：《暗恋者》，上海文艺出版社2012年版，第48页。

下总会偏向于某种类型的文学经典。

晓苏比较青睐美国作家欧·亨利，后者与契诃夫和莫泊桑被称为世界三大短篇小说之王。欧·亨利的作品构思新颖，语言诙谐，结局常常出人意料，这些也都成为晓苏创作所追求的境界。可以断定小说《师娘》是对欧·亨利《麦琪的礼物》的戏仿，其开头、结尾的结构方法直至语言方式，都不难看出《麦琪的礼物》的踪影。

《麦琪的礼物》中的男女主人公生活贫穷，却各自拥有一样极其珍贵的宝物：祖传的一块金表；一头美丽、瀑布般的秀发。为在圣诞节送给对方礼物，丈夫卖掉金表为妻子买了一套“纯玳瑁做的，边上镶着珠宝”的梳子；妻子卖掉自己长发为丈夫买了一条白金表链，都为深爱的人舍弃自己最宝贵的东西，换来的礼物却因此变得毫无价值。欧·亨利在《麦琪的礼物》结尾处赞叹这对年轻人“是最聪明的”，“他们就是麦琪”。据《圣经》记载，麦琪是耶稣出生时从东方前来朝圣送礼的三个贤人，麦琪送给耶稣的礼物分别是黄金、乳香和没药，象征和预言耶稣的尊贵、圣洁和甘心为人类受苦及最后被钉十字架而死……应该说，欧·亨利从多个层面赞美这对夫妇，一是两人的爱情。在物质生活匮乏的现实里，将各自的深切爱恋与牺牲作为圣诞礼物馈赠给对方。二是男女主人公对所爱之人品行的肯定与自豪，对今后生活的满怀信念和热切期许。三是这个故事所蕴含的授受双方爱情的超越时空的意味。这后两层意义非常重要，却为一般读者所忽略，也正是在这后两层意味上，晓苏的《师娘》与之形成强烈反差，留给我们关于人性、欲望、爱情无常与无尽的慨叹。

晓苏《师娘》里，师娘与老师的爱情曾经有过坚实基础，师娘发现丈夫喜欢他的女弟子，决绝地让出情感空间——搬到自己单位小房子里住下。这位女弟子后来成为老师第二任妻子。但《师娘》与时下“小三”“反腐”的故事不同，所涉及的三位人物全是为情所困扰。《师娘》开头的悬念，结尾的出乎意料，都具有欧·亨利小说特点。故事由老师第二任妻子以第一人称视角叙述，这个“我”得以参与师娘变老师前妻的全过程，体味到老师和前妻感情的微妙与复杂，老师对前妻和对“我”情感的相同和相异……这些都让读者感到些许的温情甚至忍俊不禁。“我”带着自嘲口吻讲述整个身份的变化过程，让有关师娘的故事由简单是非关系坠入复杂的情感纠葛；“我”对老师和师娘带着隐隐的嘲讽口吻。老师、师娘和我，这三个人开始似乎都没有感悟爱情的复杂性，没有觉悟爱情与礼物、爱情与牺牲之间可能存在的悖论关系。等待有所觉悟，已无法改变被弄得一团糟的生活状态。

小说《保卫老师》仍然是写师生关系，学生要保卫心目中也是传统里教师的人类灵魂工程师形象，老师的言行举止则是不断瓦解这种崇高和纯正；《堵嘴记》写保姆偷了女主人项链，被发现后求主人不要跟别人说。男主人也是小说叙事中的“我”从发现妻子已电话告知他人，就不断地追人“堵嘴”，好心“承担责任”的结局是妻子离婚的最后通牒！这些小说都戏仿了“欧·亨利式的结尾”，在诙谐风趣、娓娓动听的故事结尾处，忽然电光一闪，照亮了先前隐藏的复杂影像，于诙谐故事里发现生活的悖论和这些悖论的共在与永恒。

一般来说，优秀作家都乐意借文学经典为自己作品搭建框架，而优秀作品之所以令人一见之下惊异无比，其成功之处多在于重现了文学中的某种永恒之物！晓苏重现的永恒之物是什么？留待后面回答，我们需要理顺的是，作为小说家，他的戏仿策略不仅存在于叙事结构、叙事视角，也充斥在其小说幽默语言之中。

晓苏幽默的小说语言，似乎也戏仿了被誉为“美国生活的幽默百科全书”的欧·亨利，使其小说语言生动活泼，却又常常是“含泪的微笑”。“有趣或可笑而又意味深长”的语言为晓苏仿文增色不少，而我以为，这恰恰也是晓苏为实现他文学主张所成功运用的创作策略。小说里的幽默，不仅成为其艺术品质，可逗乐读者，同时也充分显示晓苏察觉、表现荒谬或逗人发笑的语言能力，包括幽默地表达主题和滑稽的想象力。读者也许不都具备晓苏般的幽默才能，但绝大部分读者都能“意会”幽默含蓄表达的意义，绝大部分读者并不缺乏了解、领悟幽默的心力。基于这种常识，幽默不仅方便了晓苏与读者的轻松交流，同时也表现了他对读者“意会”幽默、领悟幽默的信赖。

幽默给读者的感觉也分层次和类别，有的幽默带着幸灾乐祸，有的幽默常暴露其尖锐甚至尖刻的一面，这样的幽默拒人千里之外或让人望而生畏，自愧不如。晓苏的幽默机智风趣，有时就像是一种“谜语”，这些“谜”都带着“谜底”，完全依赖读者的“意会”才能“解开”。一旦“谜底”显现，幽默意味便油然而生。在他的小说叙事里，幽默有时也像抖包袱，用看似悖谬的逻辑推演，论证其“似非而是”的性质，又反过来推出新结论，揭示故事的主题，像《粉丝》《保卫老师》《主席台》都是这样的篇什。晓苏的幽默没有滑向尖刻，他的尖锐也常常是绵里藏针，这得力于小说语言里夹裹着的憨厚与质朴。正是因为这憨厚与质朴，拉近了与读者的距离，有效避免作家高高在上，让读者感到相形见绌的境况。读者掩卷，对于故事中的人和事，会有所理解和尊重。对其中有悖人情的情意，逾越规范的道德，大概也会思索的吧。

晓苏一直是以戏仿实践他的文学主张，不管其戏仿对象是否出现，也不管是运用什么艺术策略达成戏仿目标，其故事仿佛都是茶余饭后的闲聊，他与读者近距离的对视，自嘲中也嘲讽他人，嘲讽我们的大学和我们赖以生存的社会，有时也呈现反讽效果。幽默诙谐的小说语言，“欧·亨利式的结尾”或结构，还有现代主义的叙事视角，所有这些都不只是具备技巧层面的意义，它们所承载的还有作家的文学主张，对人生况味的体察与觉悟。

三 戏仿意味

如果说作家选择所表现对象受其经历和爱好影响，作家所运用的创作策略受制于其创新能力、文学主张和时代风尚等多方面影响，那么，作品最后呈现的整体特色越是带有作家个人色彩则越是成功。戏仿是晓苏小说的整体特点，但在我们这个时代，戏仿本身也曾招致学者非议，晓苏的作品能否避免戏仿本身可能造成的陷阱，在整体意味上缝合可能的间隙并形成自己特色，这的确是一个问题。

詹姆逊是非议戏仿的代表人物，他认为后现代时期的戏仿“已逐渐由新兴异物‘拼凑’（pastjche）之法所取代，拼凑之作绝不会像戏仿品那样，在表面抄袭的背后隐藏着别的用心，它既欠缺讽刺原作的冲动，也无取笑他人的意向，是一种空心的摹仿——一尊被挖掉眼睛的塑像”。① 在詹姆逊看来，后现代精神中的戏仿消解了历史深度，模糊了个人风格，造成美学意义的严重缺失，后现代主义的戏仿不幸沦为一种无意义的文字游戏。詹姆斯的看法不是完全没有道理。创作中自觉或不自觉青睐戏仿，一方面充分显示文学经典对后世的巨大影响，一方面也透露出戏仿者在“影响焦虑”心态下的尴尬境遇，创新之难使作家的戏仿带有些许自嘲成分，这大概也毋庸置疑。原型、互文性都与戏仿相关，说明戏仿存在利弊两个方面，即戏仿者受影响受限制的一面和可能创新的一面。戏仿不等于没有创新，好的戏仿所“派生”的艺术韵味，一定程度上可以超越原文本价值。

晓苏的戏仿所派生的意味是在诙谐自嘲的叙事中，展示生活复杂和悖论的共在，这些复杂和悖论在晓苏笔下往往又蕴含了某种诗意成分。不管是悲剧、喜剧还是正剧，经过小说创作的对象化，继而敢于嘲笑这个对象，实际上就超越了对象本身，由功利的对象之人事中解放出来，换着陌生的眼光重新打量着它们，陌生与距离也让读者沉睡的审美潜能得以唤醒，小说戏仿的审美意味就从那些自嘲和反讽的语境里释放出来。

自嘲是自己开自己的玩笑，一般认为自嘲是一种生活哲学，又是幽默的最高境界。戏仿中的自嘲，不仅拉近了与读者的距离，同时也显示作家的谦虚、自信与玩笑智慧。自嘲的长处是能解除尴尬，自嘲的近距离、平视的交流，客观上可以使沉重的话题或者人事变得不那么沉重，也让人在亲切、轻松和好玩的氛围里进行交流。晓苏的《暗恋者》共18篇小说，以第一人称叙事的有10篇之多，即使是第三人称的叙事，作家笔下人物也不缺乏自嘲能力。晓苏作品的主人公多半自认愚蠢，但不顾影自怜，他或者因嘲笑自己而达到某种和蔼可亲式的超脱，使晓苏的戏仿文本超越“空心的摹仿”局限而具备不同的文学性。《两个研究生》里，导师和两个研究生有悖师道和学生底线的行为，逾越的不仅是校规，还隐喻了“全民腐败”这个当下社会的重大问题，让读者的笑带着苦涩和无奈。在诙谐的叙事中，这位导师嘲笑了自身的行为，实

---

① ［美］詹姆逊：《晚期资本主义文化逻辑》，张旭东编，陈清侨等译，生活·读书·新知三联书店1997年版，第453页。

际上也就超越了这个行为的悲剧性，聪明的读者自然能体悟到。但这是不够的。如果一味自嘲、轻松和好玩，容易流向浮浅、逼仄甚至油滑。正是在这个意义上，晓苏戏仿的反讽效果，帮助他规避了可能的油滑，让他的小说于诙谐自嘲的微笑里透露人性的复杂性和矛盾性，通过肯定、承认矛盾的、彼此对立之物的共在，向真实的存在敞开了大门。

反讽作为西方文学理论的概念，其内涵是动态发展的。从古典时期修辞学概念扩展到19世纪上半叶德国浪漫主义的文学创作原则，再发展为20世纪英美新批评的诗学特征。后者的代表人物布鲁克斯把反讽定义为“语境对一个陈述语的明显的歪曲”①。一般认为，反讽最显著的特征是言非所指，是一个陈述的实际内涵与它表面意义相互矛盾，从诗学角度看，反讽来自于“对立物的均衡”，互相冲突、互相排斥、互相抵消的方面，在诗中结合为一种平衡状态，反讽的这种诗学特征，依赖语境的作用完成。

晓苏戏仿的反讽意味，多半作为创作原则和诗学特征显示出来。他似乎赞同德国文论家弗·施莱格里的判断，这个“世界本质上是诡论式的，一种模棱两可的态度才能抓住世界的矛盾整体性”②。晓苏的戏仿往往利用实际内涵与它表面意义的相互矛盾，经由语境对故事实际内涵进行持续的修正，产生与故事表层意义不完全吻合的“新”意。表层的游戏调侃与深层的沉重与沉痛共存，人生的百般况味就能够深刻地触动读者心灵，令读者哭笑不得。《吃回头草的老马》写一位五十多岁的教授“老马离婚差不多一年的时候，突然回到前妻”那请求复婚的故事。人们知道的常理是“好马不吃回头草”，可这位老马不仅要吃回头草，还一再证明其一贯正确性。离婚没有错，有了离婚，才可能与第一次婚姻拉开距离重新审视；有了与年轻女研究生同居经历作参照，和前妻的生活以及相处才可能发生一系列变化，这就为后来的复婚奠定了基础……这是什么逻辑呢？难不成真理总是站在老马这一边？但如果不是这样，这对夫妻又该如何处理婚姻生活里的矛盾和悖论？小说并没有现成答案。其实，作家可贵之处有时并不是在困惑面前给予读者简单而

---

① 反讽，百度百科 http://baike.baidu.com/view/51585.htm? fr = aladdin。

② 同上。

现成的答案，作品吸引读者的地方往往存在于直面和体味这种矛盾永在性之本身。《吃回头草的老马》的语境所造成的修正，一定程度上会引发读者追问的兴趣，这就使小说的意味向纵深拓展了许多，也就从意味层面修正了可能出现的浮浅、逼仄甚至油滑。

自嘲和反讽，前者的长处在于解除尴尬，拉近与读者的距离，客观上可使沉重的故事变得不那么沉重，也让读者在亲切、轻松和好玩的氛围里交流与互动。后者则相反，表现的恰恰是作家居高临下洞察人世的一面。晓苏戏仿的自嘲和反讽意味，使小说的叙事在与读者忽近忽远的关系里充满艺术的张弛能力，既亲切轻松又不乏一定深度，即便是“笑也是一种有咸味的泡沫……笑本身是快乐的。但是，把它捧起来的哲学家可能会发现它是稀疏的；当他尝了味道之后，他才知道，它是苦涩的”①。晓苏的戏仿没有滑向尖刻，得益于自嘲和反讽造成的艺术张力，幽默语言里夹带着的憨厚与质朴，所有这些营造出一种温暖的爱的诗意。其中凸显的诙谐色调，是一种欢快、自由和诙谐看待世界的方式和结果。

按照巴赫金理论，戏仿性作品的原文本与仿文本是两个对话主体，代表两个声音，两种思想，仿文本有意识地模仿原文本的话语、结构和风格，但又有鲜明的主体性，可以与原文本保持距离，表达与原文本不相同甚至完全相反的意向。前面我曾经比较详细地论述晓苏的《师娘》与原文本欧·亨利小说《麦琪的礼物》在话语、结构、风格及主题方面的关系，即表面上共生共存，实质上也存在抵触与对立，构成“不同指向的双声语”效果。《麦琪的礼物》男女主人公，在物质生活匮乏现实里的深切爱恋与牺牲，让授受双方的爱情变得神圣和美好，《师娘》中的三个人是在物质丰富年代的情感纠结，师娘不对等牺牲及三人一团乱麻式的生活状态，与《麦琪的礼物》形成强烈反差，留给读者对人性、欲望、爱情的无尽慨叹。

巴赫金对话性理论解释了戏仿文本层次的意义，侧重于“仿”，他的狂欢理论则是从民间诙谐文化的角度揭示戏仿的诗学意义，侧重于

---

① ［法］柏格森：《笑——论滑稽的意义》，徐继增译，中国戏剧出版社 1982 年版，第 140 页。

“戏”。在戏仿文学中，人们被准许从原本琐碎平庸的生活，禁锢、压抑的思想以及官方意识形态的条条框框中解脱出来，借“降格游戏”和“玩笑对象”达到狂欢目的。这种狂欢化形成的诙谐（笑）具有“世界观性质和乌托邦性质，以及它针对上层的性质”。① 在戏仿者眼里，一切在官方意识形态看来神圣、严肃和重要的事情都毫无例外地有不完善的地方，有虚伪、僵化的毛病。戏仿游戏神圣的撒手锏就是“肉体化”和“物质化”，“各种形式的戏仿和滑稽改编、降格亵渎、打诨式的加冕和脱冕，对狂欢节的语言来说，是很有代表性的”。② 在巴赫金看来，戏仿形成的诙谐即“狂欢式的笑”具有三个特点：“第一，它是全民的，大家都笑，‘大众的’笑；第二，它是包罗万象的，它针对一切事物和人（包括狂欢节的参加者）……第三，即最后，这种笑是双重性的：它既是欢乐的、兴奋的也是讥笑的、冷嘲热讽的，它既否定又肯定，既埋葬又再生。”③

戏仿中的诙谐，戏谑了现有制度，政治、道德价值和宗教等的死板僵化，希望在现实生活之外建立“第二种生活，第二个世界”。回到《暗恋者·后记》里晓苏说的那句话：“因为现实生活太没意思”，“特别需要有意思的小说”，小说创作就是要“让人们的心灵得到一丝放松与抚慰，从而使没意思的生活变得稍微有意思一些”④。可以大致认定，晓苏的这些文学主张与巴赫金狂欢理论不谋而合。晓苏将大学教授、大学的行政管理人员和学生变为小说“降格游戏”的对象，充分再现了这些人物在“脱冕”之下的物质的、肉体的欲望，让读者看到大学生活的另一面，从而戏谑了现存制度，政治、道德价值的死板与僵化。在狂欢化的小说叙事过程里传达出一种欢快、自由和诙谐地看待世界的方式，也是诗意地看待生活的方式。

戏仿的审美意义体现在所传达出的反讽意味，它带给读者与原文本

---

① 《巴赫金全集》（第六卷），《弗朗索瓦·拉伯雷的创作与中世纪和文艺复兴时期的民间文化》，河北教育出版社 1998 年版，第 14—15 页。

② 同上书，第 13—14 页。

③ 同上书，第 14 页。

④ 晓苏：《暗恋者·后记：有意思与有意义》，上海文艺出版社 2012 年版，第 297 页。

不一样的审美体验，一方面突破了传统的叙事策略，另一方面也使读者看到各种成规和禁忌对真相的制约和遮蔽，更加深刻、准确地揭示了复杂的社会生活。20 世纪 90 年代以来王朔、王小波等作家的小说，包括周星驰、冯小刚等人的电影，风靡网络的民间戏仿和恶搞作品等，使戏仿几乎成为一种审美时尚，其利弊需要我们认真加以识别。在这个背景下观照晓苏小说的特色与价值，其在小说戏仿对象、戏仿策略和戏仿意味等方面均有所实验，有所坚守。成功是显然的，带有晓苏个体创造元素，尤其是小说风格意味和诙谐看待世界和文学的方式和结果。晓苏《暗恋者》及其他作品的戏仿也存在不尽如人意的地方，如在急切创作中有时耐不住替代小说人物说话，作家在话语内容和说话方式方面存在越俎代庖的嫌疑，有的篇目也存在类型化和程式化倾向，可能是晓苏无意识戏仿自家小说带来的负面结果，虽然从理论上说，仿文本也可以成为新的原文本。这大概也是晓苏今后创作的难题，也为我们这些文学批评者提出新问题，挑战我们在难题或新问题面前作出新的回应与解答。

一个精神上打不垮的汉子？

——论马竹小说《父亲不哭》中的父亲形象

2009年，我作为“第四届湖北文学奖”的终评委，在30篇作品中，毫不犹豫地推荐了马竹的中篇小说《父亲不哭》；2010年，江汉大学要编辑出版《武汉作家论丛》第二辑，我又毫不犹豫地决定选马竹吧！因为他的中篇小说《父亲不哭》一直让我难以释怀。在一次笔会上，我见着马竹，问他“《父亲不哭》写了什么呢？我不是指故事层面的东西。”马竹说，“我想写进去的东西很多很多；另外，我也问自己，能不能将普普通通的经历写得感人，还要是艺术品？”这也许就是马竹所追求的“表述的美，人性的美，以及思想的美”①。马竹认为“小说艺术神圣而伟大”，是值得“毕生为之呕心沥血的伟大艺术”。《父亲不哭》印证了作家的追求并获得极大成功：2008年分别由《北京文学》《小说选刊》《新华文摘》全文转载；又获长江文艺2008年度优秀小说大奖第一名；第四届湖北文学优秀中篇小说大奖第一名；第七届屈原文艺奖优秀小说奖等殊荣。

有关《父亲不哭》的评论发表在颁奖仪式上、网络媒体以及平面媒体上。其中对故事层面的肯定占绝大多数，我要追问的是，在我们原初被感动的背后，是否还存在始料不及的多重意蕴？是否还存在一些困扰我们或者被我们忽略的问题？比如，父亲这个形象；比如“父亲不哭”中的“不”字的确切内涵。围绕这两个问题我再次细读文本，希望从文本的解读中寻求答案。

---

① 马竹：《我想那是带血的流泪》，《长江文艺》2008年第1期。

一

《父亲不哭》中，“不”是表“否定”还是表示“不要”的意思？如果父亲“否定”哭，那父亲是主体，是父亲他不哭，也反对别人哭；如果是“不要”哭，那主体该是健康者如季冬们，他们劝慰父亲您不要哭；抑或是既有父亲“否定”哭，又有季冬们劝慰父亲您不要哭。如果是既……又……的意思，哪一种是主要的？所有这些实际上关系到小说中的父亲形象。小说中父亲到底是坚强的、强势的，还是弱者的、弱势的，毕竟，父亲是老人，是骨癌患者。

从小说叙事视角分析，《父亲不哭》采用的是内聚焦叙述也即“人物视点叙事”，这种叙事采取了一个特定的角度，叙事者只叙述从这个角度能看到的事情，其视野之外的一切就不能叙述了，所以内聚焦叙述也是一种限制叙事。内聚焦叙述因为作品中某个人物的视点，叙事者此刻就成了这个人物本身，参与或旁观故事的发生。另外，叙述者始终附着在某个人物的内心深处，成为他灵魂的窥探者。这样比较方便于被选中的“人物视点”内心世界的表达。

在小说《父亲不哭》里，季冬不是“我”，但作家又分明是借季冬的眼光打量周遭，以季冬的心理为人处世，甚至是用季冬的身份处理人与人之间的关系，包括称谓：父亲及其兄弟（二叔、三叔）、父亲的儿女（二弟、三弟、妹妹、妹夫）、孙辈。这样，季冬就很容易成为小说的主人公。

选择“人物视点叙事”包含了作家的良苦用心，“父亲的病与死”是作家的亲身经历；但作家希望能够跳出自己的立场，能够拉开距离去观照这个经历，即作家可以去观照季冬的感觉和内心世界。这样，作家就让自己日常生活情感真正转化成为艺术情感。艺术情感是对日常生活情感的升华，是对日常生活情感的再度体验，它不像日常生活情感使人全身心沉浸，也不像日常生活情感与主体个人利害得失直接相关。

马竹写《父亲不哭》是他的父亲去世还不到一年的时候，当马竹唤醒、复现、观照那些太苦的经历并且用小说的形式表现出来时，他仍然是写得“泪流满面”。虽是如此，他仍然是成功地“将这些普通的情绪锤炼成诗”[①]，让自己的经历升华成为了艺术品。

我一直认为：“《父亲不哭》的主人公有两个：一是在大都市里当小编辑的儿子‘我’，另一个是现在农村开小店的‘我’父亲。一贯强势的父亲在64岁时患了不治之症骨癌，小说围绕着治病过程而展开……在高额费用面前亲情无望，在绝症面前尽孝也不能缓解那催命的剧痛……这其中表现出的矛盾、犹豫、尴尬的复杂心理，显示了作家对人性的洞察和对人性的提升能力；同时也表现出对现实生活的敏锐感悟与穿透能力。”[②] 很多时候我们到此为止。现在我要继续追问：为什么父与子这两个人物形象，我们更在意的是季冬？除了作家叙事视角的原因，我们是否还可以从小说对“哭”的描写中求寻答案。通过对“哭”的解读，父亲的形象就可以逐渐明晰起来。

小说《父亲不哭》里写哭的地方有10处[③]，真正描写父亲的哭只有两处。按照小说的叙事顺序，也是物理的时间顺序排列如下：

1. 季冬知道父亲得了骨癌，立即驱车回家。父亲领着季冬到了季家祖坟，在爷爷奶奶墓前，“季冬跪下叩头，想哭，但忍住了”。

2. 季冬和弟弟妹夫们第一次送父亲进城看病，途中电话母亲，“听到母亲声音有些嘶哑。母亲说：‘儿啊，莫忘了打电话回来啊？你们都要想办法……救你爸爸，他这一生……为你们……’可怜的母亲泣不成声。”“‘你妈说什么？’季冬说：‘妈叫我车开慢些。’父亲微笑一下，扭头看向窗外。”

3. 第一次骨科医院就诊后。季冬们与父亲在餐馆吃饭。“父亲故意出去是想给他们时间商量。”在商量中，“三弟一口饭含在嘴里，眼泪开始流淌。妹夫的眼眶顿时红了。”……季冬的“泪水滴在饭碗里”。“四个人都放下筷子，同时扭头再看向玻璃窗外的父亲。父亲在抬头看酒店上面的那个巨幅广告牌。季冬赶紧拿起筷子，说：‘吃饭，不要让爸看到我们哭。’”

4. 季冬在一个夜晚找二叔、三叔商量为父亲治病的事。“三叔说着

---

① 《艾略特诗学文集》，王恩衷编译，国际文化出版公司1989年版，第7页。

② 吴艳：《直面现实　提升人性——点评第四届湖北文学奖获奖作品》，《文学教育》2009年第12期。

③ 马竹：《父亲不哭》，《长江文艺》2008年第1期。

说着，突然失声恸哭起来。”“季冬也哭了”。

5. 季冬请朋友看父亲，然后请朋友喝酒。季冬说着醉话：……“季冬如此撕心裂肺哭诉，大家都不知道怎样才能劝慰他……”

6. 父亲离大限的日子越来越近了。“父亲说：‘封喉，封喉了，封喉就差不多了。饭菜吃到喉咙这里，卡住了，吞不下去。’季冬看见母亲在一旁落泪。这时，父亲忽然把碗筷用力摔到地上，吼道：‘哭什么？我还没死呢！’”

7. 季冬与母亲独处，“母亲只是摇头，眼泪滴落如断线。母亲伤心的哭泣使季冬跟着落泪……”

这七处写到哭的主体都不是父亲；季冬哭了；季冬的母亲、三叔哭了；季冬的三弟、妹夫哭了……但父亲没有哭！父亲反对哭；其他人也知道父亲不愿意看到家人因自己得了骨癌而哭泣。父亲似乎不需要怜悯、不需要劝慰，父亲需要的是坚强！是积极地想办法，是期盼治疗出现奇迹——是出现可以治好的特例！

8. “父亲一直都在强忍疼痛，可能有泪也是夜间独自流淌。二弟的孩子当兵穿上新兵服装离开家乡的那个早上，父亲看到后，大声哭了。”这是小说第一次写父亲的哭，注意，是父亲为不能活着等到孙子探亲回家而哭泣！

9. 另一处写父亲的哭写得很复杂，仍然先看引文。

> 父子二人这天忽然发生了争吵，表面是为请不请道士的问题其实是自父亲病重以来关于治与不治的一次激烈争吵。父亲说：“我能自己决定吗？我指望你决定！我只想活到把年过了！”季冬说：“谁说您不能活到过年？您不是要看到孙子上大学的吗？”父亲哭道：“我看不到了啊，看不到了啊，我再也看不到了啊……”
>
> 母亲进来，说：“屋外有人听着，这是哭什么呢？哭有什么用？不如说些正事。”母亲提醒父亲给老大交代后事。父亲果然不哭了，季冬也停止哭泣。
>
> 父亲闭上眼睛休息了一会儿，突然张开眼睛，说：“老大，我的眼睛好像看不见了！”然后开始摸索。季冬连忙伸手紧握父亲举起的双手。父亲突然一笑，说：“呵呵，吓着你了吧？”

然后一一交代后事。最后说的是：“‘你还是回去吧，孙子考学的事情，才是天大的事情……’父亲说到这里，眼泪从脸上滑落。”

季冬俯身过去……“伸手把父亲脸颊上的泪水轻轻抹去，说：‘爸爸，不哭，爸爸，您不哭啊……不哭，可怜的爸爸，您不哭……’季冬脸上泪水成河，哭声凄绝。父亲眼里的泪水从白皙瘦削的脸颊两边流淌到枕头上，源源不断仿佛一直要流干流净。”

10. 季冬梦中见父亲哭了。

> 季冬梦见父亲微笑着走近，对季冬说：“老大，不要怕，这是我最后一次来你的梦里。把手伸给我，奶奶生气烧伤你的手指，我吸吮一下，很快就好。”……季冬看见父亲一边吸吮他烧伤的手指，一边在汹涌流泪，于是季冬伸出另一只手，抚摸着父亲的脸颊，说：“爸爸不哭，爸爸不哭……”过了一会儿，季冬从梦里醒来，发现刚才烧伤的大拇指没有任何痕迹，疼痛也消失了。

这一次写父亲的哭，是季冬虚构的，是写季冬梦中的情形。也就是说小说中有10次写到“哭”，只有两次是写父亲的。第一次父亲不为自己的疼痛而流泪，他为不能活着等到孙子探亲回家而哭泣！

第二次的哭描写得比较复杂，有三个层次。首先是出现的父与子“自父亲病重以来关于治与不治的一次激烈争吵”。父亲无奈地说：“我能自己决定吗？我指望你决定！我只想活到把年过了！”然后才是父亲哭道：“我看不到了啊，看不到了啊，我再也看不到了啊……”因为保守治疗，父亲可能活不过春节；但如果是动手术，可能当时就躺在手术台下不来，或者因身体亏虚，更早接近生命的大限，况且还要花费天价的手术费用。这些都是季冬当医生的朋友实话实说的。当初季冬们难得做决定，他们把决定权交给了父亲，是父亲决定要保守治疗的。怎么现在父亲就变卦了呢？其实不是父亲的变卦，是人之将死而对生命和生活，对家人亲情的无限眷顾。父亲为不能与家人再过一个团圆的年而哀痛抽泣！最后，是母亲提醒父亲不要哭，要说“正经事”即交代后事。要知道这个家习惯于接受父亲的决策。但刚才还在痛苦，现在马上要安排后事，这太突兀，太困难。于是父亲用一个悲伤的玩笑冲淡了哭泣带来的哀怆气氛，借那个悲伤的玩笑重新恢复了自己的坚强形象。

“父亲不哭”，是父亲希望留给活人一个坚强的形象，父亲反对哭，是父亲希望活着的人尤其是自己的子女能够好好做人……因此我们可以说，《父亲不哭》中的“不”更多的是父亲“否定”“反对”哭的意思。主体应该是父亲。父亲形象应该是第一位的。父亲是坚强的汉子，有泪不轻弹，父亲后来还是哭了，但他没有因为疼痛而哭泣，没有因为他人的态度而哭泣，相反，父亲生病以后仍然保持了强者的气势！

二

父亲一直是一位强者！这种强者形象除了上面的有关“不哭”的描写，还表现在两个方面：一是病前对子女的安排；二是病后对自己有限生活与后事的安排。

小说里对子女的安排虽然是略写，却也具有相当的力度。首先是对老大季冬生活的安排。

> 二十多年来，父亲总是在季冬的人生关键时刻，有意无意给他致命一击。也许在父亲看来那是关心与爱护，但在季冬的意识和境遇里，父亲所有那些关爱，差不多都在断送或改变了他的前途：季冬已经在小学担任民办教师了，父亲却强迫他去复读参加高考，以致从此离开了简单朴素的乡村生活；大学毕业已经被分配到中央电视台了，父亲却急急忙忙赶到季冬寝室要他改掉分配去向，留在本省电视台以致多年被迫遭受压抑；强烈感到屈才和前途渺茫的季冬，决意辞掉公职自己去开一家广告公司，父亲却立即动员全部亲戚，分期分批来到省城，用人海战术威逼季冬，迫使季冬不得不放弃下海经商。总之，季冬内心对父亲充满了不敢直言的怨恨。
>
> 刚签订协议，刚拿到一笔稿酬，刚准备重振旗鼓好好作为一番，父亲就用患上绝症再给他一击，最后的一击。

这位父亲有三个儿子一个女儿。

> 让老大考大学如今在电视台工作，让老二当农民如今守着几十亩良田，让老三去当兵如今复员后在一个养殖场当干部。父亲最喜欢听村里人夸奖：你们季家真是工农兵都齐全了啊！村里人都羡慕季家有四个孝顺的孩子，都说季冬的父母有福气，年纪不大就子孙满堂了，一定是前世积了德。

安排好子女的生活是中国父母挥之不去的情结，越是强势的父母越是如此。季冬的父亲更是积极地让子女的生活际遇烙下自己的深深痕迹，但子女们的意愿他是管不了的，以至于“季冬内心对父亲充满了不敢直言的怨恨”。女儿对父亲带有专横特点的决策力印象深刻，父亲生病后也是这样。比如，第一次接父亲到省城看病。“父亲像西沉的夕阳，试图把最后的荣耀与辉煌无限延迟。”所以“故意行动缓慢”，儿子想，去了省城还要挂号排队，就催请父亲：“爸爸，抓紧一点，我们要赶时间。”父亲眼神严厉，盯了季冬一眼。二弟立即走到老大身边，小声说：“随他。”

父亲刚生病时，“身体还很硬朗，声音洪亮，走路有力”。这样的形象真的是“西沉的夕阳”，再怎么想延迟也是不可能的了，因为父亲得了癌症。这使得父亲一下子从一个强势的、在家占据中心地位的权威变成一个越来越需要家人照顾的病人。这是一个灾难，是对强势父亲的致命一击。苏珊·桑塔格认为疾病是生命的阴面，而且是一种更麻烦的公民身份。我们每个降临世间的人都拥有双重的公民身份，其中一个属于健康王国，另一个则属于疾病王国。①

文学作品曾经对结核病和癌症患者作过艺术的表现。在抗生素发明之前，结核病与癌症一样是不治之症，然而，两者却有着截然相反的文化和审美意向。在19世纪的文学作品中，结核病常常被赋予浪漫主义色彩。诗人拜伦对朋友说：我宁愿死于痨病。因为这种凄美的死法能博得女士们洒上一掬同情之泪。② 癌症却完全没有结核病的浪漫色彩。癌

① 苏珊·桑塔格：《疾病的隐喻》，程巍译，上海译文出版社1978年版。
② 陈蓉霞：《疾病：作为一种文化隐喻》，《中华读书报》2004年5月12日。

症诡异莫测，犹如伺机而动的毒蛇，一旦明显暴露治疗为时已晚；不仅如此，癌症还存在心理层面的负面作用。它被认为与某种心理失调有关，如焦虑、沮丧，对情感和性欲的过度压抑等。癌症还象征了工业文明种下的一枚恶果，表现为环境中致癌因素的存在，营养过剩，不良生活方式等。遗传学研究表明，癌症还与特定的基因有关，这几乎具有宿命论的色彩。撞上厄运的癌症患者常常发出质问：为什么是我？言下之意，这是命运的一种不公正嘲弄。在我们的社会生活中，一个人如果罹患了某种疾病他就很可能被社会生活边缘化，如果因病致残或者得了不治之症，那是绝对会被边缘化的。

《父亲不哭》里的父亲虽然没有这么想问题，但是，他因为得了骨癌，整个的生活都由中心向边缘挪移，这样的感觉与日俱增，且感受深刻。例如在治与不治问题上，父亲单靠自己不能决定。一方面要儿子们花钱；另一方面是治也治不好，几乎是绝对的治不好，这才是最无奈的。前者要仰仗于儿子，尽管他们很行孝，但他们今后的日子还很长，不能把钱都花光了。后者要仰仗于医生和医学的进步。但晚期的骨癌更是不治之症……一向强势的父亲不能完全随自己的意愿行事。

然而，父亲没有被疾病所打倒。尽管他要借助于子女才能看病，用儿子的钱，坐儿子的车。在被弱化的际遇下，父亲仍然坚定地维护着他的自尊：父亲不哭，也反对别人哭；父亲不吃从医院拿回的药，他的逻辑是：不愿意花儿子更多的钱；宁愿自己病急乱投医，“为了止疼，父亲自己去一个私人诊所接连注射了十几天地塞米松，还往他身上疼痛的部位粘贴了一种外地产的止痛膏药。”

父亲生前烧了乐谱；还焚烧了“几个记账本”，是别人向父亲赊账的记录本，为的是“不想给身后留下矛盾。”父亲拒绝儿女轮流伺候；“不喝止痛药，不打止痛针，如此强忍疼痛直到死。”因为“父亲说：‘看看堆在墙角落的那些药吧，真的是把钱都送到医院去了。我是说，你用钱，我心疼。我当初也只想试试你们。儿啊……’”这位父亲，从个人爱好到人际交往；从打针吃药到安排后事……能够在生前做的事，都提前做了。

值得一提的是，父亲坚决“不喝止痛药，不打止痛针”是从省城拿回的针药。背着季冬们，自己却“到私人诊所接连注射了十几天地塞米松，还往他身上疼痛的部位粘贴了一种外地产的止痛膏药。”因为他不愿多花钱，不愿意花儿子的钱；实在疼痛难忍，花自己的钱，在私人诊所打针止疼，不管它们是否对症，是否有副作用，只要不花儿子的钱，只要能够止疼就行。这就是马竹笔下的父亲形象：坚守自尊与自强。本来，求生是人的本能，然而，“最聪明的人总能从容地赴死”①。像所有的逝者一样，父亲弥留之际的想法我们无从知晓，但从小说文本里，我们见到的是一位强势的父亲，是坚强、是智慧、是矛盾后的坚定与从容！

《父亲不哭》中，“不”是表“否定”还是表示“不要”的意思？从对文本的细读中我们可以作以下结论：一方面父亲“否定”哭，也反对别人哭；一方面是家人劝父亲“不要”哭。父亲对哭的否定占主导。但最终父亲自己还是哭了。我们当然不能因为父亲哭了而判断他是懦弱的，相反，父亲哭了两次，都能够给我们许多信息。父亲形象无疑是坚强的、强势的，父亲是老人，是骨癌患者，更是一位在精神上打不垮的铮铮汉子。

---

① ［古罗马］西塞罗（Marcus Tullius Cicero）：《沉思录》Ⅲ，徐奕春译，中央编译出版社2009年版。（此语是其中一篇散文的标题。）

落英缤纷

——为詹兆雄《落花无声》作序

《落花无声》是笔者大学同窗好友的第一本散文集。作者詹兆雄，文学圈子的朋友也许不太熟悉，但在武昌区、青山区，在武汉人大系统却是响当当的人物。詹兆雄下过乡，是1977级大学生，又从最基层的公务员一直做到正局级。

公务员写作是个值得研究的现象。我国古代似乎就存在这么个传统，文学家往往还是政治家或者从事行政工作。从三间大夫屈原到杜工部杜甫，是以做文学家为主；而曹操一类的大诗人，却是以政治家为主的。到了毛泽东、董必武、陈毅等也是这样。国外的情况也相同，如大家熟悉的歌德在魏玛公国做官（1775—1786年）有11年；契诃夫本人就是一个小公务员。连我们的鲁迅也在教育部供职达14年之久。20世纪诺贝尔文学奖获奖作家职业是三足鼎立，教授学者、记者编辑和社会活动家，这社会活动家里许多就是有公职的人。不管是叫公务员还是叫行政人员，管理人员或者当官的人，他们一般都有较高文化水平，阅历丰富，如果遇上这位官员笔头又十分勤奋，“想到就写、看到就说，随兴所致”，久而久之，那笔下就会流淌出源源不断的散文或者诗篇。至于文体的运用，是诗歌散文还是小说剧本，一切随缘，随这位笔耕不辍的公务员审美趣味而定。

一般人认为散文最容易写，因没有诗歌在韵律、意象上的要求，没有小说在故事和叙述故事上的讲究，更没有戏剧文学时空的限制和冲突的设置。散文最自由，凡有文化、能够作文的人，都可以写散文。运气好一点还可以拿出去发表，再不济可以写博客，也是一种发表，在新媒体上发表，其影响也不小。然而，散文最不容易写好！就不为一般人所警觉。为什么？我们可以从形式上反过来说，散文的自由让自身丧失了许多的依靠，这只是一个方面；更重要的是散文一定得写出真切感情；作者的丰富阅历必须通过文字韵味自然而然流露出来，勉强不得。写出真切感情，又不是私密生活的录影。

《落花无声》这部散文集很耐读，也很好读，是一位阅历丰富的智者在说他的见闻、他的经历、他的所思所想……其最为可贵的特点是情真、理趣、语言幽默、见地不一般。

为文真切而平实，抒写情感纯粹而感人，在《落花无声》里，以写老师、写同学、写姨父、写儿子的篇章凸显出来。

詹兆雄有一位使他自豪和骄傲的儿子，一位立过功的公安特警。他这样教育儿子：

> 亲爱的儿子：
>
> 来信想和你谈谈从业观的问题. 你谋了一份职业，认真地履行了职责，干好了份内的事，就获得一份报酬。从这个意义上说，职业是一种谋生的手段。现在我们来看看酬劳，武汉市一个大学毕业生，应聘打工，平均月工资1000元左右，我所知道的一个77级的大学毕业生，现任一个重点职业高中正处级领导、高级教师，月收入2500元。2006年武汉市农民年人均纯收入4748元（还不知道有无水分）。你们一个新民警的月收入3000多元。这就已经很不容易了。单就这一点就应不怕吃苦、不怕吃亏、不怕挨训，默默无闻，踏踏实实做好每件事，最起码要对得住这份酬劳。
>
> ——《给儿子的三封信（1）》

没有大话、套话，平实平易却能警醒儿子。

2008年5月12日，汶川大地震。作者的儿子在地震的当天就赶赴灾区。

> 2008年5月13日，昨晚10点35分突然接到儿子的电话：爸爸，我刚回家不久，现在接到队里紧急电话，要我们清理衣物，立

刻归队，估计是要去四川救灾！

好！清好衣物，那里天气还比较冷，带好充电器和必要的钱，注意安全！

又去电话：儿子！如果任务是直接救灾，现在看来设备一下进不去，大部分是徒手扒人，你要注意带个手套，防止垮塌，小心余震，既要冲在前，尽量多救人，又要注意自身安全啊！

5月14日：0点40分，儿子来电话，“正集结待命，早6点前必须赶到成都，看来只能飞去了，爸爸没想到我第一次坐飞机是救灾。”这话让我感到一阵愧疚，泪水往眼圈涌。

0点58分：给儿子的短信：一处都是几万人，德州、绵阳等都是这样，很难控制. 看中央一台，广州等特警已到.

0点59分：儿子回短信：知道了。

1点10分：儿子短信：我们也出发了。我感到这里有种自豪感，使命感！

1点13分：好儿子！祝你们平安！好好干！

1点17分：儿子回信，一个字：是！

1点33分：还是放不下的我又去了一个短信：登机后大家要抓紧休息，可能会四十八小时都没时间睡的。

中午接儿子的手机短信：他们已经到达都江堰，准备乘冲锋舟赶往汶川！

我只回了这样一句：总之注意安全！自己伤了去了就没用！保重！再说什么都是多余的了。

是战士，他们是在用最快的速度往最危险的核心区冲！以后就得不到他们的消息了，我相信男儿经受这样的考验是值得的！

又一个勇敢忠诚的儿子来了，也带着一个父亲沉甸甸的嘱托！这就是祖国和你的人民。

我想他们一定正在经历连我们这代人都从来没见过的那么多的死亡，那么惨烈的场面了!!!

5月15日，我儿子他们这批特警已赶到汶川漩口救灾！网上消息说路刚打通只能步行。

和儿子完全没有联系上。只看报上找到完全徒步要走90公里山路的消息。再就是找到一张军人正徒步前行的照片。信息太少了。

5月30日，儿子从地震灾区平安归来，因表现英勇，受到通令嘉奖……

我几乎抄了全文，太精彩，无须我的评述。

在《无以言表的祭奠》里，作者表达了对老师深切真切的怀念。“我的老师是位飘然若仙的老先生，其超然以至于那富有文采的挽联都是他自己先给自己写好的，很长很孤寂的说了他的一生，很专注很热爱地写了他的一世。我们看了无不落泪。”还有《悼姨父》《招魂》《凤凰之恋》都是极其感人的散文和诗篇。在《莫名的泪》里，作者这样写道：

我不是个感情脆弱的人，经历过太多的风雨和挫折，我也不是个情感丰富的人，背负了太多的沉默和苦难。

但是，再一次看到香港人迎战“非典”的镜头，满街戴口罩的人们，无言的承受和抗争时，我流泪了；看到重庆人那么坚韧地为修三峡大坝背井离乡，捧一把故乡的黄土不忍离去时，我流泪了；看到普洱地震灾民，家没了，财产没了，在帐篷里全靠救济维持，一个孩子却露出那么灿烂的笑脸，那么明亮的眼睛，我也流泪了。

哭得莫名其妙，哭得无以言表，问心？问泪？只说不容易，太不容易了。

的确是“不容易，太不容易了”。因为有真情，有对祖国、对人民、对身边的人的深厚情谊，一句话，有爱！能够将爱以平实的语言表达出来，就感人至深。

我们知道，如果用平实语言说大事，讲道理，也容易被读者所接受。《落花无声》中有不少涉及时政、涉及当下大家所关注的问题，作者以他一贯的睿智和平实表达了他的看法。比如官员的腐败问题：在《给朋友的信》里作者说：“最近又听说我年轻时的一个朋友给“规”进去了。我有些遗憾，也有点木然。”“但是我老在想，这些人其实也是这个时代、这个阶段的必然产物。当体制不尽完善，权力那么重，诱惑那么多，差异那么大，事情要人做，事业要发展的时候。必然要葬送一批人!”“有人说了。如果大家都有崇高的境界，都清廉，都全心全意。不是谁也可以不葬了吗？可那是童话。”从体制上说明腐败是“必然产物”，同时提醒自己和自己一样正在做官的朋友。

另一个司空见惯的问题是老年人总是不放心年轻人，常常容易摆出一副教训人的面孔去议论国是或者身边的事。作者却说：“苦难而精彩的2008年，我们的年轻人已经给我们上了很好的一课，可我们没注意听讲，还以为是我们经常给他们上课起的作用，呵呵，有点恶心。”(《女儿的想法》)

关于贫富差距问题，作者悠悠地写道：

> 一部分人先富起来并不坏，贫富悬殊越来越大就不好了。
>
> 做官的俸禄高，老百姓也认了，卖了厂子分钱，还买别墅、养情妇，大家就不得依了。
>
> 有本事送儿子出国就不说了，一家人都跑了，一个人赤条条的还这里教育训斥我们，就无耻了。(《财富》)

像这样针砭时弊的文字，已经有了鲁迅杂文的锋利。因为见识的不一般，詹兆雄的散文可以吸引一批同样有见地却没有将见地写出来的人——一批成熟的读者群体。詹兆雄的散文假若只有真情和不一般的见地这两条，多少会有些遗憾。好在詹兆雄经历丰富；又能够以曾经沧海难为水的通达抒写见闻和思想。通达、幽默和趣味，平添了散文的审美韵味，也能够吸引不同年轮的朋友和读者。

《想起当年下乡时的一些事儿》是最具幽默特点的一组散文。从吃派饭、吃四餐、煤油饭、住房、逃票写起，一直写到《危险常在》。作者当知青的时候“被调往梁子湖边筑坝，围湖造田”。那是一段惊心动魄又富有英雄情怀的日子。如以柴油、锯末、农用化肥硝酸铵为原料的“做炸药”；戴了手套也被整得血糊淌流的“打炮眼”；还有“挥锤”“点炮”“撬石”……点炮“是勇敢者的游戏，男知识青年没有点炮的经历是很丢人的。”“没有爆炸声了，却也是容易出事的时候，可是要当心啊。站在陡壁上，用钢钎撬那些已经松动的石块，你哪里知道脚下的石头和它们是怎么连着的啊？弄不好连人带钢钎一起垮下山去，这种事情是有的，不死也残。”作者感叹“世事无常，生命脆弱。但有了知青时候的这些危险经历，内心里仍然相信生命也是很坚强的，人没那么容易就死的。”

这组散文写得硝烟弥漫、妙趣横生又富有哲理。更妙的是写如何严防知青之间谈恋爱甚至未婚先孕。作者被大伙推选为管知青的领导。“前车之鉴在那里啊，我也要对哥们、姐们负责啊！没别的办法，一到晚上十点，就站在高处，使劲地叫唤，让草丛里的男女出来，回去睡觉。”“一感觉几个要好的哥们，谁有‘玩’朋友的迹象，就一个劲泼冷水。她怎么好沙，长得又丑！云云。”（《青山头》）看到这样的文字真让人忍俊不禁，作者当年却也是情真真意切切的。

> 许多年过去了，回想当年的知青生活，它给了我影响一生的宝贵财富。
>
> 离开农村时我曾经说过，这辈子，除了战争没经历过，再苦的煎熬，再大的灾难都不再会压倒我们！我们曾经是知识青年，所以我们总是保持着一颗年轻的心，充满朝气，敢于挑战，越是没干过的，别人不敢干，干不了的事情，我们越兴奋。我们看重友情，有一种路见不平拔刀相助的豪气。我们后来读过很多书，受过很多教益，但我们骨子里脱不掉狂野和“粗俗”，我们不怕女人说：像个农民。我们喜欢说：几大个事咧，搞！我们有的当了所谓“领导”，但不大喜欢说套话，空话，更喜欢“割直板子”。我们富有同情心，更愿意关注社会底层生活的人们……（《结语》）

“因了曾经学中文的缘故和对中国历史文化的钟爱”作者迷上了古玩。有关古玩的一组散文是知识性、趣味性和人生感悟并存，娓娓道来，让人爱不释手。作者向我们普及了古玩“开门、做旧、一眼货、捡漏、吃药、上手、掌眼”等如同江湖黑话似的行话。也抒写出一些类似警句的语言，一些自问自答而耐人寻味的问题。比如：“人说古玩地摊是叫花子和皇帝对话的地方。”（《入行》）

古玩收藏到底是追求结果还是追求过程？这个问题我至今也没整明白。你说是过程吧，经常听到谁谁谁就一件东西，卖了多少万，给彻底改变了命运，不仅买了车买了房，还讨了老婆！你说是追求结果吧，那些个大家，家藏的国宝价值连城，自身也是国宝了。一辈子省吃俭用，甚至冒各种风险，到头来宝物全捐给了国家，自己没享受，子女也没沾什么光，只留得英名于世，留得学问于后人。这不是追求的过程么？再者说来，一个藏家，真正珍爱的东西是不舍得卖的，子女们也不能保证都喜欢这东西。留来留去，留到老了，说是价值不菲，真要急着换钱也不易，不是求个过程是什么呢？（《到底追求什么》）

成熟男人的玩到底有多少种、分多少类，我说不清楚。但认同度最大的恐怕是玩品位、玩身份、玩档次、玩文化、玩高雅、玩老旧、玩闲适、玩修养、玩心情了。

照我看来，像我们这样的年纪，玩出修养，闲适是最最重要的。

再整精一些，恐怕悟、学、禅、买、送、丢六个字一个也少不了。（《玩儿》）你所以收藏一件真正让你心动的宝贝，在某种意义上说，就是为了它终究不被你独自拥有而流传于世！《藏非藏》

所以这些说法绝对是一家之言，可怎么看还怎么有理。你不能不佩服作者的能耐。

作者抱着“想到就写、看到就说，随兴所致”的态度写作，“有如垄上行走的脚夫，全在自得苦乐。”因为如此淡定，才可能娓娓道来纷杂世道人心；悠悠描画世间滚滚红尘。即便是路见不平拔刀相助，也不改其智慧与雍容平实的风格，有理不在声高嘛。笔者在序里引用许多《落花无声》的文字，一个是想证明它的好，一个也为性急的读者亮出一些精彩，希望读者诸君能够慢慢品味其中的真情和理趣，在淡定幽默的笔法里，体验为人为事的境界，这在我们的精神生活里是不可或缺和弥足珍贵的呢！

是为序！

少年强则国强

——兼评伍剑的儿童小说《大头老师》

特殊语境下的作品研讨会

接伍老师的电话是在5月9日的晚上，他告诉我出版了儿童系列小说，武汉作家协会要召开作品研讨会，希望我能参加。还说要将他的小说送到江汉大学来……我赶紧说“不用，不用。”江汉大学离伍老师的住处太远。于是我问道“您有电子文档么?”不仅有，还上了互联网。我就在网上看《男生吹吹》系列小说。

2008年5月12日下午2：28，中国汶川发生地震……接连好多天，我除了工作，就是坐在电视机跟前，看中央电视台的直播节目，关注汶川！关注四川！为四川人，为汶川人祈福！几天了，没有心事再细读伍老师的儿童小说……

5月19日，是全国为汶川地震罹难同胞的哀悼日！这一天，许多单位原定的活动都改期了，“伍剑作品研讨会”却仍然要如期进行。5月18日晚，中央电视台现场直播“爱的奉献”2008宣传文化系统抗震救灾大型募捐活动。从晚上8点直到零点。坐在电视机前，我泪流满面,伤痛，悲戚，切入心底，那个疼啊，真的使所有的语言都失去了分量！直播结束了，我仍然呆坐着，除了悲伤与痛楚，没有别的。

不知过了多久，想起胡适先生曾经写过一篇文章①，说的是1926

---

① 胡适：《整整三年了》，《独立评论》1934年9月17日第119号。该文收入胡明主编的《胡适精品集》第12卷，光明日报出版社1997年版。

年 11 月 11 日欧洲第一次世界大战的停战纪念日的事。那一天，胡适先生在英国剑桥大学，住在克赖斯特学院，为了让胡适先生更好地准备晚上的讲演，该院长薛勃莱先生特地把他的书房让给了胡适，说："我不来惊扰你。不幸这天花板上的油漆正在修理，有个匠人要去上油漆，他不会打扰你的工作。"

欧洲参战各国的纪念时间是上午 11 点钟，届时一切工作全要停止 1 分钟。哀悼时刻到了，胡适先生听到外面钟楼上的打钟声，他"抬起头来，只见那个老工人提了一桶油漆，正走上梯子去。他听见了钟声，一只手扶住梯子，一只手提着漆桶，停在梯子中间，低下头来默祷。过了一分钟，钟楼上二次打钟，他才抬起头来，提着油漆桶，继续他的工作"。先生目睹了这一场景，彻底被感动了，他赞叹那位老油漆工"'不欺暗室'的独自低头的默祷，是那全欧洲同一天同一时间的悲哀的象征，是一个教育普及的文明民族哀悼死者的最庄严的象征。50 万陆军的大检阅，欧洲最伟大的政治家的纪念演说，都比不上那个梯子半中间的那个白发工人的低头一刹那间的虔敬的庄严。"胡适先生所要推崇的是一个民族中的每一个人"不欺暗室"的真诚与自觉。同时表达"可以低下头来，静默一分钟，然后抬起头来，继续我们的工作"的主张。

在为汶川地震罹难同胞的第一个哀悼日，5 月 19 日的凌晨，我提醒自己"可以低下头来，静默一分钟，然后抬起头来，继续我们的工作"。是的，从今以后应该这样。于是我打开了电脑，几乎忙了一个通宵。

5 月 19 日上午"伍剑作品研讨会"开始时，与会人员都站起来，低头，默哀一分钟，然后继续我们的研讨。如何为灾区的人们尤其是孩子送去他们所急需的？自然成为最紧迫的主题。远隔千里，救援与救助，我们所能够做的就是给予孩子们心灵的抚慰……尽我们所能，为他们顺利成长提供必要的条件，这其中包括精神的食粮。为孩子提供精神的食粮，并不只是高尚珍贵的馈赠，而是我辈的责任与义务。从这个角度看伍剑小说，他的《男生吹吹》系列小说，是为我们提供了一个珍贵的范本。

蹲下来平视儿童

武汉的儿童文学创作实绩在全国名列前茅，武汉作家协会主席董宏猷就是儿童文学作家，在武汉地区，有三代作家都曾创作过儿童文学，这其中有严文井、曾卓、管运和、董宏猷、徐鲁、林彦、黄艾艾等，他们都曾为儿童的成长提供了精神的食粮。与这些作家的儿童文学作品比较，在这特殊的语境下，伍剑老师的《男生吹吹》系列小说的意义在于：他是蹲下来平视儿童；他的作品语言带有小学生的语调和智慧；他系列小说的版式设计了互动的环节。

蹲下来平视儿童，对成年作家说来并不那么容易。在有意或者在不自觉中，在旧有的师道尊严的影响之下，老师常常是居高临下地教育孩子。老师如同学生的父辈，具有天然的优越感。殊不知，这种优越感是靠不住的。鲁迅先生曾经写过一篇散文，名为《我们现在怎样做父亲》①，以为在父子关系上，旧有的中国存在许多弊端：父与子，“本位应在幼者，却反在长者；置重应在将来，却反在过去。前者做了更前者的牺牲，自己无力生存，却苛责后者又来专做他的牺牲，毁灭了一切发展本身的能力。”

鲁迅先生告诫“此后觉醒的人，应该先洗净了东方古传的谬误思想，对于子女，义务思想须加多，而权利思想却大可切实核减，以准备改作幼者本位的道德。况且幼者受了权利，也并非永久占有，将来还要对于他们的幼者，仍尽义务。只是前前后后，都做一切过付的经手人罢了。”如何实现“幼者本位”的理想，先生说“开宗第一，便是理解。”“第二，便是指导。”“长者须是指导者协商者，却不该是命令者”。“第三，便是解放。子女是即我非我的人，但既已分立，也便是人类中的人。因为即我，所以更应该尽教育的义务，交给他们自立的能力；因为非我，所以也应同时解放，全部为他们自己所有，成一个独立的人。”鲁迅先生的这篇文章写于1919年，怎样做父亲的问题现在仍然没有解决，连带的怎样当老师、成年人怎样写儿童文学的问题，怕是也还没有

---

① 鲁迅：《我们现在怎样做父亲》，《新青年》第6卷第6号，1919年11月1日。

很好地解决。

可喜的是伍剑老师的《男生吹吹》系列小说注意到这个问题，他以蹲下来的姿态了解小学生，以他们为本位，抒写了小学生的喜怒哀乐，使《男生吹吹》系列小说完好地并且艺术地实现了我辈的责任与义务。我们以这个系列中的《大头老师》① 为例。

在大头老师斯小小到来之前，男生阿吹和文老师的关系非常紧张。阿吹曾赌气要考一个零蛋作为礼物送给文老师。文老师的教育方式代表了目前中国教育中多数教师的观念，在这样的教学观念管理之下，学生成了学习的工具，背离了学习给生命带来精神充实和快乐的本来意义。

在《大头老师》里，作家塑造了一位比较容易蹲下来平视学生的实习老师。实习老师年轻，还没有养成居高临下的习惯，实习学校对他们的做法包括怪招一般也还比较宽容；因为实习期不长，即使有了出格的事，也来得及由原任老师及时矫正。这个正在实习的大头老师是小学生的朋友，他与小学生亲密无间，以至于男生吹吹的妈妈都以为他就是一个留级生。

大头老师在讲台上很认真也很特别，在讲台下就更是“怪招”迭出。为了疏导学生的苦闷与成长中的烦恼，他装扮成老爷爷，开张了“牢骚收购站”②，并以“牢骚换鸡棒棒”的方式收购学生的烦恼。有这样的老师，孩子们该有多么的高兴。

大头老师也有“挨罚”的时候。他知道，对学生“抄一百遍”的处罚有时候不是很有效；老师布置作业有时候没有因人而不同。严格说来是没有注重因材施教，这就不符合教育规律。于是有一天这个大头老师就教男生吹吹，只做那些自己不会做的题目，放弃那些极其简单而自己又完全掌握了的作业题。结果当然很严重：原任课老师惩罚了这个实习老师，就让他代替阿吹做完了那些“简单而自己又完全掌握了的”作业题。

在《大头老师》里，小学生还曾经有模有样地“给大头老师上课”，上什么课，足球课。作家写得非常有趣。大头老师不太看足球比

---

① 伍剑著：《大头老师》，希望出版社 2008 年 4 月版。

② 其中情节均选自《大头老师》。

赛，也就不太熟悉罗纳尔多、贝克汉姆的技术特点和竞技水平。小学生们终于找到了老师的弱项，拽着老师当学生。这帮小学生讲英超、讲意甲、西甲还有中超……大头老师受益匪浅。但是大头老师是很有智慧的，他问了几个非常专业的问题：什么是5—4—1阵形；什么是4—1—2—1—2阵法？什么是足球？对最后一个问题小老师们的解答非常丰富：足球"是游戏"；"不对！当球星可以赚好多钱。我爸说如果我能当球星就发啦。""足球是体育，体育嘛，就是对身体的教育"。这帮小学生还真是富有智慧，因为谁也说服不了谁，他们就反问"大头老师同学，你说足球是什么？""我是学生呀。"小学生们叫道"那我们查字典"，"还可以上网查"……

类似的情形在《大头老师》里还有许多，读了真让人忍俊不禁。这样的效果，除了作家的幽默语言外，重要的前提或者说是根本原因就在于作家是蹲下来平视他所表现的对象。蹲下来平视你的学生，你就知道了什么叫教学相长，什么叫培养和锻炼了学生的独立思考能力；蹲下来平视你的审美对象，你就会"相看两不厌"，与他们感同身受，真切而亲切地表现你的对象，尤其是当我们的审美对象是小学生的时候，这样的"蹲下来平视"就显得弥足珍贵。伍老师的小说做到了，确实不容易。

小学生的语调和智慧

因为蹲下来平视儿童，才可以发现小学生的语调和智慧。什么是小学生的语调和智慧，一下子还真不容易说清楚，还是从文本的解读入手。小说《大头老师》每一章的后面附有"吹吹语录"，我就先录上几则：

"好人用计，是计谋；坏人用计，是阴谋。"①

"老师批评学生叫帮助，学生批评老师叫不分长幼。"②

---

① 伍剑著：《大头老师》，希望出版社2008年4月版，第17页。

② 同上书，第41页。

"吃完饭，我在操场上躺了一会儿，醒来，碗里竟然有几个钢镚。晕！"①

"作业要抄，写字要飘。"②

…………

还可以抄录下去，省了吧，有兴趣的读者可以自己去看原作品。

"计谋"与"阴谋"在"谋"的意义上是一样的，只是在词性上有所区别。"计谋"是褒义，"阴谋"是贬义。我不知道男生吹吹的语文老师会怎么为他们比较与区分这两个词；怎么讲解"批评"的含义。但我更倾向于相信，这样的归纳，是男生吹吹对生活际遇的总结！在家里，他如果说老师的坏话，他的妈妈多半会批评他，有你这样"不分长幼"，"批评"老师的吗？

"作业要抄，写字有飘。"这就更是吹吹们智慧的策略。作业不抄（题），过不了老师这一关，老师说了，课本的第几页的多少题，是今天的作业，要抄题目。老师的用心是好的，一方面练字，一方面可以让小学生静下心来，弄清楚题目的意思，然后再解题。小学生多半还是能够理解老师的良苦用心，只是时间有限，他回到家，想快些做完作业，男同学要踢球，要看动画片，要上网看意甲的比赛；女同学还要关注他们心中的偶像贝克汉姆的一言一行，还有电视中的情感连续剧。

"写字要飘"，这"飘"的意思是龙飞凤舞，甚至包括在一句话里，只拣几个重要的词抄下来，这叫缩短题目的句子，这样就可以节省时间。这就是真智慧，像成年人说的，上有政策，下有对策。老师每天要改那么多的作业，你反正抄了题目，目的达到了，至于是不是"抄漏了"，那老师可能就不太会在意了，这"作业要抄（题），写字要飘"的结果使师生相安无事，何乐而不为？这时候你该知道，什么是小学生的智慧了。亏他们想得出来。类似的智慧，还表现在对待父母和同学的关系。我就只捡一段吹吹与他的父母之间行事中的智慧说说。

民间有种说法，"七八九，嫌死狗！"说的是这个年龄段的孩子不容易管教，尤其是男孩，因为不易管教，家长看管更严，生怕一不小

---

① 伍剑著：《大头老师》，希望出版社2008年4月版，第57页。

② 同上书，第95页。

心，自己的孩子变成街头上的小混混。阿吹们就是这个年龄段的小学生，阿吹的父母当然也有这样的担忧。某一个双休日，阿吹的父母要带他去“饱览河山”，先安民告示，阿吹心里不愿意，他是想和大头老师待在一起。怎么说服老妈和老爸？到外婆家，妈妈心疼自己的妈，阿吹淘气，外婆管不住；到奶奶家，那儿有一个三岁的小堂妹，老要哥哥当马，她可以骑在哥哥的身上，阿吹的爸爸心疼自己的儿子，妈妈说“你一个人在家我不放心。”“我和大头老师在一起，他同意了的！”看到了吧，小小年纪，就知道如何利用“谈判方”各自友善的亲情关系和微妙的心理矛盾而达到自己的目的。

伍剑老师因为“蹲下来平视”了他的描写对象，才可能体味到小学生的语调和智慧，感受到儿童世界纯真的快乐，还有自己对儿童世界的理解与欣赏。

版式增设了互动的环节

给小学生看的书，在版式上一般都比较活泼；有插图，而且非常漂亮。《大头老师》也是这样。她的封面就是正在“倒立”的大头老师。大头老师的右侧是不服气而又惊讶的男生吹吹，后面是一群小学生，在看热闹。小说目录的前两页，分别介绍了阿吹、大头老师、假小子丁文丽、胡虎、美女妖妖、胖嘟嘟、老爸阿呆和美老妈。有动漫似的唯美夸张的人物形象画，还有俏皮的文字介绍。小学生们看了这些，会欲罢不能吧？吸引小朋友看《大头老师》，这目的就达到了。

光吸引小朋友看小说似乎还不够，伍剑自己是老师，于是又增加了一个“互动”的环节。我们通常理解的“互动”是双方都在思考相关的问题，这是没有错的，但这还不够。我所说的“互动”意思就是使在场的或者在影响范围内的对象、因素、现象相互改变对方的行为和性质，通过运动着的双边或多边的互动改变了对方的行为和性质，并同时转化生成了新型的关系。

在《大头老师》的结尾，作家安排了“与你互动”的环节，包括“夸老师行动”“作文‘葵花宝典’”“让我们书写快乐”等。伍剑先生在小学当老师有三十余年，他所教的学生一般都不怕作文，这经验能否推广呢？附在小说后面的“互动”的环节就是一个合理而重要的实验，假如有学生参与进来，那就达到进一步的具有更深层次的“互动”的目的：从此以后，这个小读者改变了作文时的畏难情绪，他喜欢作文，他利用作文宣泄情感，记载生活；没准这其中的一位一发而不可收，不断地写呀写呀，忽然有一天，他或者她就写出了一本厚厚的文学作品呢！这大概也是伍老师的期盼吧。

在小说的后面增加一个与小读者的“互动”环节，是平等的对话，是寓教于乐的实验，也是伍老师的经验之举。

《男生吹吹》系列小说出版了，有小学生读了以后就给伍老师写信，说他非常喜欢，盼望自己的班上也来一位“大头老师”；互联网上也有人将伍剑列为最受欢迎的儿童文学作家之一，这恐怕不是一时的心血来潮。平视儿童；作品语言带有小学生的语调和智慧；小说的版式设计了互动的环节，这其中最重要的还是平视儿童，用一句比较专业的话说是坚持了“儿童本位”，即以儿童为中心；坚持为孩子们提供精神的食粮，不以为这就是什么高尚珍贵的馈赠，而是儿童文学作家的本分与责任。

2008 年注定是一个不平凡的年份，我们原来期盼的只是夏季的奥运会，不曾想还有冬季南方的大雪灾，春季汶川的大地震。多难兴邦，这其中置于本位的应该是少年儿童，因为他们是国家的，也是我们的未来。在这里我要重提梁启超的《少年中国论》。

“故今日之责任，不在他人，而全在我少年。少年智则国智，少年富则国富，少年强则国强，少年独立则国独立，少年自由则国自由，少年进步则国进步，少年胜于欧洲则国胜于欧洲，少年雄于地球则国雄于地球”。

“美哉我少年中国，与天不老；壮哉我中国少年，与国无疆！”

作为成年人，我们有责任、都可以为“中国少年”做点力所能及的事，并且可以像伍剑老师那样，将自己所能做的做得更好一些。

转型期乡村的全景画卷

——读谭岩的《一河春水》

谭岩以“一河春水”命名他新近出版的中短篇小说集，作为读者，多半会先看《一河春水》。这篇小说讲述一位叫明德的打鱼佬的故事，有点海明威《老人与海》的影子，不同的是这位打鱼佬是在他家门前的河里打鱼。从前欢腾的河流，如今变成呆滞的小沟，也许是过度打鱼和气候变化造成的吧，反正这条河流，除非连日大雨，才可见昔日风采，更多时候，门前的这条河是断流的，或是一条浠水，很难见到鱼的踪影，连猫猫吃的细鱼也难打到了……小说集《一河春水》似乎就以此为基调，展开对转型期乡村全景画卷的扫描。

17篇小说，其镜头多聚焦留守在乡村的老人、儿童和持家妇女，也不忘提及乡镇干部、开店女老板，还有盲人、道姑，男帮工。即便是矿工也是劳作在乡镇的小煤窑。《一河春水》集中描写乡镇一级的人们，主要是农民，在城镇化时代冲击下的生活际遇，感情纠结和伴随传统乡村文明失范过程的阵痛与慨叹！其基调沉郁、斑驳，也夹杂些许亮丽和暖色。

《一河春水》前4篇写的都是老人，写老人如何善终，也写了中青年人的死于非命。善终是中国传统文化人生的最后一个梦想，《一河春水》《年年岁岁》里的打鱼佬、养猪婆婆的死，实现了他们对善终的追求，从他们的言谈举止里，我们依稀可见传统农耕文明里祖先们的信仰、人格和骨气！也体味到生不逢时的疼痛与悲壮。

7篇涉及死亡主题的小说以“悲痛”为主调，有打鱼佬、养猪婆婆（《年年岁岁》）的悲壮，也有小熊猫父子（《小熊猫》）的悲惨，美道姑（《白鹤飞》）的洒脱，祖母（《宁静的田野》）和病老汉（《风水宝地》）的困窘与钝痛。死亡主题，在《一河春水》小说集里被演绎得沉郁顿挫，当下乡村人的曲曲哀歌，蕴含了善终的自主，也流露出不得已的、不愿意的悲愤与伤痛。这些悲愤与伤痛震撼了读者的心灵。

农民问题是“三农”（农村、农民、农业）中最大难题之一，其难处就包括农民出门打工后，对各自家庭带来的显现和不可见的问题。与20世纪80年代农民出门打工的境况不同，在那个时代，改革开放使农民可以进城打工，怀抱发财致富美梦的农民工，也着实成为农村里先富起来的少数人。如今农民出门打工，环境和打工主体都发生极大变化，中年农民的出外打工就多少带有被迫性。《金光灿烂》抒写了一个叫田保的中年农民打工前的心路历程。田保不舍得最后一次卖谷，是不舍得离开生他养他的乡村。这个乡村承载了田保生命中的一切欣喜和哀叹，幸福和苦恼，还有成长、上学、结婚、生子，农忙与农闲，播种与收获，割谷、打谷、晒谷和卖谷……所有这些，构成他鲜活而丰满的生命历程，有劳动的艰辛，更有收获的快乐。突然间，要告别他习惯了的生活，进城打工，在陌生的城市打拼，中年农民没有什么优势，未知的打工生活尽管机遇和风险共存，但在情感上，要田保这样的农民离开乡村，他恋恋不舍，又不得不舍。

《风吹花儿开》是接着写像田保这样的农民出门打工而不顺利，又被迫返乡的故事。2008年世界金融海啸，影响到沿海制造业，受打击最大的是以农民工为主体的外贸行业。工厂没有订单或大大减少订单，农民工又被迫回到乡村，为继续赚活钱，就做帮工——专门在农忙时给男人出外打工的家庭打短工，“帮工”是谭岩为我们贡献的新形象。与20世纪80年代的“麦客”不同，麦客们是千里迢迢到达麦收区域，其方式为“规模经营”，帮工所帮的是一家一户，这家的男人出外打工，留守的是女人和孩子。帮工个人劳作和生息的自由空间，考量着帮工自己和这家的女主人，在守住底线的煎熬和可能越规的放纵之间，故事就自然而然地发生了。

《一河春水》这本小说集也将镜头掠过镇上的干部、生意人和手艺人。对这些人物，谭岩没有简单化或类型化，仍然是细致而又充满激情地展现他们的际遇和困顿。武装部长（《武装部长》）、理发店女老板

(《刘丽香的春天》) 和小木匠 (《挑着担子的爱情》), 这些人物总体上比乡村农民的色调要鲜亮一些, 尽管他们也经常处在进退两难的境地, 也时时感到生活的不尽如人意。

谭岩曾经说过, 他在这两年才有了"'中国小说'的概念, 并在创作中进行一些实践"(见 [网络专访之九]《签约作家谭岩》湖北作协文学院博客 blog. sina. com. cn/s/bl…2011 - 07 - 27),《一河春水》里留有他对小说创新实践的收获。除了上面提到乡村画卷里的鲜活人物形象和对司空见惯主题的新体察, 新表现, 还有对小说文体的自觉意识, 尤其是叙事视角和叙事方式的实验性质, 比如《是谁在叫我的名字》。一个考上县一中 (高中) 的女孩, 她叫姜小红, 因为家庭贫困, 主动把读书的机会让给她弟弟, 这本来也是一个老套的故事, 但谭岩从名字入手, 写这个女孩性别意识和个体意识的苏醒过程。女孩"姜小红"在想, 什么情形下、被什么人叫"姜小红"或者叫"红娃子""红儿"和"小红", 父母和老师对自己的不同叫法, 原来是有不同含义的。经过对含义的不断追问与思索, 这个女孩建立起个人意识和性别意识, 成为一个具有一定自主和自由精神的人。

谭岩是一位具备正义感和忧患意识的青年作家, 他的正义感和忧患意识多半是自然地融入人物塑造和小说叙事过程, 但有时他会情不自禁地站出来抒发情感, 甚至代人物说话, 使故事的叙事出现不太协调的枝蔓, 也影响了主人公形象的自然发展。谭岩自认为对"中国小说"的概念还没有"完全想清楚", 这是可贵的大实话。"想"小说应该如何写和小说创新的具体"实践"同样重要, 互为因果, 相辅相成, 我们期待着谭岩, 带着年轻人的锐气和他特有的沉静, 不断写作, 也不断探索, 让转型期乡村的全景画卷更加开阔, 也更加细致和深厚。

我与文学批评（代后记）

一　自然之缘

老江汉大学原址在汉口赵家条，离武汉作家协会很近。20 世纪 80 年代后期，江汉大学副校长张维麟教授和中文系副主任邱胜威教授，一位主治文艺学，一位专攻当代文学；中文系教师中，平反“右派”教师好多都是中国作家协会或者武汉作家协会会员，如左介贻、刘树勋、杨江柱、陈泽群、姜弘诸位先生。“武汉作家研究”成为中文系当时的重要科研方向就是再自然不过的事。

武汉作家协会文艺理论研究所赵怡生所长（后调到《广州文艺》杂志社任主编）干劲十足，又颇有雄心壮志，他请了武汉地区高校老师研究武汉作家作品，长辈有陈美兰、黄曼君、王先霈、涂怀章和古远清先生；小辈有昌切、樊星、蔚蓝、吴艳，加上赵怡生自己，这些小辈都是 1950 年后出生人，当时也就三十来岁。还有一位是於可训先生，按学业辈分於先生是后学辈，他是 1940 年后出生的人，许多时候都担当着承上启下的角色。这只文学批评队伍还有俞汝捷、邓晓芒、王又平、李俊国、刘川鄂、梁艳萍、杨彬等。这些人常常见面，多半是作品研讨会，评奖活动，其主要平台有《江汉论坛》《湖北日报》《长江日报》，武汉作家协会内部刊物《文艺论丛》和《江汉大学学报》等。

《江汉大学学报》曾经开设《武汉作家研究》专栏，栏目主持人为邱胜威教授，我接手办了几期后，在困局中停了下来，这是后话。江汉大学也曾邀请诗人曾卓、报告文学作家祖慰、小说家池莉、刘醒龙、陈应松等到校文学讲座；还主办武汉作家作品研讨会、专访相关作家等，这些活动，提升了江汉大学武汉作家研究成果，也拓展了武汉作家研究之学术影响力。老江汉大学文学批评队伍主要成员涉及三个学科，如中国现当代文学、文艺学和比较文学与世界文学。有张维麟、陈泽群、姜弘、周莎白、邱胜威、李彂文、郑敏、吴艳、范步淹、殷安建、刘金琼等，也是老中青三代人呢。

我与文学批评，尤其是武汉作家研究就这样结下了不解之缘，算是占尽天时、地利与人和。自1994年在《文艺报》上发表第一篇文学评论，到2000年，7年时间发表12篇文学批评文章。有对池莉、邓一光、陈应松、徐世立小说的文本细读；也览望“新时期”文学，如《作家的写作立场》《当代作家的语言痛苦》《武汉地区小说的审美异趣》《武汉作家与地区主义》等，还将问题展开，提出《一个参照：20世纪杰出作家文化生成的特点》，这个参照，就是诺贝尔文学奖作家作品。

这个时期，我除了自然结缘文学批评以外，还偶然结缘诺贝尔文学奖作家作品研究。1990年，我到北京大学中文系进修学习一年，师从刘烜先生。20世纪90年代，不管是作家还是文学批评理论家，大都患了诺贝尔文学奖的相思病，视诺贝尔文学奖为中国文学走向世界和出现大作家的重要标志。新时期文学发展了十余年，文学批评理论向西方现代文论的开放也有十余年。岌岌惶惶之中人们频频发问：当代中国为什么没有出现大作家呢？临渊羡鱼，不如退而结网。恰巧，在北京大学教师阅览室，我发现了一套《诺贝尔文学奖全集》①，是主编陈映真先生赠予北京大学图书馆的。这套全集收入从1901年首届诺贝尔文学奖得主直至1982年得主加西亚·马尔克斯的相关材料，共51卷。每一位得主材料均按《得奖评语》《颁奖辞》《致答辞》《代表作》《作品评论》《得奖经过》和《作品年表》7个部分组成。我向刘烜先生表达欲研究诺贝尔文学奖家族的共性特征，并解读部分代表作品的想法，刘老师十分赞同，还说凭他自己“对学术问题的直觉，这个选题值得研究”。1991年6月，带着51卷《诺贝尔文学奖全集》（除代表作以外）的部分复印资料，我从北京回到武汉。1997年，我出版了第一本专著《诺

① 陈映真主编：《诺贝尔文学奖全集》，远景出版事业公司1982年版。

贝尔文学奖作家成功奥秘》①，刘烜先生为我的书写了《序》。

在与文学批评结缘之时，我是一边做武汉作家的文学批评，一边进行诺贝尔文学奖作家作品研究。认为新时期文学起点低而进步大，武汉作家在新时期文学中具备不可或缺的地位，其成绩显著，其不足也很明显。我希望自己的武汉作家研究带着比较的眼光，在览望与参照中，反思与阐释。

二 自省于缘

与文学批评结下自然缘分的时候，我曾经问过自己：到底什么样的作品才是一流的？我以自己对武汉作家的文学批评和对诺贝尔文学奖作家作品研究成果回答了这个问题。但新问题出现了：文学批评对批评者的要求如何？哪些文学批评是可借鉴的？我自己如何避免在同一个层面上的不断重复？

2001 年到 2007 年，我没有再写有关武汉作家作品的批评文章，原因有两个，一是想在诺贝尔文学奖家族里挑选几位作家深入研究下去，二是想系统学习文学批评理论的相关知识。2000—2001 年，我到华中师范大学访学，师从王先霈先生。

2001 年，闻一多国际学术研讨会在武汉大学召开，我收到邀请函。刘烜先生是研究闻一多专家，写过《闻一多评传》，我拜读过。这次，我向会议提交了《在先锋与传统之间——闻一多、艾略特诗歌诗论的比较研究》②，做了大会发言，反响不错。尔后又买来 12 卷本的《闻一多全集》和艾略特诗文、研究艾略特的专著，甚至艾略特诗学研究英文版专辑。对两位大诗人的新诗创作、文学研究和文学批评作平行比较研究，发表了系列论文，写成我的第二本专著《壁垒间的桥梁——闻一多、艾略特诗学启示录》③，王先霈先生作序。这本书里，最有心得

① 吴艳：《诺贝尔文学奖作家成功奥秘》，国际文化出版公司 1997 年版。

② 吴艳：《在先锋与传统之间——闻一多、艾略特诗歌诗论的比较研究》，见陆耀东主编《闻一多国际学术研讨会论文选》，武汉大学出版社 2002 年版。

③ 吴艳：《壁垒间的桥梁——闻一多、艾略特诗学启示录》，长江文艺出版社 2004 年版。

的还是对两位大诗人文学批评的研究。

7年时间，以开新课、编教材方式，系统学习、探索文学批评的相关问题，开设《中国古代文论》（后改名为《中国文学批评史》）、《中国现代文学批评史专题》、《中西比较诗学专题》等课程，参加李建中教授主编的《中国古代文论》[①] 教材撰写工作，负责撰写“近代文论”部分。

20世纪西方文学批评理论得到长足发展，20世纪特别是新文学时期，中国的文学批评理论界几乎主要是拿来西方的理论成果。20世纪是批评的年代，各种批评方法让人眼花缭乱，在这文学批评的花样世界里，我结识了不同的批评流派。特别有兴趣的是韦勒克的文学理论、形式主义批评、心理分析批评理论和埃德加·莫兰的复杂性理论，试着从个案研究中提升文学批评一般问题，用这些理论加以阐释。如《“动态环路”的文学研究方法》《显现/隐蔽的“互动”与“组织”》《闻一多诗学中的“多元意识”》《“非个性化”：复杂的悖论》《“一”与“多”的环路运动》等。

文学批评对评家有所要求，文学批评的作用也表现在多个方面。它可以是“在日报上对文艺小说家做出专题评论并对文艺和音乐演出进行评价”。这样的批评虽然被认为是“一门低于新闻学的学问”[②]，却也是需要的。文学批评还可以“是文学文本与文学接受者之间的中介、桥梁和纽带，他的职责是传递美感，保持和强化美感，增加接受者审美快感的强调和深度”[③]，也就是说，美感是可以凭借文学批评而分享和传递；文学批评说到底总不能撇开审美与美感的传递。文学批评的目的还可以“是理智的认识。批评并不创造一个同音乐或诗歌的世界一样的虚构世界。批评是概念的知识，或者说它以得到这类知识为目的。批评最后必须得到有关文学的系统知识和建立文学理论为目的。”[④] 韦勒克的批评理论代表了20世纪追求“文学批评理论化”的最终诉求。这种观念将文学批评的阐释与过度阐释即“虚构世界”区分开来，同时

---

① 李建中主编：《中国古代文论》，华中师范大学出版社2002年版。
② ［美］雷内·韦勒克：《批评的概念》，中国美术学院出版社1999年版，第4页。
③ 王先霈：《圆形批评论》，华中师范大学出版社1994年版，第30—31页。
④ ［美］雷内·韦勒克：《批评的概念》，中国美术学院出版社1999年版，第4页。

又强调了文学批评的创新性质。三种批评中，前两者是由批评者到接受者；后一种则落脚在批评本体和主体即批评者自身。三个层次的文学批评目标，我的定位是以第二种为主，并提出文学批评理论的相关话题或问题，以此参与当下文学批评理论的建构历程。

文学批评对批评者的要求，简单说就是“三感”[①]，即理论感、历史感和艺术感。要胜任文学批评工作，除了评家本身的个人品位，还需要历史尤其是文学史的通观眼力，需要文学理论的彻底性，一种将特殊问题提升到一般范畴，寻求其普泛价值的能力。从事当下文学批评活动是比较困难的，说评家工作是“灵魂在杰作之间的奇遇”（法国印象主义批评家法郎士的名言），就有冒险这个意思。然而危险与机遇共存，对当下作家作品或者具体文学现象作出审美的分析、阐释和评价，不仅有“次生文学”[②] 创作的艰辛与欣喜，更有理性判断、阐释后了然于心的自得与“重生”[③]。她的基础，是对被批评作品的细致品味后的欣然发现和进一步的阐释，理想的状态是由此抵达韦勒克所说的“得到有关文学的系统知识和建立文学理论为目的”。

三 自觉于缘

当你深入到20世纪某一个新批评理论流派的文本，你就比较容易理解为什么20世纪大批评家与大文学家能够平起平坐，才能体会到什么是文学批评理论化或者说文学理论批评化。

2007年，我成为湖北省作家协会、武汉作家协会会员，任湖北省作家协会理事和后来成立的武汉市文艺理论家协会副主席。原来以为，我不是作家可以不参加作家协会，也想与被研究对象保持一点距离，以避免“只缘身在此山中”的局限。后来才知道文学批评者也被纳入作家队伍，保持距离也不一定是最佳选择。成为作家圈内人，优点在于“现场”感强烈，于是我又顺理成章地回到武汉作家研究的“活动现

---

① 陈涌20世纪80年代初提出，见《文艺报》2012年3月16日。

② ［比］乔治·布莱：《批评意识》，郭宏安译，广西师范大学出版社2002年版，第4页。

③ 同上书，第279页。

场”。

回到武汉作家研究的“活动现场”，也缘于2002年江汉大学合并、整体搬迁到武汉经济技术开发区。学校大了，学术平台也高了。江汉大学中文系不仅获得武汉市人文社会科学重点研究基地，还荣获湖北省人文社会科学重点研究基地，“武汉作家研究”分别是这两个基地的重点研究方向，我是这个方向的学术带头人。

江汉大学的文学批评该如何形成自己的特色？多方咨询、调研以后我和我的同事们达成共识。一是成立“武汉作家作品研究资料中心”（2008年），集中力量搜集汇编武汉作家作品研究资料，包括不同媒体的创作资料和研究资料。为自己也为同道的研究提供平台，为湖北文学研究提供研究资料数据库。二是坚持从材料出发开展文学批评，由个案研究到作家群体研究以及地域文学研究，历练出一支跨学科的、以教授为带头人、以青年博士为主体、老中青结合的文学批评团队。三是通过对“武汉作家”的研究，提炼相关批评理论话题，参与当代文学批评理论对话，回应当下文学的相关难题。

这本《文学批评的三维透视》就是本人自2008年以来文学批评文章的结集，也是本人国家社科基金项目、文化部和湖北省相关项目的研究成果。这些论文都曾公开发表过，有的在《文艺理论与批评》《江汉论坛》《中国文化研究》《人文杂志》《文艺争鸣》这些CSSCI、中文核心期刊发表，也有被人大复印资料《文艺理论》全文转载，还有的在《人民日报》《文艺报》《湖北日报》上发表。内容有对文学批评本体的反省、文本细读和作家综论，共30篇。王先霈先生为本书作《序》。

王先霈先生在《序》中说“吴艳在书中曾经说到，从事于文学批评研究的学者，‘要求长时间（如十年、八年）地对被选文本进行全面而彻底的文本细读’。我很赞成和欣赏她的这一个说法，更加赞赏和佩服她和她的同事们对这个说法的实践。把定某一个特定范围的对象，做长时间细密的追踪、观察、研究，就是建立理论思维的一个稳固的支点，利于养成朴实学风，避免徒托空言的泛泛之论。”① 这是对我们文学批评的肯定和激励。我自己的确是想将资料整理、个案研究和提炼相

① 王先霈为吴艳《文学批评的三维透视》写的《序》。

关文学批评话题结合起来，为当下文学批评理论建设贡献切实的成果。

在资料整理方面。由我主编、肖敏为副主编，整理结集了第一批《武汉作家作品研究资料汇编》（内部资料）共30册，为出生于20世纪五六十年代有影响的17位作家，如方方、池莉、刘醒龙、邓一光、陈应松、熊召政，田禾、车延高等汇编研究资料，约750万字，并建立了相关数据库。以周建民为名誉主编，吴艳、吕幼安为主编，公开出版《武汉作家论丛》① 共三辑，集中发表文学批评成果。其中第三辑就是对上述研究资料的述评和资料索引集。我们还发表了相关作家的《年谱简编》，出版了武汉重要作家的《研究资料》和《评传》。这些在推进湖北武汉作家的学术研究、促进湖北武汉作家群的创作方面都是弥足珍贵的。

从文学事实（材料）出发，个人感悟与学术理性并重是江汉大学文学批评的整体特点，也是我自己的一贯追求，一种对纯正文学批评的诉求与坚守。

重返文学批评现场"是在近三十年来学术潮流背景下做出的理性决定"②，也是自省、再续我与文学批评的不解之缘。文学批评对象是作家作品或者文学现象，鲜活而独特，文学批评理论却追求普遍性和一般性，这里存在悖论。然而，文学批评理论总是在悖论中获得新生。"悖论藏身之处，往往是智慧的渊薮，敢于和敏于直面悖论，可能接触研究对象深层的奥秘，推动学科的创新。"③ 这该是多么有趣的事情。

能够将自己从2008年以来的文学批评文章结集出版，要感谢刘烜先生和王先霈先生，两位先生对我的激励和引导，使我能以安定平和心态坚持学术探索！感谢江汉大学老校长也是我的业师张维麟先生，老主任邱胜威先生。是我的老师将我带到武汉作家研究的路上，扶上马还送了一程又一程。

感谢新江汉大学的各位领导，特别是副校长周建民教授，也是我们湖北省人文社会科学重点研究基地的主任。感谢人文学院各位院领导和

---

① 吴艳、吕幼安主编：《武汉作家论丛》第一辑，武汉出版社2008年版；第二辑，武汉出版社2010年版；第三辑，长江文艺出版社2011年版。

② 王先霈为吴艳《文学批评的三维透视》写的《序》。

③ 同上。

中文系主任！感谢我们湖北省人文社会科学重点研究基地的各位同人！

感谢学界和作家圈的各位朋友！

还要感谢我的母亲！已 89 岁高龄的老母亲总是说，“我要把自己照顾好，少让你们为我操心。”我母亲的乐观向善，自立自尊，激励和引导了我的生活。感谢我的哥哥和弟弟、我的丈夫还有我的儿子！他们的支持与鼓励，有情感精神的，也有具体事务的。

我不知道自己对文学批评的实践和反思将在什么时间、以怎样的方式戛然而止，但我知道，真正的文学批评、富有文学批评理论创新意味的文学批评是如何生成的。“高山仰止，景行行止。虽不能至，然心向往之。”

2016 年 3 月 23 日

于武汉东湖梨园